悪の組
Jobs
Ads
Of
Evil
告
喜友名トト

Toshio Manaka
間中年男
Neito Komori
小森寧人

Maki Mayuzumi
黛真紀
Shinji Ikeno
池野信之

白銀の騎士。
最強のロックス。
紛うことなき正義。
それが、
ディラン。
「……正義の味方の、お出ましだ」

悪の組織の求人広告

喜友名トト
Toto Kiyuna

Heroless time is over.
I dare to ask you.
"Still do you have the Fang to bite?"

NOVEL
Ø
ZERO

悪の組織の求人広告

CONTENTS

Jobs
Ads
Of
Evil
Organization

この物語はフィクションであり、実在の人物・団体とは一切関係ありません。
本書はＭＦブックス『悪の組織の求人広告』の内容を改稿・再編したものです。

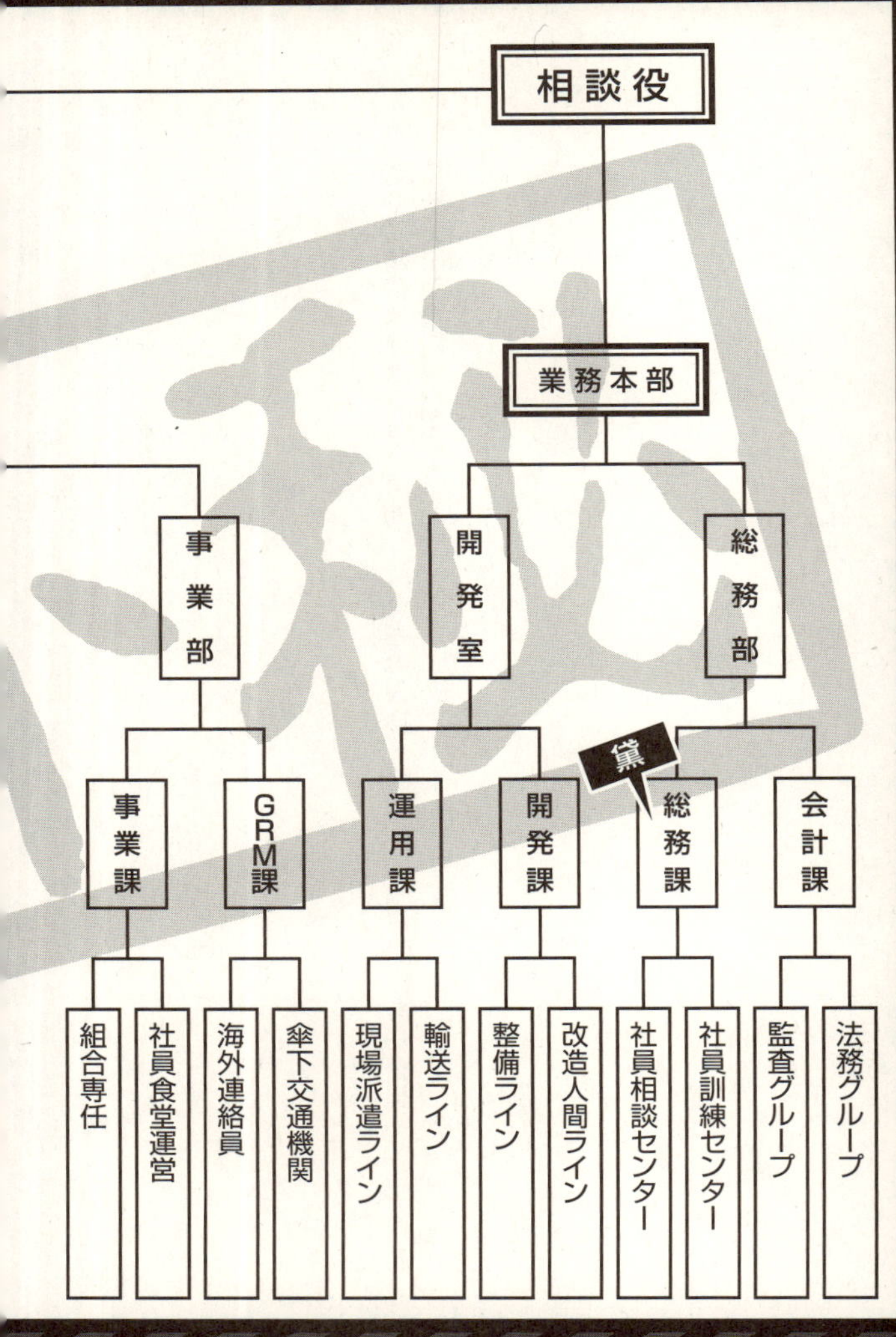
相談役
業務本部
事業部
開発室
総務部
事業課
GRM課
運用課
開発課
総務課
会計課
黛
組合専任
社員食堂運営
海外連絡員
傘下交通機関
現場派遣ライン
輸送ライン
整備ライン
改造人間ライン
社員相談センター
社員訓練センター
監査グループ
法務グループ
秘

有限会社メタリカ：組織図

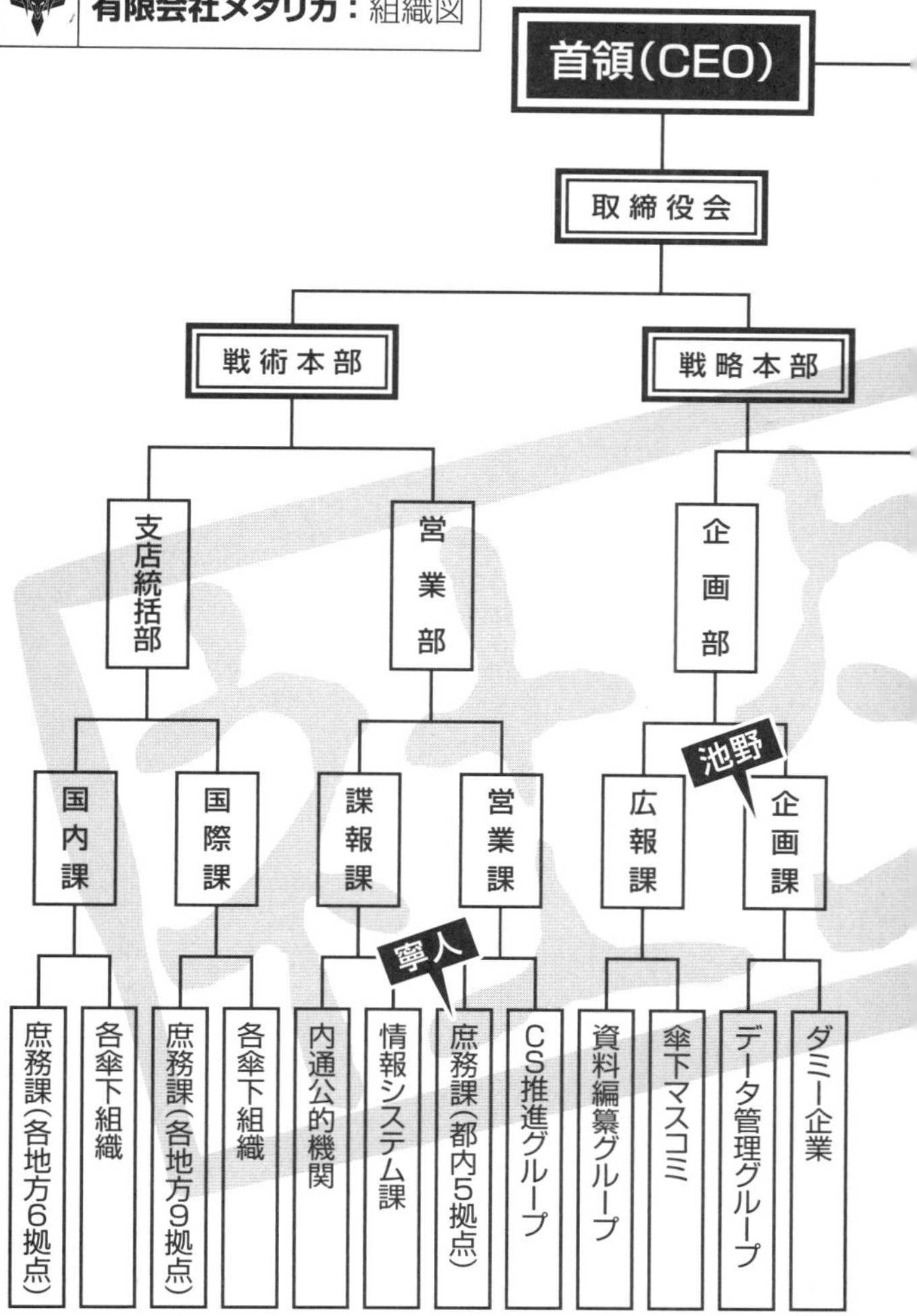

一章『新入社員編』

第一話「世界を変えたいと、思いますか？」

その求人広告はおかしかった。

求人広告

社名：メタリカ

事業内容：世界征服

待遇：総合職月収七〇万円〜　一般職月収一四万円〜

必要資格：無し（ただし経験者優遇）

募集人数：若干名

世界征服を目指す悪の組織です！　明るく元気な職場が、あなたのヤル気を待っています！

採用：筆記試験、面接。（一次試験はさきほどのWEBサイトで終了とさせていただいております）

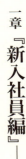

試験日、会場まで書いてある。

「……なんだこれ」

ネイトは思わず口に出してしまった。

いい加減、ちゃんと就職しないとまずい。

小森寧人《こもりねいと》、なんて名前の俺が、その名のとおり引きこもりのニートだと面白すぎる。

スラムに生まれ、なんとか進学した高校を中退して三年ほど、ある事情で当面の生活費くらいはあるもののそれも無限ではない。少し前に就職活動を頑張っていた時期もあったがことごとくダメで、もう無理なんじゃないかと思って無気力になっていた寧人にとって、久しぶりに見かけた求人広告の四文字はあらゆる意味で印象的だった。

きっかけは二時間ほど前、寧人がなんの気なしにネットサーフィンをしていたときのことだ。

変なサイトにたどり着き、アンケートといくつかの妙なクイズ問題が出題されてきた。奇妙に思いつつも、そのサイトを閉じることができなかった。それは多分不思議な魅力があったからだろう。

質問一……あなたは今、幸せですか？

質問二……織田信長やチェーザレ・ボルジアをどう思いますか？

質問三……勝利するために人質を取ることをどう思いますか？

質問四……果たすべき目的があるとき、あなたはそのために死ねますか？
質問五……尊敬する上司が殺されてしまったら、どうしますか？
質問六……地球に攻め入る異星人は殲滅《せんめつ》すべきだと思いますか？
質問七……下記の戦場を見て、次のうち適切な選択肢を選びなさい
質問八……次の敵のうち、倒す順番として適切なものを選びなさい
質問九……世界を救うために、一人の女の子を犠牲にする、という悪役に立ち向かう主人公をどう思いますか？

この他、意味のわからない質問が次々と出てくる。いずれも四択問題となっており、

『最もあなたの考えに近いものを選んでください』とある。

よっぽど暇なヤツが作ったんだろうな。そう思いつつ、少し面白くなった寧人は次々と回答していき、気がつけば、九九問の回答を終えていた。最後、つまり百問目にはこんな質問が出た。


質問一〇〇……世界を変えたいと、思いますか？


百問目は二択問題だった。ＹＥＳ、ＮＯ。どちらかを選ぶ、端的なものだ。

妙に気になる質問だったので、寧人は少し、真面目に考えてみることにした。

うーむ。そうだなぁ。世界的には平和に幸せに生きている人のほうが多いんだろうけど、少なくともこれまで俺が見てきた近くの世界はそうじゃなかったし、俺はニートだし、も

てないし童貞だし貧乏だし。ずっと見下されて生きてきたように感じる。キラキラ輝く存在と、それに手が届かない自分を考えて苦しいこともあった。

だから、

YES。そう、答えた。

するとすぐに次の質問が出た。

本当ですか?

手がこんでる。そこまで言うなら、もっと真剣に考えてみよう。

この世界は、本当にこのままでいいのか。何もかも、このままで。

いや、やっぱ、違う、よな。

鬱屈《うっくつ》はあった。まだ高校に通っていたころの学生生活でもロクなことはなかった。

別にたいして気にしてはいなかったが、寧人の家庭の事情を知る同級生にからかわれたり小突かれたりすることは日常的だったし、経済的な事情ってやつで修学旅行だのなんだのというイベントにも参加したことはない。女子と会話した記憶もほとんどない。

この先もさほどいいことはないだろう。ろくな仕事につけないと思うし、家庭を持ったりするのにも縁はなさそうだ。

それは自分のせいでもある。でも俺みたいな人は他にもいる。そんな人たちが生きづらい世界。うん。やっぱり、少なくとも俺はこんな世界、変えてしまいたい。だからもう一度答えた。YES。

そしたら急に変な求人サイトに飛んだ。あのメタリカの求人広告だ。ジョークにしては手がこみすぎているように思える。

寧人は一度画面から目を離し、落ち着いてみることにした。

悪の組織メタリカ。その組織は知っている。二一世紀を生きる人間の大半がそうだろう。

それに、寧人は一度だけだが、その活動を目の当《ま》たりにしたことがある。そのことがきっかけで、自分なりにメタリカという組織について調べてもいた。もちろんネットや図書館で調べられる範囲で。その気になれば誰でもできることだ。

あらためて思い出してみる。

最初に「悪の組織」っていうのが出てきたのは、大体《だいたい》二〇年前くらいのことらしい。

メタリカと呼ばれるその組織は改造人間というのを所有していて、色々な悪事を始めた。

改造人間はモンスターのような容姿をしていて、とても強かったらしい。

警察やらなんやらでは対応できないこともあったそうだ。一時、世間は混乱した。

メタリカの目的はなんなのか。世界征服なんじゃないの？　という説が一般的で、それはそれなりに衝撃的で、毎日ニュースに出た。

直後、ディランと呼ばれる存在が都市伝説として語られるようになった。

ディランもまた、人とは思えない、だがメタリカの改造人間とは異なりどこかヒーロー然とした姿をしていたそうで、やはりとても強かったらしい。ディランはメタリカのあらゆる悪事を防ぎ、英雄と呼ばれた。

人々が悪の組織、メタリカというものに慣れて、そしてそのニュースに飽きてきたころには類似の、いわゆる「悪の組織」が色々出てきた。

いずれも怪人と呼ばれる戦力を有しているらしいが、その中身は改造人間一辺倒ではなく、蘇《よみがえ》った古代の戦闘民族だったり、異星人だったり、突然変異の人類だったり、とにかく色々だった。寧人もニュースなどでそういった怪人の映像は何度か見たことがある。蜘蛛《くも》人間だとか、イカのような外見の水陸両用のモンスターとか、サソリ女だとか、そういうやつだ。

悪の組織。たとえばアンスラックス、メガデス、クリムゾン、その他にも色々。名前だけは知っている。

そういう悪の組織は、実態の怪しい都市伝説だったり、それなりに信憑性《しんぴょうせい》のある政治的な団体だったり、科学的に興味深い種だったり、とにかく色々いた。

が、今のところ世界は征服されていない。

警察や軍隊、それに加えて悪の組織という存在が一般的になったことで新たに発足した治安維持機構、ガーディアンが一応機能していたこともあるが、ディランのような謎のヒーローの存在も大きかっただろう。

その後、ディランと同じような存在としてビートル、マルーン5、ラモーン、その他もろもろ。複数の存在が悪の組織と戦う存在として確認された。いずれも異形の彼らは、その共通する特徴から『ロックス』と呼ばれることが多かった。

こうした流れがあって、人々は悪の組織に慣れていき、同時にそれと戦うヒーローの存在も常識となっていた。

現実にそういうことが起きたために、テレビの特撮ヒーローはいなくなってしまったが、子どもたちは現実のヒーローに憧れた。少年時代の寧人も例外ではない。

自分を犠牲にして誰かを守るために戦う戦士、そのなんとカッコいいことか。素晴らしいことか。尊敬した。自分が弱くてどうしようもなくて、社会から落伍《らくご》してしまった存在であるからこそ、よりいっそう、憧れた。

その一方、悪の組織、という連中を荒唐《こうとう》無稽《むけい》の遠い存在に感じていた。彼らのやることはよくわからない。大きなことをしてはいるが、それが何かにつながるとは思えない。この世界はそんなことをしてもなにも変わらない、そんな風に思えていた。

だから、この求人広告には驚きはしたものの、ジョークサイトに違いないと割り切るつもりだった。

※※

「割り切った、と思ったんだけどな……」

求人サイトに書かれていた面接の日、寧人はいつもより早起きをしてしまった。そんな自分に苦笑する。バカみたいだ、とは思いつつも結局応募してしまったのだ。

寧人は顔を洗い、クローゼットを開けた。そこには就職活動をしていたときに、そしてことごとく惨敗したときに着ていたシワのよったスーツが吊《つ》るしっぱなしになっている。自分でも馬鹿みたいだとは思ったが、そのスーツに久しぶりに袖を通した。

一応、鏡の前にも立ってみる。中途半端な長さのクセっ毛の黒髪を撫《な》でつけて直してみるが、なんだかいつも眠たそうな目はそのままで、体の線の細さも変わらない。少なくとも初見で好感を持たれるような快活さも、爽やかさも、逞《たくま》しさもない。

まあ、その辺は仕方ないと思うしかないだろう。

家を出て、駅に向かう。寧人の住んでいるアパートはスラムにほど近く、駅からは遠いので徒歩三〇分はかかる。

歩みを進めるほどに町並みは綺麗《きれい》になっていく。駅前にはいつの間にか清潔な広場と噴水ができていた。アパートを出てすぐ右側に広がっている場所《スラム》と同じ国とはとても思えない。きっと、この普通に綺麗な場所にいる人は、スラムの存在すらちゃんと認識していないはずだ。

電車に乗って都心に向かう。車窓から見える景色もだんだん都会的になっていく。ビルはどれも高く、ピカピカと光っていた。寧人はそれをぼんやりと眺めた。

そして、気がつくと、求人広告に書かれていた場所に寧人は来てしまっていた。

とても悪の組織の採用試験会場とは思えない、都心のビジネス街。指定されたビルも普通だ。

なんだこりゃ。そんな思いがこみ上げる。

ここに来たことについて言い訳をさせてもらうと、面白半分だ。あれほど手がこんだジョークなら、なにかしらイベントが用意されているかもしれない、と思ったのだ。そのはずだ。

しかしビルに入るのはやはりためらわれた。結果、ビル前でウロウロとする。

寒い。サイトに書かれていたとおり、目印となる黒のネクタイまで締めて、俺はこんなところで何をしてんだろう。アホか。

そう思った寧人は家に帰ろうと、歩きだした。

そのとき、向こう側から女の子が歩いてくるのが見えた。あごの下で切りそろえられた髪がサラサラと揺れている。やや細めの体型、陶器のような白い肌、やや貧乳気味だが、ピンク色の形のいい唇と穏やかで優しげな瞳に整った顔立ちを持つ美少女だった。彼女の周囲には清らかな風が吹いているような錯覚にとらわれそうになる。

あー、可愛《かわい》い。俺の人生にはなにも関係ないけど。

そう思いつつ彼女とすれ違おうとしたそのとき、あることに気がついて寧人は硬直した。

黒の、スカーフ……!?

女性は黒のスカーフを、男性は黒のネクタイを着用すること。サイトにはそう書いてあった。リクルートスーツを着た美少女には異質に見えるそのスカーフ。この子もあのサイトに引っかかったのか？　アホの子なのか？

どうしよう。声かけてみるか？　いや無理だやめとこう。

寧人の葛藤はムダに終わった。意外にも声をかけてきたのは美少女のほうだったのだ。

「あ、こんにちは」

悪の組織の就職試験を受けに来た人とは思えない、礼儀正しく、可愛らしい声だった。

「こ、こんにちは」

そう返すのが精一杯だった。だが、美少女はかまわず続けてくる。

「……メタリカの採用試験を受けにきた方ですよね？」

美少女は小柄で、覗《のぞ》き込まれるように問いかけられた。必然的に上目使いになっている。

至近距離で女性に見つめられた経験のない寧人は困惑した。

ああ、なにか質問されてるな。答えなきゃ。

「……はい」

振り絞るようにそう答える。

美少女はその言葉を受けて顔をぱっと輝かせた。花のこぼれる笑顔、ああ、昔の人は上手《うま》い表現を見つけたものだ。そう感じさせる。

「よかった！　わたしもなんです！　アメリカでの一次試験で見かけなかった方だったから、少し不安だったんです」

は？　アメリカ？　一次試験？　なに言ってんだこの子は。

「はぁ、それは……どうも」

「よかったら一緒に会場まで行きませんか？　一人だと……その、不安で……」

今、何が起きようとしているのかわからない。

もしかしたら詐欺かなにかか、だから美少女を使うのか。

そう思わずにはいられない寧人だった、が。

「あ、わたしは黛真紀《まゆずみまき》っていいます。よろしくお願いします」

礼儀正しく、ペコリという擬態語が聞こえてきそうなお辞儀をする彼女。あわせて、髪の毛が揺れる。桃のような香りがした。シャンプーなのか香水なのか、それとも素《す》の匂《にお》いなのかは知らない。

ああ、もういいや。どうせ失うものなんて何もない。この可愛い子と一緒に行ってみよう。詐欺だったとしても金なんて持ってないし。

それに、あの求人サイトを見てから、ずっと心に残っている言葉がある。

『世界を変えたいと、思いますか？』

寧人はそれにＹＥＳと答えた。

バカみたいかもしれない。でも寧人はどこかでずっとそう思っていた。このまま世界が変わらないのは、嫌だった。だからこう答えた。

「うん。い、行こう」

真紀と名乗った美少女は寧人のその言葉を受け、ニッコリと笑って、そしてとんでもないことを口にした。

「はい！　一緒に採用されるといいですね！　そして、世界を征服しましょう！」

うん。これはちょっと、やばいかもしれない。

※※

まゆずみまき、と名乗った美少女と一緒に「悪の組織」メタリカ就職面接会場へ向かう寧人。

「……あのさ、えーっと……」

状況があまりにもおかしいので、寧人はつい口を開いてしまう。

「？　なんでしょう？」

小首をかしげる真紀。対して、寧人の脳内は疑問でいっぱいだ。

こんな普通のオフィス街でメタリカの就職試験がされるなんて、おかしくないか？

そもそも、一般企業みたいな顔して普通に求人広告を出していること自体が謎だ。

俺はＷＥＢで案内を受けたけど、さっき君はアメリカでの一次試験がどうだこうだ言ってたよね。それなに？　悪の組織に入社して、何をするの？

聞きたいことが多すぎて、逆に言葉が出てこない。

「あー、いや、なんでもないです」

「？　あ、緊張してるんですね！　大丈夫です。……わたしもですから。頑張りましょう」

何か誤解したのか、真紀はぐっと握りこぶしをつくり、ファイティングポーズのような姿勢をとってみせる。

「あ、はい。そうですね」

寧人はそう答えるしかなかった。そして試験会場のビルへ向かう。ごく普通のオフィス街のごく普通のビルだ。有限会社メタリカ、なんてどこにも書いていない。

ただ、一つ、異様なことに気づいた。平日のオフィス街だというのに、周りに自分と真紀以外、誰もいないのだ。

おかしい。あきらかにおかしい。

疑問に思いつつビルに入ると、M社試験会場との行灯《あんどん》がある。清潔感のあるしゃれたオフィスは大企業そのものだった。

「まじかこれ」

受付らしき人に受験票と身分証明書を見せ、待合室に通された。ちなみに受付の人は美人なお姉さんだ。

お姉さんのスーツの胸元にはデザイン化されたMETALICAの文字が入ったネームタグ、フラワーホールには鋼の翼の形の社章らしきものがつけられていた。

お姉さんはにっこり笑って言う。

「ようこそ、メタリカへ。本日の試験では精一杯頑張ってくださいね。一緒に戦う仲間を待っていますよ」

待機用の会議室には就職希望者らしい人々が数十人ほどいる。

寧人は最近ハタチになったばかりだが、受験者らしき人々は多様だった。

あきらかにカタギとは思えないヤクザ屋さんみたいなオッサン。

耳にルーズリーフなみの数のリングのピアスをしているパンクロッカー。

眼鏡をかけたインテリ風の青年。

あきらかに外国人とわかるスキンヘッドの巨漢。

ぱりっとしたスーツを着こなす若いイケメン。

「もういい」

寧人は小さい声で呟《つぶや》いた。ドッキリなのかなんなのかは知らない。けどもういちいちツッコむのはやめた。なんだか知らないけど、少なくともこれから企業の入社試験らしきものが行われるらしい。

ジョークだろうとは思ってた。でも少しだけ、ほんの少しだけ、マジかもしれないという思いも持っていた。だから来たのだ。だったら、今の状況はそれはそれでいいはずだ。ニート脱出のチャンスかもしれない。たしか収入もよかった。

そうとも、全世界が知ってる一流企業だ、と考えることもできるじゃないか。それが悪の組織っていうのは微妙だけど、今より悪い状況になどならないだろう。多分。

ただいまー、お父さん今帰ったぞー。

まあお帰りアナタ。今日はお仕事どうだったのかしら?

いやー、首相官邸に破壊工作をしてきたんだけどさぁ、これがなかなか大変でねぇ。まぁ、部長の命令に逆らえないからさぁ。

そう。大変ねぇ。お疲れさま。お風呂わいてるわよ。

あ、お父さんお帰りー、あのね！　今度の誕生日にはPS35がほしい！

うーん。そうだなぁ。オセアニア制圧作戦が成功すればボーナスも出るし、考えとくよ。

わぁ！　やった！　明日はホームランだ！

ははは、こいつめ。

なんていう家庭生活が妄想できなくもない。

寧人はそう考えることにし、一受験者として今日一日を過ごすことにした。

午前中は筆記試験、まずは数学パズルのような問題を解く。

これはあまりできなかった。次に問題文を読み、それについての意見を書く記述問題。

悪の組織の問題らしく、内容がメチャクチャだった。たとえばこんなのがあった。

あなたは現役のヘビー級ボクシングチャンピオンと図に描かれた室内で戦うことになりました。どのように戦いますか？　図をよく見て答えなさい。ただし、チャンピオンを殺すことができなかった場合は、あなたが死んでしまうこととします。

図にはヤル気満々にファイティングポーズをとる大男の絵と、彼の背後にはマシンガンやらナイフやら、武器になるものが描かれている。

その問題にはこう答えておいた。

勝てる確率が低いし、逃げることもできそうにないので、降伏する。もし殴られたりしたらすぐにダウンして立たない。とりあえずその室内での戦いは敗北で終わらせる。後日、闇討ちや毒物などで殺害する。

回答になっていないかもしれない。チャンピオンにはこの室内で勝たないとダメなのかもしれない。でもまぁ、室内で殺し合いをしたら多分こっちが死ぬだろう。だから仕方ない。

最終的にチャンピオンを殺すことができればいい、ってことにしておこう。

こんな感じの問題ばかりだった。これはできたのかどうかはわからない。とりあえず思いつくまま全部書いただけだ。

続いては面接。これは集団面接らしく、しばらく待機用の会議室で待たされる。ここでは真紀と並んで座ることができた。

うーむ。なにか話さないと。そう思いはするも、寧人は女の子と会話すること自体がかなり久しぶりで、もちろん苦手だ。だが、不安そうに自分の面接の順番を待つ女性を前にしている以上、何か言ってあげたい、というくらいは寧人でも思う。

「ま、黛さん！　き、緊張しなくて大丈夫だと、おおお思いますよ！」

やっと出せた声は完全に裏返っていた。

真紀はきょとん、と目を丸くさせ、しばらくして
「……ぷっ、あははは。もー、小森さんのほうが緊張してるじゃないですかぁ。今すごい声でしたよ？」

このアマ、俺がこんなに頑張って声をかけたのに笑いやがって……。

なんてことは寧人は一ミリも思わなかった。寧人からしてみると、これはこれで会話成功である。笑顔が見られたことで、とりあえず満足というものだ。

「いや、その……はい、まぁ、俺も緊張してますけど……」

「うん。わたしもです……。でも、ありがとうございます！　おかげで少し気分がラクになりました。頑張ります」

真紀はそう言うと背筋をしゃんと伸ばしてみせる。小柄ながらに凛《りん》とした雰囲気もあって、そこが魅力的に映る。

「あ、そういえば、わたしのことは真紀、って呼んでほしいです。あんまり名字で呼ばれるの慣れてなくて」

「えーっと……わ、かりました。真紀さん、じゃあ俺も寧人でいいです」

「ニート？　変わった名前ですね！」

「ネイトです」

二人の間にしばしの沈黙が降りた。

「や、やだなぁ。冗談ですよ。ちゃんとわかってましたよ？」

少し頬《ほほ》に桜色が差していた。そんな彼女に寧人は少しの間見惚《みと》れてしまった。

が、ちょうどそのとき、ドアが開き、メタリカの社員らしき人が声をかけてきた。

「小森さん、黛さん、池野《いけの》さん、鈴木さん、スミスさん、どうぞ」

面接の順番が来たらしい。そういえば、今は悪の組織の就職試験中であることを思い出す。

「はい！」

真紀は元気良くそう返事をして席を立った。

「一緒に合格、できたらいいですね！」

まっすぐな瞳でそう言う彼女。これがたとえば航空会社だとか、マスコミだとかの試験ならそれも普通かと思うのだが……ここは悪の組織だ、ということになっているわけで、そんな彼女の言動は少しばかり不思議に感じられる。

「う、うん」

とりあえず、寧人はそう答えるしかなかった。

面接会場には大勢の面接官がいた。十人以上は確実にいたが、なかでも目立つ人物が数人いる。

オッサンが二人と老人が一人、あとは女性だ。多分、管理職の人なんだろう。

オッサンのうち一人は研究者っぽい白衣姿に眼帯。マッドサイエンティスト枠？

オッサン二人目は体格がよく長い髪を後ろで束ねた人物。ロングコートに手袋までしている。武闘派？

老人は白髪で、ふぉっふぉっ、と聞こえてきそうな好々爺《こうこうや》に見える。大物？

女性はなにやらセクシー秘書みたいだ。

寧人は面接など、バイトのものですら受けたことはない。さすがに不安になる。

面接が始まるともう、なにがなんだかわからなくなった。他の受験者と面接官のやりとりを聞くのが精一杯だ。

「池野信之《しんじ》さん、志望動機をお聞かせ願えますか？」

まずはあのイケメンからららしい。悪の組織ですらイケメンが重んじられるのかそうなのか。と寧人が余計なことを考える中、池野と呼ばれたイケメンはよどみなく答えた。

「はい。私はかねてより、御社の営業方針に興味を持っておりました。競合相手の多い業界にありながら、業界の成立期から常にトップランナーであり続ける御社にて力を発揮したいと考えております。目標とする世界征服は壮大で遠いものではございますが、目標へ進む過程で得られる利益を高めていくことが二二世紀の御社では必要かと思います。私もその力になれれば、と考え、志望させていただきました」

おいおい。なんだアイツは。

「なるほど。とてもモチベーションが高いんですね。では自己PRと入社した場合の希望部署をお願いします」

「はい。私は父の仕事の都合で幼いときからフランスに……（略）また海外の大学で近代戦争を専攻にしており（略）、また高校時代に剣道でインターハイに出るなど……」

ＰＲはさらに続く。

マジかよアイツ。寧人からすれば別世界の住人だと言えるだろう。いいとこのお坊ちゃまでイケメンでスポーツマンで高学歴。なんでメタリカに入ろうとなんてするんだ。広告代理店でも受ければいいのに。

「どの部署に配属されても全力を尽くすつもりですが、将来的には企画部にて怪人を用いた侵略作戦の立案に係わりたいと考えています」

あーそうですか。すごいですね。

池野の話が終わり、次は真紀の番になった。

「わたしは御社のライバル的存在であるロックスを倒したいと考えています。その力になれれば、と思い志望いたしました」

ロックス……ああ、あのヒーローの人たちか。……変わってるな。ヒーローなんてみんなの憧れじゃないのか？　可愛いけど、やっぱりちょっと変わってるのかな。そうだよな悪の組織に入社しようとしてるんだもんな。

「わたしは米国のＭＩＴを飛び級で卒業しており、博士号を二つもっています。御社の怪人のメンテナンスや改良に役立つものだと思います」

でも可愛いしなー。頭もいいのか。すごいなぁ。それにしても可愛いなぁ。

現実離れしすぎた状況は寧人の思考を遠いところに飛びたたせるのに十分だった。

「では小森寧人さん。あなたの志望動機を教えてください」

いきなり現実に戻されてしまった。初の面接。悪の組織らしき大企業、他の受験者の衝撃的な経歴。自分は内気で無能なニート。パニックになる条件はすべて整っていた。

「お、御社の理念にカンメイを受けまして……」

「弊社のどういった理念にですか？」

「それは、えっと……あの……」

「……趣味や特技はありますか？」

「……趣味はインターネットで特技はあの……ピーナッツの投げ食いです」

「……はぁ。では、もう結構です」

終わった。寧人だけでなく、他の受験者も一様にそう思ったはずだ。

真紀は心配そうにこちらをチラチラ見ているし、池野はまるで汚物でも見るような視線を向けてくる。

はい。就活終わり。悪の組織も、大企業となると難しいわな。

そもそも、俺がここにいること自体が場違いなんだよな。今日は帰りにカレー食っていこう。寧人が気持ちを切りそうになったそのときだった。

これまで黙っていた老人の面接官が口を開いた。

「君は、たしか一般公募からだったのう？」

老人の質問に、部屋がざわついたように感じた。

一般公募とはあのＷＥＢサイトだろうか。俺は、ということは他の人は違うのか。このざわつきを見るに、それはよほどおかしなことなのか。

「ネットで見て……それで」

「そうかそうか。ではワシからの質問は一つじゃ」

老人の言葉は穏やかで優しげだった。聞いていると安心するような。でもそれが怖いような。そんな声だった。

「この世界を変えたい、君は求人サイトでそう答えたのう?」

寧人はなぜだか言葉が出なくて、頷《うなず》くことしかできなかった。

「世界を変えたい。それは、今あるこの世界のすべてを壊してでも、かの?

? 変なことを言うおじいさんだ。そんなの、決まってるじゃないか。

寧人は少し間をおいて答えた。

※※

真紀は面接における自分の発言の順番が終わり、少しホッとしていた。が、すぐにいてもたってもいられない気持ちになっていた。

今日知り合ったばかりの男の子、寧人くん。

彼の面接での受け答えはあまりにも浮いている。正直言うと、一昔前とは違い、今では一般の人は実施を知ることもなくなり、各分野のエリートや特殊な人間しか受験できないメタリカ本社の採用試験にいるような人には見えなかった。別にバカにしてるわけじゃない。ただ、不思議だった。

　彼の面接が上手くいきそうにもなくて、真紀はソワソワするのを抑えるのに必死だった。でもそのあと少し驚いた。彼はなんと『一般公募』を経て、最終面接の場にきた人だったのだ。

　真紀も噂《うわさ》では聞いたことがある。何度も試験を重ねここに至った他の受験者とは異なりネットなどの不特定多数を対象とした選抜による採用ルートがあるのだそうだ。

　まずその公募にたどり着ける確率は非常に低いらしい。なんでもいくつもの質問に答え、『適性あり』と判断されなければならないらしい。

　そして公募に『合格』するにはあるたった一つの高い素質が必要であり、なんでも過去に一般公募で選ばれた人物は一人だけだそうだ。これも噂だけど、一般公募の試験はメタリカの首領がみずから作っているらしい。

　たった一つの素質。それは『悪』であること。ただそれだけ。それをどういう基準で採点しているのはわからない。それもあり、真紀は不思議に思っていた。

　寧人はとても悪人には見えない。どちらかというと、シャイで、優しそうで、少し不器用な男の子。クセのついた黒髪や、眠そうな目が印象的で、これまで周りにはいなかった感じの人だった。

　真紀には寧人がそういう風に見えていたし、それで少し好感も持っていた。だから彼が一般公募を経てここに来ていることは本当に意外だった。

そのあと、面接官の一人が寧人くんにした質問。

『この世界のすべてを壊してでも、世界を変えたいか？』

真紀は面接官の質問にぞくりと背筋が寒くなるのを感じた。

面接官の言葉には冷たい重みがあったからだ。

誰でも大なり小なり世界には不満があると思う。きっと、それを変えたいとも思ってるんじゃないか、と感じる。

だけど、今のこの世界のすべてを壊してもいいか？　と聞かれて心から了承できる人はいるだろうか。

軽い気持ちで、みんな死んじまえ！　とか言うのとはわけが違う。本当に？

この老人の面接官の言葉には本心を抉《えぐ》り出すなにかがあった。きっと嘘《うそ》はつけない。

仮に真紀が同じ質問をされたのなら、わからないです、と答えるしかないと思う。

隣に座る池野さんが同じ質問をされたのなら、面接だから、もちろんです、と答えようとするだろうけど、きっとプレッシャーで答えられないと思う。

寧人くん……。面接中ではありながら、つい真紀は寧人のほうを見つめてしまっていた。

彼は、顔を上げ、答えた。あまりにも、普通に。

「あ、はい」

そう、答えた。

そのときの彼の表情は、あまりにも自然だった。まるで、ごく当たり前のことを聞かれたような、たとえば、パンを焼きたいと思ったとき、トースターを使えますか？　という質問に答えるかのように。不自然なほどに、自然。

その瞬間、頼りなげに見えていた男の子の周りに漆黒に燃える炎が見えたような気がした。弱々しくておぼろげだけど、たしかに、一瞬だけ。

あわせて、彼の瞳の奥に引き込まれそうな錯覚を覚える。

また、それとは別に、そんな炎を、黒い炎をどこかで見たことがあるような、不思議な気持ちを感じる。

いや、気のせいではない。どこかで、真紀はその炎を見たことがある。

ん……あれっ？　嘘……？　なんでわたし……あれ？

燃え上がる黒い炎に見惚れ、そして引き込まれそうな魅力と懐かしさを感じた真紀は、一瞬遅れて、胸の鼓動が高鳴っていることに気づいた。

※※

面接が終わると、寧人はすぐに帰途につこうとした。恥ずかしくて、この場にいたくなかったのだ。

　終わった。落ちたな。

　最初ジョークだとか、ドッキリだとか思っていた就職試験だったが、こうも本格的にダメだと、さすがに落ち込む。さっさとカレー食べに行こう。そう思い廊下を歩く。

「あ、あの！　寧人くん！」

　声をかけられれば振り返りはする。そこまで社会性は低くはないさ、面接は落ちるけど。心の中でそう自嘲《じちょう》せずにはいられないが、別に真紀はなにも悪くない。寧人はそう思いなるべく穏やかに接することにした。

「お疲れさまでした……。メタリカ頑張ってね。応援してるよ」

　そう答えると真紀はなにやら下を向き、モジモジとしだした。スカートの裾のところをつかんでいる。

「ね、寧人くんも入社するつもりなんじゃ……」

　優しい人だ。真紀の優しさを感じ、さらに落ちたことへのショックが高まる。

　もしかしたらこの人と同僚になれたかもしれないのかー、と考えはする。

「はは……無理無理。あれで受かるわけないよ」

「そんなこと言わないでください……」

　寧人は少し考えた。どうしてこの人はこういうことを言うのだろう。

ああ、そうか。自分だけ受かりそうだから申し訳ないのかな。

バカだなぁ、そんなこと全然気にする必要ないのに。悪の組織に入社する人とは思えないよ。

「じゃ、俺帰るね」

気を使わせちゃ申し訳ない。寧人はそれだけ言うとその場を立ち去ることにした。

※※

その日、都内の地下にあるメタリカの一拠点では会議が行われていた。

「池野くんと黛さんは採用でいいですよね」

「そうだな。池野は優秀だし、黛さんも……かわいいし」

「すぐそれだ。黛さんだって有能ですよ。見てくださいこの経歴書」

話し合っているのは採用担当の総務部の者たちだ。面接の際に現場にいた管理職の者たちはそれぞれ採点と私見を述べたあと、すでにこの場を後にしていた。

今日の面接はメタリカの入社試験の最終段階であり、そこに至った者たちはすでに八次に及ぶ試験と面接を終えて残っている者たちだ。いずれも基本的に優秀であり、かつ高い専門的なスキルを持っている。

だが、そのなかでも先に挙げた二名の受験者、つまり池野信之と黛真紀は試験成績もずばぬけており、面接時に見せた印象も非常に強かった。

採用担当の社員たちの考えはほぼ一致しており、会議は早くも終了の気配を見せた。

そんななか、一人がふと、思い出したように口を開く。

「そういえば、小森とかいう子はどうしますか?」

小森寧人。一般公募という他の受験者とは違うルートで最終面接の場にいきなり現れた青年だ。

「あー、ピーナッツか。……そりゃ、誠に残念ですが……でいいんじゃないのか。公募で来たやつっていうからどんなやつかと思ってたけど。さすがに、ありゃないよ」

「たしか今年の一般公募はWEBサイトのアンケートから求人広告に飛ぶ仕様だったっけ。すげー確率だけど、ま、要するにただ運がよかっただけだろ」

『一般公募制度』はメタリカが採用試験を始めたときからずっと続いているものである。トップである首領の意向ということで残されているが、これまでそれで採用されたものはただの一人だけ。そしてここ何年も一般公募から最終面接に来たものはいない。

不特定多数の人間のなかから、悪の素質がある者を選ぶ、という意図の制度だが、近年ではその存在意義が疑われるものだった。

「ですよねー。だってあの小森?が悪党には見えないですしね」

そんな一般公募から十数年ぶりに人材が見つかったかもしれない、ということで一時総務部は興味を持ったのだが、その人材はあまりにもお粗末に見えた。だから、担当者の頭ではすでに採用する対象から外れている。

求人広告にたどり着くまでにはアンケートやクイズに模した設問に対してすべて最『悪』の回答をしなくてはならない。

四択問題の連続すべてに最悪の回答をする。問題数は九九問プラス最後の一問、計算してみるとわかるのだが、それは天文学的な確率になる。

四の九九乗×二分の一。

それはコンピュータを使わなければ数値が計算できないほどの確率だ。

だが、実際に来たのはあんな男。来年からはもう公募制度はやめようと提案したほうがいいのかもしれない。

「ちょっと期待してたんですけどね。じゃあ、これでいいですかね？」

池野と黛の採用決定をもって、会議を閉めようと一人が口を開いたそのとき、会議室の扉がノックされた。

「はい？」

「ちょっといいかの？」

入ってきたのは、幹部である老人だった。

「あ……、どうして、こちらに？」

「なに、ちょっと採用に口を出そうと思っての」

採用担当者は老人の言葉に息を飲んだ。

老人はメタリカにおいて非常に重要な、『相談役』のポジションにいる者だ。慣例から面接の場には他の幹部とともに出席するが、積極的に採用に口を出すことはほとんどない。実際今日だって他の幹部は一言二言述べただけで帰っている。にもかかわらず、この老人がわざわざ会議の場に現れ、意見を言うというのはただ事ではない。

「はい。……なにか」

緊張する採用担当者たちを見て、老人は愉快そうに笑い答えた。

「あの小森という者。なかなか面白い。ほんの少しだけじゃが、似ている。だが、どこかが違う」

老人の言っていることは採用担当者にはよくわからなかった。似ている？　違う？　誰に？

だが老人はかまわず続けてきた。

「今はただの世を拗《す》ねた子どもじゃが……磨けば光る珠《たま》かもしれぬ。ワシに免じて、入れてみぬか？　なに、入社後まで特別扱いしろとは言わん。それで消えたり死んだりするようなら、それはそれでかまわんし、の」

「……わかりました」

くつくつと笑う老人と不気味なその笑い声に黙り込む一同。

彼がここまで言うのならば、その意見をあえて否定する理由も権限もこの場の誰にもなかった。

※※

あのジョークみたいな、不思議な面接から二週間がたった。

面接が終わってからしばらくは、寧人は面接のことを思い出しては、惨めな気持ちになったり、真紀のことを思い出しては、可愛かったよなぁ……なんて思って悲しくなったりしていたが、ここ数日はほとんどそういうこともなくなっていた。

変わらない日常に戻って普通に過ごしているうちに、あの求人広告も面接も、全部夢だったような気さえしてきていた。

そんな日に、それは届いた。だから、予想もしていなかった。

寧人のもとに届いたのは、一通の手紙だ。

「珍しいな。俺に手紙なんて……」

いつもは公共料金の請求書くらいしかこないのに。

それもしっかり封がしてあって、最初まったく内容の見当もつかなかった。

配達人から手紙を受け取って、やや不審に思いつつ部屋に戻り、びりびりと封を破いて中身を確認して、今に至っている。

「えっ？　あれ？　まじ？」

文面を見直してみる。間違いないようだ。

意外すぎる。本当に意外だった。絶対に落ちたと思っていた。

だから何度も何度も確認してしまう。

やっぱり間違いない。

どう見てもこう書いてある。

『採用内定のご連絡
拝啓、時下ますますご健勝のこととお慶《よろこ》び申し上げます。

さて先日は当社入社試験にご応募いただき誠にありがとうございました。

厳正なる選考の結果、貴殿の採用が内定いたしましたのでご連絡いたします。』

その他、準備する書類や入社日など色々な案内も同封されている。

悪の組織なのに、まるで普通の企業のそれのようでなんかおかしいようにも思えるのだが、そんなことは今どうでもいい。

やばい。興奮してきた。まずい、集合住宅だけど叫ばずにはいられない。

「うおーーー！」

寧人はひとしきり騒いで喜びをあらわにした。そして今起きた意外な事態を言葉にする。

「四月から俺は、悪の組織の新入社員だ」

それは、この郵便物が示していることを現実として受け止めるために口にしたことだったが、あらためて言葉にすると、やっぱり笑ってしまいそうになった。


採用通知がきてから数ヶ月の間、寧人は当然ながらそわそわと過ごしていた。

なんとなく家の中をウロウロしてみたり、アニメを見ながら不意に筋トレをしてみたり。

数少ない親類に就職が決まったことを伝えようかと思ったが、さすがに憚《はばか》られた。だって悪の組織だし。

そういえば実際、仕事として何をするんだろうか。犯罪行為の企画立案とかするんだろうか。

採用通知に対してはすぐに就職させていただく旨を返信したが、そういえば具体的な業務内容だとか、待遇だとか、ちゃんと確認していない。

もう一度資料を読み返してみよう。いやまずは筋トレか？　とかやってるうちに時は過ぎていき、入社の日が来た。

指定された場所は面接会場と同じオフィス街のビルだ。もしかしたらここは表向きの施設なのかもしれない。メタリカとは別に会社として登録しているダミー企業とかなのだろうか。

受付嬢は面接のときと同じ美人のお姉さんだった。あのときは緊張がひどかったからよく見ていなかったが、この人はよくよく見ても本当に美人だ。ウェーブのかかった栗色《くりいろ》の髪の毛に優しそうなタレ目。お姉さんキャラだ。

「ようこそメタリカへ。会議室へどうぞ。本日はガイダンスを行います」

耳に心地よい声で案内を受ける。この人は受付嬢なんてやらないで政治家にハニートラップを仕掛ける部署とかに異動させたほうがいいんじゃないのか、なんてことを思ってしまう。

当たり前のことだが、案内された会議室には寧人の他にも新入社員がいた。寧人は人付き合いが上手いほうではないし、クラスメートやら同級生にもいい思い出はない。だから今願っているのは、同期入社の人がいい人であることだ。

いや会社の特性上、矛盾した願いなのはわかってはいたが。そういえば真紀はいるだろうか？　とちらっと思ったりもする。

「あ」

会議室に入ると、そこにいたのは真紀ではなかった。スラリとした長身、整った顔立ち、高そうなスーツ。

あれだ。面接のときに一緒だったやつだ。ハイスペックなイケメンの人だ。今日は眼鏡をしていた。面接のときはコンタクトだったのだろうか、

「えーっと……」

イケメンの人も寧人に目をやる。

「お前も受かったのか？」

意外だな。と言いたげな口調だった。まあ、寧人自身が意外なので、気持ちはわかる。

「えっ、あっ、うん」

ジロジロと寧人を見るイケメン。

面接のときは別世界の住人のように思っていたけど、せっかくの同期入社なのだ。できれば仲良くしたいと今は思っている。

「……そうか。総合か？　それとも一般か？」

メタリカの採用は総合職、一般職に分かれていた。

「うん、一般だけど」

「……はっ、なるほど、よかったじゃないか」

寧人の言葉を聞いたイケメンは、あきらかに態度が変わった。見下されていると感じるのは多分気のせいではないだろう。

総合職と一般職では給与体系やらなんやらがだいぶ違うらしい。パイロットとタクシー

ドライバーくらい違うのかもしれない。

少し居づらい空気になった。

このタイミングでドアが開く。

「こんにちは。……あ！　寧人くん！　受かったんですね！　良かったー」

入室してきたのは真紀だった。面接で会ったときより少し髪が伸びており、青みがかった艶《つや》のある黒髪はより魅力的に見える。なんとなく部屋中の空気が洗われたようだ。

「あ、ありがとう。真紀さんも受かっ……」

「ああ、君も入社したのか。そうだろうと思ったよ」

寧人が真紀に声をかけるよりもイケメンのほうが早かった。

「ありがとうございます。えーっと、仏野《ふつの》さんも！」

「……俺は池野だ」

いえーい。俺は覚えてもらってたぜー。内心大喜びだが、表面には出さない寧人。

それはともかくとして、どうやら今期の採用はこの三人だけのようだった。しばらくして、さきほどの受付のお姉さんが役員らしき男性と一緒にやってきて告げる。

「おそろいですね。では部署配属発表とガイダンスに入ります」

寧人は学校を出てから就職したことがない。配属を決められるのはもちろん初めてのことだ。

採用されたということは何かしらの能力が評価されてのことで、その適性にあわせた仕事が割り振られるわけだ。自分でも何ができるのかなんてさっぱりわからないが、やはりワクワクするのを抑えられなかった。役員らしき男性は低い声で発表を始めていく。

「池野信之。企画部第一企画課への配属を命じる」

「承知いたしました」

ほー。アイツ、シンジって名前なのか。企画課ってなにするんだっけ？　頭よさそうだな。すげぇ。あれか？　要人の暗殺とかどっかの拠点の爆破とか企画すんのかな。

「黛真紀。総務部総務課への配属を命じる」

「はい！」

「ちなみに、私も総務部よ。優しく指導してあげるわね」

真紀さんは総務部か、怪人の改良したいとか言ってたから本人は開発室とかに行きたかったんじゃないのかな。でもまぁ、あの受付のお姉さんと同じ部署か。悪くないんじゃないの。総務部かー。綺麗どころが配属される部署なんだろうか。俺も領収書落とすために顔出したりするのだろうか。

さて、次は寧人の番だ。記憶にある限り、こんなに胸が躍るのは久しぶりだった。

「小森寧人。営業部付庶務課への配属を命じる」

「は、はい」

？　庶務課？　それって、なんだっけ。寧人は読み込んだ会社資料を思い返してみた。なんか片隅のほうに書いてあった気がする。

「以上、配属発表を終了する。池野、黛の二人はすぐに新入社員研修に出発してくれ」

「はい！」

？？　新入社員研修？　さっきから気にはなっていたのだが、池野と真紀の二人はトランクケース持参だ。旅行にでもいくような大きなものである。

「行き先はハワイだが、あくまでも目的は研修だ。あまり浮かれないようにな」

ハワイ？　寧人にとっては寝耳に水だった。なにも準備などしていない。と、いうかパスポートすら持っていない。そんな案内きてただろうか？　やばいいきなり大失敗か。寧人はパニックになりながらもまずは正直に申し出ることにした。

「あの……俺……準備とか……」

役員は、はぁ？　と言いたげな表情を見せ、続けた。

「庶務課は即現場に出るのが普通だ」

「は？」

「お前庶務課ってわかってるか？」

「……いえ、すいません」

「まぁ端的に言えば戦闘員だな。雑用係でもあるけど。テレビとかで見たことないか？」

ある。アレだろ。なんか黒っぽい服着てて、変なマスクしてるアレだろ。怪人の取り巻きで現れてはヒーローにぶん殴られるアレだろ。警官相手に立ち回ってるアレだろ。子どもに泣かれるアレだろ。アレって普通の人がやってたのかよ。

やばい。これはやばいぞ。寧人は自身のテンションが一気に下がったのを感じた。自慢じゃないがケンカもしたことがない。それで研修もなしに即現場とか。マジかよ。

「……もう会うこともないかもしれないがせいぜい頑張ることだ。黛さん、僕らは行こう」

池野はそう言うと、さっさと歩きだした。もはや完全に寧人のことなど眼中にないようだ。

真紀はおろおろとしつつ、声をかけてくる。

「だ、大丈夫ですよ！　寧人くん！　その……あの仕事は習うより慣れろ、って、言うじゃないですか！」

この子、ちょっと犬みたいだよなぁ。なんて関係ないことに思いが飛んでしまう寧人。

「小森。お前の職場は……」

説明はされたが、寧人の頭にはあまり内容が入ってはこなかった。

正直言うと、少し浮かれていたのだ。業種は異常だが、職につけて、ある意味非常に知名度の高い企業で。同期は優秀そうなイケメンと優しい美少女で。

これからの社会人生活に多少は期待を持っていた。やりがいのある仕事ができるかもしれないと思っていた。

さらに正直に言えば、真紀がかなり魅力的だったので、社内恋愛というきらきらした四字熟語すら妄想していた。少なくとも、これから何度も会える！　とか思っていた。

しかし、どうやらそれすらも微妙なようだ。同期入社として同じ研修を受けることもない。配属される場所も一人だけ違うらしい。

いや、総合職と一般職だ。下手したら、池野の言うように、もう二度と会うことがない可能性すらある。

「おい！　小森！　聞いてるか？」

遠くに行ってしまっていた寧人の思考が役員の怒声で戻された。

予想とは大幅に違う不穏なスタートとなってしまった寧人だが、とりあえずこう答えることしかできなかった。

「はい。……庶務課で、研修なしで、一般職で即配属なんですよね……」

言葉に出すと、はっきりくっきり、目の前が暗くなるのを感じた。

※※

入社式の翌日。寧人は案内を受けたとおり、庶務課なる部署に出向いた。

より正確に言うと、全国各地にある庶務課のなかの一支店といったところだ。郊外の倉庫が乱立するエリアにあったそこは、一見すると町工場のような雰囲気である。本社とは大違いだ。

だんだんわかってきたのだが、悪の組織であるメタリカは施設やら人員に表向きの肩書きを与えているようだった。

職場の人員は一〇名。一番上の人で主任という肩書きらしい。メンバーはいずれも作業服のようなものを着ており、仕事をしているようには見えなかった。

「本日からお世話になります。小森です。よろしくお願いします」

寧人としてはかなり頑張って自己紹介をしたのだが、反応は芳《かんば》しくない。あー、はいはいそうですか、そんな雰囲気だ。

「彼は本社採用なのに一般職という非常に珍しい経歴です。えっとどうしようかな……」

そんな空気のなか、主任は周囲を見渡すと、メンバーの一員らしき太った若い男に声をかけた。

「おーい。重田《しげた》くん。君、彼の面倒見てあげて」

重田、と呼ばれた男は面倒くさそうに舌打ちし、立ち上がる。

「え？　俺っすかー。……ちっ、わかりましたー。おい新入り。来い」

重田はタバコを吹かし、だるそうに寧人を呼ぶ。

なんだこの人は、すげーメタボだけどこれで戦闘員が務まるのか。ってか普通に職場でタバコ吸ってるけどこれはいいのか。

寧人の脳裏にある単語が駆け巡る。

ブラック企業。

そういえば庶務課はみんな一般職だそうだ。賃金も低い上に危険で、そもそも悪の組織、使い捨ての兵隊。そんなところの職場環境がいいはずがない。モラルなどあるのか。

学生時代はチンピラでヤクザやらヒモにもなれないからもうメタリカにでも入るか、みたいな人たちじゃないのか。

真紀や池野みたいな総合職は違う。巨大な力を持ち、世界中で暗躍するメタリカ。その運営を担うエリートなのだ。一般人である寧人は知らなかったが、どうも各分野のトップレベルの企業のなかでは、メタリカという団体があり普通に企業体として存在していることは周知の事実のようだ。

世界レベルに影響力がある大企業。業務内容は特殊だが、トップレベルの人材が集まるのもまあ納得できる。

それに対してこの庶務課。組織図上、最下層に位置する雑用の部署。差がありすぎだ。

「おい新入り！　てめ何ぼーっとしてんだよ」

重田の罵声が飛ぶ。

「は、はい！　すいません！」

「お前、銃とか使える？」

「え？　いや使えませんけど」

「んじゃ、何か格闘技でもやってたのかよ？」

「いや……別に」

「爆弾とかつくれんの？」

「……」

　一連の会話のあと重田はボリボリと頭を掻《か》きつつ呟いた。

「……まじ使えねぇ……」

「えっ」

　なんてアンビリーバボーな職場だ。寧人はまだなにも働いていないが、すでに帰りたい気持ちでいっぱいだった。

「いいか？　明日までになんかできるようにしとけよ。俺は忙しいから勝手に練習しとけ。武器はそこのロッカーに入ってるからよ。ああ、けど爆薬と銃は持ち出すときには申請書いるぞ」

　根元近くまで吸ったタバコをもみ消した重田は、スポーツ新聞を広げ、もう話は終わりだ、と態度で主張した。

愕然《がくぜん》としたが、もちろん逆らうことなどできない。寧人はもそもそとロッカーをあけ、言うとおりにしてみることにした。

ロッカーのなかには、銃はもちろんのこと、警棒のようなものや刃物、それになんなのかすらわからない妙な機械が入っている。

「……これとかにしてみるか」

寧人は警棒のようなものを取り出してみた。銃や刃物に比べれば、まだ扱うのに危険がないように思えたからだ。

警棒のようなものは、持つ部分であるグリップは黒いゴムのような素材になっており、その先は金属でできている。

グリップを握ると、ちょうど親指があたる部分にスイッチのようなものがついていた。

このスイッチがなんなのかはわからない。押してみたくもなったが怖いのでやめておくことにした。重田にそのスイッチがなんなのか聞こうとしたのだが、重田はスポーツ新聞に集中しており、寧人の質問にはとても答えてくれそうになかった。

なんだよこれ。どうしろっていうんだよ。

そう思わずにはいられなかったが『明日までになにかできるようにしておけよ』という言葉が重くのしかかる。

それに、なにもせずボケッと突っ立っているのもそれはそれで精神的につらいものがある。

仕方ない。寧人はしばらく考えたが、とりあえずその警棒のようなもので素振りをしてみることにした。

ぶん、と振ってみると意外と重い。自由に振り回すにはそれなりに腕力が必要であるように思われた。

他にやることもなかったし、少なくともトレーニングにはなるだろう。そう考えた寧人は庶務課の片隅で警棒らしきものの素振りを延々と続けることにした。

それから数時間がたったが、その間、重田が寧人に話しかけたのは「ジュース買ってこい」だけだった。他の庶務課の面々は、ときおり寧人に視線をやることもあったが、特段声をかけてくることはなかった。

ただひたすらに素振りをするのはかなりつらかったのだが、初日から放り出すわけにもいかない。寧人は半ば意地になってただひたすらにそれを繰り返した。

もしかしたら、これは自分を試しているのではないか？　そんな風にも思い、ならヤル気を見せてやろう、そんな風に思って、自分なりにこの警棒を効率よく振るにはどうすればいいのか、ということなども考えたりした。

さらに数時間が過ぎて庶務課内にチャイムが鳴り響いた。終業時間ということらしい。

重田は携帯電話を取り出す。

「おう。今終わったわ？　え？　マジで？　マージで？　相手何人？　いいじゃん。うひゃひゃ。マジいいわー。おっけー駅前の居酒屋な。んじゃあとで」

「あの……重田さん……」

すっかりくたびれ果てていた寧人だったが、さすがにこのまま初日が終わってはたまったものではない。

帰り支度をしている重田に近づき、話しかけようとしたのだが……。

「お疲れしたー」

重田は平然と帰っていった。

マジかよあの人……帰りやがった。こんなんでどうしろってんだよ。ブラックにもほどがあるだろ。

筋肉疲労でぷるぷると震える体、なんの教育もされない職場。

「……ウソだろ」

途方にくれる以外、寧人にできることはなかった。

同じような状況は翌日以降も続いた。三日目には重田が思い出したように言ってきた。

「そういやお前少しは使えるようになったか？　来月には俺と模擬戦な」

「は？」

突如、衝撃的な発言だった。なんだそれは。模擬戦ってなんだ。

「模擬戦……ってなんですか？」

「はぁ？　言っただろ？　庶務課の新入りはやることになってんだよ。これでダメダメだったらクビな。俺はもう帰るけど、掃除して帰れよ」

寧人は目の前が真っ暗になるようだった。まあルールはわかる。そういう決まりがあるのも無理はないだろう。なにせ庶務課はいわば末端の実動部隊だ。使い物にならなきゃどうしようもない。そんな状態で実戦に出たら死にかねない。いわば試用期間の最終試験みたいなもんなんだろう。

それはわかる。が。

どうしろというのだ。俺は入社してからジュースを買いに行くのと、掃除以外してない。

重田はああ見えてもメタリカの庶務課で二年働いている男だ。チンピラあがりの人だったとしてもその戦闘能力は少なくとも自分よりは上だろう。

と、いうよりも。重田はそれを見越して何も訓練をしてくれなかったのかもしれない。

ヤバイ。やばすぎる。このままじゃボコボコにされて大怪我《おおけが》したあげく会社はクビだ。

「……終わったかもしれない……」

取り残された寧人は、そう呟くしかなかった。

もういい。こんな会社辞めてやる。そう思いつつもとりあえずモップを手に掃除を始める。こんな会社だが少しの間は希望を見せてくれた。その恩返しだ。

「新入り。今日はもう上がれ」

そんな寧人に、職場のメンバーの一人が声をかけた。今まであまり話したことがない中年の男性だった。無精ひげの似合う四〇代くらいの男で、たしか名前は間中年男《まなかとしお》といったような気がする。

「いや、でも掃除がまだ」

「いいんだよそんなもんは。たいして汚れちゃいねぇだろ。お前が昨日も掃除してくれてたしな」

意外だった。自分が掃除していたことなど、誰も気にも留めていないと思っていた。

「お前、今日メシも食ってないだろ。奢《おご》ってやるから、飲みに付き合えよ」

これがあれか。職場のノミニケーションとやらか。寧人は少し戸惑った。一応飲酒年齢に達してはいるが、人と、ましてや職場の同僚と一緒に飲みに行ったことなんてない。

「はあ……」

力なくそう返事をする。間中は重田とは違い、まともな人に見えた。どうせ辞めるのだから、少しくらい経験を積んでもいいだろう。そういう判断だ。

連れていかれたのは少し古いおでん屋だった。ちょっと汚いが、値段も安く、おでん種も豊富だった。

間中は焼酎《しょうちゅう》のお湯割りをちびちびと飲み、大根をはふはふと食べている。旨《うま》そうだ。寧人は先輩と飲みに行くときの作法なんてわからないので、しばらくじっとしていた。

「おう。食えよ。たいしたもんじゃねぇけどな」

「あっ。あっ、はい」

口にしたおでんは温かかった。しばらくは他愛《たあい》もない話をしつつ、腹を満たす。

「お前も災難だったな。本社採用でいきなり庶務課なんてよ。それにすぐに模擬戦は、きついわな」

間中はポツポツと喋《しゃべ》る。

「いえ……」

「正直に言えよ。これがメタリカかよ、って思っただろ」

なんとなく居心地がよくて、寧人も本音を漏らす。

「……はい、少しは……」

教育体制も職場環境もひどい。労働組合とかあるのかも疑問だ。

「はは。少しか。俺なんて年中思ってるよ。上の連中は現場のことを知りもしねぇで無茶《むちゃ》な目標ばっかり立てやがる。実際やってらんねぇよ。俺ら戦闘員のレベルじゃデカイ作戦は回ってこねぇから、やってることはチャチなバスジャックだの警察の足止めだの……。しかも俺の給料なんざ、総合職の二年目より低いんだぜ。そのくせやれ出動が遅いだコストが高いだ……重田みたいにやる気なくしちまうのも、ま、無理ねぇわな」

そういう間中は、ここ数日の職場での振る舞いを見る限り、やさぐれているようには見えなかった。だから聞いてみた。

「間中さんは……どうしてそれなのに、働いてるんですか？」

「ま、メシ食わねぇといけないしな」

そうか。社会人は大変だな。大人の悲哀ってやつか……。寧人が同情しそうになったそのとき、間中は遠くを見るように続けた。

「それに、な。世界征服、ってやつにも、まだ、思いがあんだわ。これでも若いときに、世界を変えてやる、って思ってたてな。それができるかもしれない悪の組織に憧れて入社したからな」

同じだった。その部分は少なからず入社前の寧人と同じだ。

「それは……」

「ははっ、バカみてぇか？　こんな下っ端のオッサンがよ？」

照れたように笑うその顔は、言っていることとは裏腹に、子どもみたいに見えた。

きっと、今でも彼は、それを夢見ている、そう感じさせられる笑顔だった。

「いえ、そんなことは……」

そのときだった。おでん屋の外にある公園から怒声が聞こえた。サイレンの音もだ。

「……ガーディアンか」

間中はそう呟いた。

ガーディアン、それは悪の組織の乱立する少し前に治安維持のために設立された組織、およびその構成員の通称である。

もちろん警察は警察で他に存在するが、ガーディアンの権力はその上位に位置する。悪の組織に対してはより影響力のある存在だ。従来の警察よりもより積極的で、実力行使に出ることも多い。法に厳格で、正しく強い、秩序の実行者と言われている。

個人で動く謎のヒーローであるロックスとは違うが、要するに正義の味方だ。

当然、メタリカにとっては敵であると言えるだろう。

まさか自分たちを制圧に来たのか、寧人は一瞬焦ったが、怒声をよく聞くとどうも違うらしい。外にいる誰かに対して高圧的に怒鳴っているようだ。

どうしよう。まだバレてないみたいだし、逃げたほうがいいのだろうか。寧人がそんな風に思ったそのとき、傍《かたわ》らにいた間中がゆっくり立ち上がった。

「間中さん？」

「ん？　ああ。ちょっと行ってくるわ。大将、つけといてくれ」

「あいよ。年男さん、昔から変わってないねぇ。もう若くないんだからあんまり無茶しちゃ毒だよ」

間中はおでん屋の店員に勘定を払うと、表に出ていった。

？　つけといてくれ？　勘定なら今、払ったじゃないか。

あわてて寧人もそれを追う。おでん屋の近くの公園では間中の予想どおり、ガーディアンが来ていた。

特徴的な白いプロテクターのような装備に、競輪選手のようなヘルメット。手には警棒を持っており、腰にはホルスターが見える。多分銃も持っているのだろう。ガーディアンの警備出動時の装いである。あれはCランクとかいう一般警備レベルの連中だろう。

三人のガーディアンはなにやら、公園にダンボールハウスを立てて夜風をしのいでいたホームレスに詰め寄っていた。

「おい！　こんなところにダンボールハウスを建てるな！　ただちに撤去しろ!!」

「そ、そんな……ここから今追い出されたら、わしらどうしたらいいか……この寒さじゃ死んじまうし、スラムじゃ襲われちまう。明日には出ていくから……お願いします……！」

どうやらホームレスに対して退去命令を出しているようだ。なるほどたしかにホームレスのしていることは違法なのだろう。

「知ったことか！　違反なんだよ違反。わかる？　おじさん」

「はー。まったく面倒だな。いいから早くしてくれないかな。隣町の公園か、スラムのほうまで行くといいよ。ウチの管轄じゃないから見逃してあげるからさ」

ガーディアンの居丈高《いたけだか》な物言いに寧人は違和感を覚える。たしかに彼らは悪ではない。だけどその行為はとても応援する気にはなれない。

「……」

黙り込み、その光景を見つめていた寧人。だが、傍らにいた間中は違った。

「これだからガーディアンってのは……」

「!?　間中さん!?」

止める間もなく、間中はガーディアンたちの前に歩み進んだ。

「おいそこのガー公、ちょっとお前ら、殴らせろ」

突然の乱入者に、ガーディアンたちも戸惑いを見せる。

「なんだお前は！　いったいどういうつもりだ！」

だが、間中は不敵な笑みを浮かべ、ぼそりと答えた。

「俺はなぁ、メタリカなんだよ。メタリカが悪いことをするのに理由がいるかよ」

嘘だろ……。ガーディアンたちよりも寧人のほうがよほど驚いた。ガーディアンに対して悪の組織の構成員であることを名乗るなんて正気とは思えない。

「な、なんだと!?　今なんと言った！」

案の定、ガーディアンたちは警棒を構え、警戒態勢に入ってしまった。彼らも素人ではないだろう。『あの』庶務課のメンバーである間中が彼らをなんとかできるのか。

ほんの少ししか接してないけど、それでも間中の身を案じずにはいられなかった。寧人は脚が震えているのを自覚する。間中さんは、悪い人じゃなかった。いや悪い人なんだろうけど。それでも俺はそう感じなかった。それなのに……!

「ガタガタうるせぇんだよ。さっさとかかって来いやコラ!」

寧人の心配をよそに間中は強気でガーディアンを挑発する。

「確保だ――――!」

ガーディアンは一斉に間中に襲い掛かった。あれではすぐに取り押さえられてしまうだろう。そう思った寧人だったが、結果は違った。

「けっ!　うらっ!」

間中は公園の砂場を思い切り蹴り上げ、ガーディアンたちに砂を浴びせかけた。

そして……。

「っしゃ!」

目に砂が入ったりしたのか、怯《ひる》んだ様子を見せたガーディアンに間中はケンカキックを一発。それでぐらついたガーディアンをすかさず羽交い絞めにしてみせる。

「な……!?」

「おっと動くなよ!　コイツの首をねじ切るぜ?」

間中の言葉に動きを止める残り二人のガーディアン。

「キサマ……砂だの人質だの……卑怯者《ひきょうもの》が！　恥ずかしくないのか！」

「はあ？　最初に言っただろ。俺は悪党なんだよ」

言うが早いか、間中は羽交い絞めにしていた一人を前方に押し出し、それを受け止めようとして体勢をくずしたガーディアンにさらに一撃ずつ攻撃を加えた。鈍い音が夜の公園に響く。

「つ、強い……っていうか……」

ひどい。とは思ったが寧人は口には出さなかった。たしかに卑怯でひどいのだが、だからなんなんだとも思えたからだ。

「パトロールやってるくらいの若いガーディアンなんざ、最近までチャラチャラ大学生してたやつだろうが。長年現場やってる俺が負けるかよ」

間中はそう言いのけ、こともなげにホームレスのほうに向き直った。

「ひ、ひい！　メタリカだー！」

ホームレスは間中に怯《おび》え、座り込んだまま後ずさる。

「おう。アンタ。そこのおでん屋なら、あまりもんとか食わせてくれるぜ。まあ味はたいしたことはねぇが。とりあえず腹はふくれらぁ」

「……？　あんた……」

ホームレスは突如現れた悪党のちぐはぐな発言にどう返事をしたものか迷っているよう

だった。寧人はそんな光景を見て、少しだけ、胸に温かさを感じる。

「……間中さん……はっ！」

少し離れて見ていた寧人だけがあることに気づいた。さきほど叩《たた》きのめされたガーディアンの一人がノロノロと起き上がり、ホルスターから銃を抜いたことに。そしてその銃口が間中に向いていることに。

「う、う、うわあああああああっ！」

考えるより先に脚が動き出していた。妙な奇声をあげ、寧人は走った。

そうとも、ガーディアンに刃向かうなんて良識ある人がすることじゃない。まして相手は銃を持っている。まともな人間なら、戦おうと思ってもできない。だって相手は正義なんだから、そうとされている存在なのだから。経験を積んだアウトローでもなけりゃ、誰だってそうする。そうとも、だから俺は走るのだ。そうだ。走って、走って……。

逃げるつもりで足を踏み出したはずなのに。

走り出した寧人は銃を構えたガーディアンに向かっていた。

「わあああああっ！」

格闘技でもなんでもない無様《ぶざま》な体当たり。だけどそれはフラフラのガーディアンには効果絶大だったようだ。ガーディアンはキュウ、というようなおかしな声をあげて、転がっていった。

慣れないことをしたものだから寧人自身も地面に倒れ込んだ。

が、すぐに間中が手を差し伸べ、助け起こしてくれる。

「やるじゃねぇか寧人。助かったぜ。普通少しは躊躇《ちゅうちょ》するもんなんだがな。お前、見かけによらず悪いやつだな」

間中は、そう言ってニッと笑った。

「へ、へへへ……」

寧人もまた、それにつられて力なく笑う。

やるじゃねぇか、『寧人』、彼はそう言った。思えば、庶務課に配属になってから、誰かに名前で呼ばれたのは初めてだ。

別にたいしたことじゃないのかもしれないし、たまたまなのかもしれない。

でも、寧人はそれがなんだか嬉《うれ》しかった。

夜の公園で、正義の味方を叩きのめした悪党二人。寧人もなんだかおかしくて、笑ってしまった。もう少しだけこの仕事を、メタリカを続けてみよう、寧人はそう思うことができた。

「間中さん、ありがとうございます。俺、どこまでできるかわからないけど、もう少し、頑張ってみます」

寧人の言葉に間中は、あん？　と首をかしげた。

「ああ。模擬戦か。ま、重田に勝つのはきびしいかもしんねぇけどな。……あー、そうだな。お前、明日からちょっと早く出社できるか？」

寧人は間中の言いたいことがわからなかった。そりゃ、別に他に予定があるわけでもないから早朝に出社することはできるが、現状職場でやることはほとんどない。

「えーっと、はい。それは大丈夫なんですけど、なんかあるんですか？」

間中はなんだか照れくさそうに鼻の下を親指でぬぐい、答えた。

「俺も暇だからよ。特訓するってんなら付き合ってやってもいいぜ。そんなたいそうなことは教えてやれねぇけどな」

「本当ですか⁉」

嬉しかった。さっきはああ言ったが、現実問題、重田に勝てる目算はなかった。一人で特訓するつもりではあったが、それにしたってどのようにすればいいかもわからない。ガーディアンを撃退した手並みを見るに、間中はメタリカの戦闘員として十分な能力をもっているし、そんな彼が自分の特訓に付き合ってくれるなら、それはとても望ましいことだ。

「おう。コーヒーくらい奢れよな。っと、それはそうと、さっさとずらかるぞ。通報されてるかもしんねぇしな」

そういえばそうだ。叩きのめしたガーディアンもいつ起き上がるかわからない。

「あ、ちょ、ちょっと待ってくださいよ！　俺も逃げます！」

寧人は間中のあとを追いかけて走り出した。

悪の組織に入社して、そこはブラック企業みたいで、教育係の重田はクソヤロウで、自分は配属数日しかたっていないのにガーディアンと揉《も》めて、それで通報にびびって走って逃げている。そんなめちゃくちゃな状況なのに。

寧人はなんだかわくわくしている自分に気づいた。


翌日、寧人は始業の二時間前に出社した。

町工場のような構造の庶務課のドアを開け、奥にあるトレーニングルームに向かう。すると、サンドバッグを叩く音が聞こえてきた。

あれ、絶対俺のほうが早く来てると思ったのに。

寧人は少々焦って、トレーニングルームのドアを開けた。

「おう、寧人。来たか」

間中は入室した寧人に気づき、サンドバッグを叩く手を止める。

「おはようございます。すいません。遅れて」

「ああ、いいんだよ別に。俺は毎朝やってるからな。お前がいなくても同じだ」

ぶっきらぼうにそう答える間中。毎朝、だって？　これまでずっとそうしてきたのか？

「……すごいんですね。間中さん」

寧人は素直《すなお》にそう感じた。間中はメタリカの古株ではあるのだろうが、組織全体から見たら下っ端だ。おそらく新入社員の池野のほうが給料ももらっているだろう。メタリカの掲げる世界征服という目標も、彼から見たら果てしなく遠いもののはずで、職場環境もけしてよくはない。そんななかで、悪事を働いている。

にもかかわらず、彼はまるで腐っていない。世界征服という理想に対して、思いが残っていると彼は語っていた。

そしてそのために戦っている。自身を鍛えている。

そりゃ、いい人なわけはない、でも筋が通っている。

「じゃあ、さっさと始めるか。お前、格闘技とかやってたことはねぇんだよな?」

「はい。それどころかスポーツもなにも。だから、体力も運動神経もあんまり……」

正直に答える。自分で口に出すと、あらためて自信がなくなる。

だが、間中は別段、気に留めた様子はなかった。

「そうか。まぁ、仕方ねぇわな。体力とかは鍛えてりゃ勝手につくさ。でも、模擬戦までには無理だろうから、とりあえず一つ二つ、使える技を覚えたほうがいいぜ。そうだな。たとえばよ……」

間中の講義が始まった。

「よし寧人。お前、ちょっと俺の腹殴ってみろよ」

「え？　な、なんですか？」

突然の提案に寧人は狼狽《ろうばい》する。もちろん寧人は人を殴ったことなどない。

「いいから、ほら。やれよ。時間ねぇんだぞ。お前も悪党の端くれだろ。必要なときはかまわず殴れ。全力でやれよ。いいな？」

言いたいことはわかる。メタリカに入ったからには、今後戦いを避けることはできないのだろう。そして今はそのために鍛錬をしているのだ。なら、やらなくてはいけない。

寧人は拳を握った。

少し、自分が意外だった。こうも簡単に『殴る』という決定をしたことがだ。昨日だってそうだ。一瞬の判断でガーディアンに体当たりをした。

職場の先輩を殴る。正義の味方に襲い掛かる。それは一般倫理的にはよくないことで、普通なら躊躇《ちゅうちょ》して当たり前のことのはずだ。自分もそうするだろうと思っていた。しかし実際には違った。

「……じゃあ、行きますよ……。うりゃあっ！」

寧人は全力で間中を殴った。

なにせ初めての経験だ。それがどの程度の威力なのかはわからない。

だが、その拳は間中の腹部にぱふっ、という音を立ててあたった。

殴ったほうの拳が痛んだ。

「ぐはっ……！　げほっ……」

パンチを受けた間中は後ずさりをしてぐらついた。殴られた腹部を押さえ、うつむいている。足元はふらついており、今にも倒れそうだった。そんなにまで効いたのだろうか？

「！　ま、間中さん！　大丈夫ですか？」

寧人はあわてて間中に駆け寄り、背中に手をあてようと……。

「油断すんなよ」

間中は一瞬前まで呻《うめ》きながらふらついていた人間とは思えぬ俊敏な動きで、近づいてきた寧人の腕をとり、関節を極《き》めてきた。

「!?　いてててて!!」

「お、わりぃわりぃ。これ、役に立つぜ。覚えとけよ」

解放された寧人は、少し混乱する。間中の言う『これ』とはなんのことだ？　今食らった関節技のことか？

「……？　すいません。今の関節技、どうやってやられたのかわかりませんでした」

「そっちじゃねぇよ。今の『やられたふり』のほうだ。結構油断して隙《すき》だらけで近づいてくるやついるからな」

一瞬遅れて理解する。寧人はパンチが効いたと誤解して、駆け寄った。そしたらやられた。今回は練習だから寧人は心配して駆け寄ったが、実戦なら違う使い方になるのだろう。

「……なるほど」

昨日のガーディアンとの戦い方もそうだった。寧人は間中の戦闘方法がなんとなくわかってきた。

「よし、じゃあ、次な。いくつかやってみるぞ」

間中は次々に寧人に技を見せた。

ナイフで戦っているときに、あえてナイフを落とす、敵がそれを拾おうとするところを蹴る。

上着を脱いで敵の視界を覆うように投げ、その上から殴る。余所見《よそみ》をして、相手がつられてそこを見た瞬間につかんで投げる。

その他多数。間中の戦い方はこうしたものだった。ショボい、セコい、と言えなくもない。だが、寧人はすべての技にひっかかってしまった。

これが、間中さんの、悪党の戦い方なのだ。

「こんなとこだな。使えそうなのを一つ二つ覚えりゃいいさ。ちょっと休憩すっか」

一通りのパターンの『演武』を終えた間中は、倒れている寧人を助け起こした。

休憩室に移動すると間中は自販機でコーヒーを二本買って、そのうち一本を投げてよこしてくれた。

「……ありがとう、ございます」

運動経験がほとんどない寧人はすでに疲労困憊《こんぱい》だった。甘いコーヒーが体にしみこんでいくように感じられる。

間中もまた、コーヒーを一口飲み、口を開いた。

「と、まあ、あんな感じだな。なんつーかな。悪党なんだから、やれることは汚くてもやったほうがいい、ってこった」

間中の言葉。寧人にもおぼろげながら理解できる。

寧人は、コーヒーを飲みつつ考えた。

間中が教えてくれようとしていること、それはなにか。

もちろん、テクニックそのものもそうなのだろう。でもきっと、それだけじゃない。

寧人が物心ついたころには、ロックスというヒーローたちは普通に社会に認知された存在としてあった。そして、寧人も多くの少年の例に漏れず、というよりもあまり楽しくもない少年時代を過ごしてきたが故に、他の少年たちよりも強くロックスに憧れていた。

どんなピンチにも怯まず、正々堂々と気高く戦うヒーローたち。それはとてもカッコよく思えたし、その思いは今も変わらない。

間中の示した戦い方は、それとは間逆だ。正直言うと、内容自体はショボくて、とてもヒーローたちの戦い方に比肩するものじゃない。でも。

考え方として捉えたときのそれは、同格のものとして対立するもののようにも思えた。

「寧人？　怪我《けが》でもしたのか？」

黙り込んでしまっていた寧人に声をかける間中。

「あ、すいません。大丈夫です」

寧人はあわててそう答え、そして続けた。

「なんとなく、ですけど、間中さんの言ってること、わかった気がします」

間中が示したテクニックは、そのテクニック自体というよりも、戦いということそのものへの考え方という意味で寧人にとって衝撃的だった。

勝つ。勝つために手をつくして戦う。それには汚かろうが卑怯だろうが関係ない。間中の示していることはつまりそういうことだ。

きっと彼は、格闘の場だけのことを言っているのではないのだろう。きっと間中は、そうやって戦ってきたのだ。庶務課の平社員の彼だからきっと華々しい戦績なんてないのかもしれない。それでも世界征服に思いがあると言った彼は、きっと自分なりに、悪党として戦ってきたんだ。

俺たちは格闘家でもアスリートでもない、悪党だ。己の目的のために、悪事を働く人間だ。そういう者にとっての戦いとはどういうものなのか。

直接の物理的な戦闘だけじゃない。あらゆる場面できっと、それは係わってくることだ。そういう風に思えた。

「ん？　そうか？」

「はい。なんとなく、ですけど」

だから寧人は間中にそう答えた。

「そうか。やっぱりお前、結構悪いやつだよな」

間中はそう言うと、コーヒーを飲み干し、にやっと笑った。

「はは。そう、なんですかね……？」

寧人は力なく笑って答えた。さきほど見せられたテクニックはそうした考えのもと、間中が作り実践してきたものだ。

俺にできるだろうか？　間中さんのテクニックを実行することが。そして、自分なりの『勝つために行使する悪』を作り出すことが。

「おい。どうかしたか？」

寧人は少しだけ、本当に少しだけだが、先がまったく見えなかった悪の道を歩くための地図が見えた気がした。

「あ、いえ。間中さん、明日もお願いできますか？」

だから、間中にそう頼んだ。俺は、悪の組織のザコキャラで、輝かしい将来なんてなんにもないのかもしれない。

初めてできた先輩と呼べる人だって、社会的にはやっぱり悪の組織のザコキャラで、教えてもらっていることだって、ハタから見ればくだらないと笑いものになるようなことなのかもしれない。それでも。

寧人は、間中の教えをくだらないとは思わなかった。誰にも、笑われたくないと思った。

間中はそんな寧人の言葉を聞くと、なんだか照れくさそうに頭を掻いて、そして答えた。

「ったく、仕方ねぇなぁ」

苦笑いをしつつも、間中はなんだか嬉しそうにみえた。

その日から、間中を師とした寧人の特訓は始まった。目下の目標は教育係である重田との模擬戦である。

間中は早朝以外にも、休憩時間や、終業後など色々時間を割いて指導してくれた。やはり本格的な格闘技を身につける時間などないから、一つ二つだけ使えそうな技を習うだけだ。あわせて、敵である重田の情報も収集する。それが基本だ、と間中は教えてくれた。

そのなかで、色々わかったことがある。聞いた話では、重田は実は元力士らしい。たいした成績ではなかったようだが、それでも寧人にとっては恐ろしい情報である。

普通にやって、勝てるはずがない。

「ま、思い切りやればいいさ。別に負けたからってクビってわけじゃないんだぜ。ちょっといいとこ見せるくらいで十分さ。俺からも主任に口ぞえしてやるから」

昼食をとりながら、そうした話をしていると、間中は寧人を励ますようにそう言った、が。

「どうする……刃物を隠し持って、いきなり刺すか……？　それとも、毒物？　いや、違う。なにか……なにかないか……」

「お、おい寧人……？」

「あ」

考え込んでしまっていたようだ。

「すいません間中さん。なんですか？」

「い、いや。なんでもない」

「？」

なにやら間中はマジマジと寧人の顔を見ている。どこか驚いているようにも見えた。

「なんですか？」

「なあ、お前。本当に今まで別の組織にいたこととかねぇのか？　犯罪歴とかは？」

間中さんは何を言っているんだろう。この俺が、ケンカをしたこともなく校則すら破ったこともなく、むしろいじめられたりしていたようなこの俺が、そんな悪人に見えるというのだろうか。寧人は大げさな表情の間中を見てなんだかおかしくなった。

「やだなぁ。そんなわけないじゃないですか。それより間中さん、重田さんのこと、もう少し教えてくれませんか？」

「あ、ああ。そうだな……じゃあ」

特訓のかたわら、できる限りの準備も進めておく。とりあえずそれしかなかった。寧人は重田のことを調べ、対策を練った。間中との特訓、そして寧人なりの情報収集と準備。日々は、瞬く間に過ぎていった。

毎日くたくたになったけど、それでも寧人は少しだけ、楽しかった。それは、間中がいてくれたからだった。

入社から一ヶ月が過ぎた模擬戦の前日、寧人はその日だけは終業後の特訓は休むと決めていた。疲れを残すのはよくない、という間中の言葉に従ったからだ。

寧人は仕事を終えると、と、いっても掃除と雑用のみなのだが、とにかくそれを終えると、帰り支度を始めている間中に駆け寄った。

「間中さん、今日、なにか予定ありますか？」

「ん？　いや、別になんもねぇよ」

寧人は『家庭の事情』で学校も途中で辞めていたし、ここ数年、友人と呼べるような人間もいなかった。だから、誰かにこんなことを言おうとするのは、記憶にある限り初めてだった。

「メシ、行きませんか？　衝撃的なほど安かったですけど、初任給が出たんですよ。その、特訓とか、色々……あの、間中さんには……」

お世話になったので、俺が奢りたいんです。と、スムーズに出てはこなかった。なんだか照れくさくて、でも、何かお礼がしたくて。

別に可愛い女の子を誘うわけじゃない。悪の組織の下っ端が、同じ組織の先輩の中年男性を誘うだけ。それはわかっている。でもやっぱり寧人は口ごもってしまった。

「あん？……メシか？　いいぜ。行くか」

間中はあっけらかんとそう答えたので寧人は少しホッとした。ちなみに行先はこの前と同じおでん屋だ。

その夜は、模擬戦を控えていることもあり、酒は控えめにしたのだが、寧人はなんだか楽しかった。間中も色々なことを話してくれて、どうでもいいようなことで、二人して笑った。

寧人がモテないことも、間中の頭に白髪が目立ち始めたことも、笑って話せた。

一通り腹を満たしたあと、間中はこう言ってきた。

「明日の模擬戦、本当にやばかったら延期してもいいと思うぜ」

ありがたい言葉ではある。でも寧人は首を振った。

「いえ、そんな何ヶ月も延期できることじゃないと思いますし、それに、ちょっとくらい延期しても、俺は多分そんなに強くなりません。だから、やるだけやってみます。一応、ちょっとは考えていることも、あったりして……」

考えるより早く、言葉が出た。寧人はそんな自分に少し驚いたが、そのまま続けた。

「俺、やるだけやってみようと思います。もちろん、普通にやったら勝てるわけないと思いますけど」

考えていることはあった。間中から習ったテクニックは直接には使えないのかもしれない。でも、間中との特訓は無駄じゃないと思っている。

「……そうか。ま、やるだけやってみな」

間中は少し驚いたように、そう答えた。

その日は少し早めに店を出ることにした。

計画していた寧人の奢りは結局果たされなかったが、帰り道に「んじゃ、酔い覚ましに立ち食い蕎麦《そば》でも奢ってくれよ」という間中の言葉を受け、二八〇円のかけ蕎麦は奢ることができた。

翌日。重田との模擬戦の日がやってきた。

試合場は庶務課奥のトレーニングルームにあるリング。お互いに武器、毒物の使用は無し、ダウンを一度でもすれば負け。相手を殺してはいけない。以上のルールに従った上での事前準備は自由。メタリカの一員らしく戦え、とだけ申し伝えられている。

「寧人……、やれるか？」

リングサイドにいる間中は心配そうな表情だ。だが不安さでいったら寧人のほうがはるかに上だ。

「……正直、めっちゃ怖いです」

ロープにもたれたまま、素直に心情を吐露する寧人。

「おいおい新入り！　俺の教えたとおり、少しくらいは鍛えてきたんだろうな？　あんまり弱っちいと殴りすぎちまうかもしれないぜ？　お前が全然つかえねーのは仕方ねーけどよ。教育係の俺の評価まで下がっちまうから少しは頑張れよな」

大きな声に振り返ってみると、対戦相手の重田はクチャクチャとガムを噛《か》み、余裕の表情だ。

くそ、なんてムカつくやつだ。お前に習ったことなんて、近くの自動販売機に売ってるジュースの種類くらいだ。糖尿病になってしまえ。という怒りが三分の一。

やばいマジやばい。あんな人に本気で殴られたら死ぬ。ウエイトが違いすぎだろう常識的に考えて。という恐怖が三分の一。そして残りは。

「……間中さん、俺、一応、勝つつもりでいます」

寧人は間中にそう告げた。

怖い。でも勝ちたい。そう思っている。ケンカなんてしたこともない。体力だってない。でも勝ちたい。

「おう。まぁ、もしかしたら、本当にもしかしたらだけど、勝てるかもしんねぇな。俺はそう思ってるぜ」

間中は寧人に向けて拳を握ってみせる。たったそれだけのことだけど、寧人はそれが心強く感じていた。

準備はしてきた。だが俺に『そんなこと』ができるだろうか。

「だーいじょーぶかー？　トイレ行ってきたか？　俺に殴られるとチビるぞー？」

うひゃひゃ、と下品な笑い声をあげる重田。

このヤロウ……、いややっぱり怖い。

「では試合開始！」

複雑な心情のまま、模擬戦開始の号令がかかった。普段いるのかいないのかよくわからない主任だが、意外と声が張っている。

寧人はおっかなびっくり、重田に近づいた。

「オラッ！」

重田のジャブ。避けられない。肥満体のわりに速い。一瞬にして寧人の目の前に拳が迫り、次の瞬間には視界の一面に火花が飛ぶ。

「……っ！」

しかも手を抜いているであろうジャブ一発で結構効いてしまう。

「……うっ…くっ……！」

「ほれほれ」

なおもジャブ連発、手も足も出ない寧人はあっという間にズタボロにされる。今にも倒れてしまいそうだ。

せっかく覚えた『効いたフリ』はやる暇もない。その他の姑息《こそく》な技も色々仕掛けてはみたが、重田に決定的な攻撃を加えることができない。

嫌だ。俺は、負けたくないんだ……！　負けたく……ないんだ!!

ここでこのまま負けてしまったら、それで終わりだ。メタリカから去ることになる。なにもわからないまま、なにもつかめないまま。

そんなわけには、いかない。

だが実力差は冷酷。めったに出さない根性を振り絞ってもその差は埋まらない。一方的な攻撃。立っていられるのが不思議なほどのダメージを受けるが、寧人は倒れない。

これはもはや試合などではなくただの暴力に見えるかもしれない。……ただ一人だけ、一瞬だけ視界に入った間中は、何かを待っているかのように寧人を見ていた。

「飽きたわ。お前弱すぎ。もう終わらせることにするわ」

持久力はあまりないのか、重田は寧人につかみかかってきた。左手で胸倉をつかみ、右腕を大きく引く。そのままただ力いっぱい殴りつけるつもりのようだった。ジャブだけでもこれほどのダメージを受けたのだから、これを食らえばもう終わりだろう。

ここまでか。殴りつけられる寸前。朦朧《もうろう》とした寧人の脳裏に、不意にあの求人広告の文言が蘇ってきた。

『世界を変えたいと、思いますか？』

ＹＥＳ
続いて面接のときの面接官の質問。

『そのために、世界のすべてを壊してでも、ですか？』

ＹＥＳ
俺は、あの質問にＹＥＳと答えた。軽い気持ちだったのか。そりゃ最初はそうだ。でも俺は俺なりに考えた。ＷＥＢで答えたときからずっと。面接で聞かれたときも、普通に答えた。でも本心だった。そう信じている。これまでの自分の人生、今の社会。それを変えたい、変える、俺はそう答えた。なのに、こんなところで終わりか。

嫌だ。いつもそうだった。俺は弱かった。世界はつらかった。俺は変わらなかった。逃げ続けた。世界も変わらなかった。世界は俺を追い詰めた。だからニートだった。なんの希望もない、ニートだった。

でも今度は嫌なんだ。なにかある気がしたんだ。ここには、メタリカには。

それがなんなのかわからない。でも、このままで終わりたくない。スタートラインは庶務課という思い描いた場所とは違ったところだったけど。進む道はきっとあるのだから。

世界を変えたいと答えた俺が、世界どころか、目の前にいる肥満体の先輩一人どうにかできないでどうする。

どんな手を使ってでも勝つ。それが悪党なのだと教えてくれた人もいた。

そして俺は悪の組織の一員だ。弱くても下っ端でも、俺はその道を歩くことを決めたんじゃないのか。

俺は、俺は、俺は俺は……!!

寧人は自身の心の中に、黒く濁った水が、溢《あふ》れていくのを感じた。

「おい重田」

胸倉をつかまれたまま、寧人は低い口調で重田に語りかけた。

※※

「おい重田」

目の前にいる新入りの下っ端から放たれた一言。

重田は自分の耳を疑った。

今、こいつはなんと言ったのだ。おい重田、そう言ったのか？　弱っちくて、口答え一つできないクズ野郎のこいつが？　俺を？　元力士でメタリカの先輩である俺を呼び捨てに？

「聞こえないのかよ重田」

「……おまえ……!?」

見れば寧人の表情は、ぞっとするほど冷たかった。その瞳には闇が宿っているように見える。黒く、深い。これは、なにか恐ろしいものだ。そう感じてしまう。圧倒的に力で劣っているコイツが？　なぜ？

「……お前の妹、世田谷に住んでるんだな。夜七時にはバドミントン部の練習を終えて、学校から帰宅。実に模範的な女子高生だよな。でも帰り道は一人で夜歩くんだぜ。危ないよな」

何を言っている。こいつは何を言っている。早く殴り倒さなくては。こいつは危険だ。そう感じる。

「家は三丁目、部屋は二階の西向き。お前は親と縁を切ってるみたいだけど、妹は大事にしてるみたいだな。クリスマスプレゼントまでしてるなんていいやつだよお前は」

淡々と告げてくる後輩。おかしい。こいつはおかしい。

そういえば、最近コイツは間中とよく話していた。間中の差し金だろうか？

重田はそう思ってちらりとリング外にいる間中に視線をやった。だが、その間中もまた、唖然《あぜん》とした顔で寧人を見ていた。

これは、間中にとっても予想外のことだったらしい。それは、間中が寧人へ向けている視線でわかる。間中の目は、なにか不思議なものを見ているそれだった。

「お前が初日に教えてくれたけど。うちのロッカー、色々入ってるのな。申請書出せば爆薬とか銃まで持ち出せるとかすげぇよな」

「……意味わかんねぇこと言ってんじゃねぇぞ、このザコ」

口に出した言葉とは裏腹に、重田は自分のなかに恐怖という感情が沸き起こってくるのを感じていた。この弱い男が怖かったのだ。

重田は忘れていた。人が恐怖を抱くのは『強さ』だけじゃない。もっと根本的なもの、『悪意』だ。それには強さなんて関係ない。それが向けられていることそのものが怖い。

重田は学生時代から知られた不良だった。そんな経験をもつ重田にはよくわかる。こいつは『不良』なんかじゃない。『悪』だ。

「まだわからないのか？　この試合、相手を殺すのはダメだよなぁ。だからお前は俺を殺せない。で、俺は負けたくないんだよ。仮に、このあと俺がどうなってもな」

「な、なにが言いたい……!?」

「お前が俺を倒しちゃったら、あとで俺、お前の妹に何するか、ちょっとわからないな。ちなみに今、お前の妹がどこにいるか、お前は知ってるか？　今日は学校に来ていなくて、今朝から誰も連絡が取れなくなっていることはどうだ？　……なんでだと思う？」

ぞくり。

冷酷に言い放つ寧人の声に対して、重田は全身が粟立《あわだ》つ錯覚を覚える。

「……！　ま、て」

「嫌だ。今からお前を殴る。お前は殴られて倒れろ。お前はちんけなプライド以外は何も失わないで済む。そのほうが互いにとっていいと思うぜ」

「な……!?」

「避けてもいいぜ。そしたら俺は速《すみ》やかに降参する。そしてそのあと」

「やめろ!!」

重田には判断がつかない。だが少なくともハッタリには感じなかった。多分、この男は、本当にやる。それを止めようとすればまた別の方法を取ってくる。たとえメタリカをクビになってもだ。だから、止めるためにはこの男を殺すしかない。たかが職場内の模擬戦で？　冗談だろ。こいつは狂っている。

「……！」

重田という男のプライドは、これほどまでに苛烈《かれつ》な悪意を向けられて折れずにいられるほど、強固なものではなかった。冷静に時間をかけて考えればまた違ったのかもしれない。しかし寧人はほんの少しの迷いもなく、本気としか思えない悪意を向けてくる。

悪は、待たない。

重田には、目の前にいる華奢《きゃしゃ》なはずの男が、自分よりもはるかに大きく、『悪く』見えた。だから、硬直し、動けなかった。

ゆるやかに放たれた寧人のパンチが鈍い音をたてて重田につきささり、重田はそのまま不自然に倒れ、試合は終わった。

※※

「勝者、小森！」

主任が勝敗を決する声をあげる。良かった。上手くいったらしい。

正直どうなるかと思っていた。あーよかった。

「ふーっ……良かったー……へ……へへ」

寧人はひとまずの勝利に安堵《あんど》のため息をついた。

不馴《ふな》れな言動を意識的に行ったせいか、どっと疲れが出る。そしてそもそも体中が痛い。だが、勝ったのだ。緩やかなパンチ一発で。敗者よりもズタボロな勝者。それでも、寧人は満足感を感じていた。……が。

「汚《きたね》ぇぞ！　お前！」

重田は試合が終わってすぐに、興奮した様子で怒鳴ってきた。

「ふざけんなよお前！　人質とか汚ぇ真似《まね》しやがって！」

今にも殴りかかられそうな勢いだったが、他の庶務課のメンバーが重田を後ろから押さえていたので、それは避けられた。

「これでお前の勝ちとかふざけてんじゃねぇぞ！　こんな勝負は無効だろ！　このクズ野郎！」

予想外の敗北を喫したためか、重田はそれが受け入れられず、怒り狂っているようだったが、寧人には彼が何を言っているのかよくわからなかった。

？　だって。あれ？　ダメなの？　なんで？

「え？　重田さん？　なんで怒ってるんですか？　だって重田さんが俺に勝たせてくれたんだから、俺もちろん妹さんには何もしませんよ！」

うん。意外と話がわかる人でよかった。そう思っているのに。

「汚ぇハッタリかましやがって！　こっちだって試合中にあんなこと言われたら嘘でも集中できねぇだろうが！」

そう言って食ってかかってくる重田。やばい殴られそうだ。そしたら今度こそ死ぬ。

どうすればいいんだろう。そもそも……ハッタリ？　この人は根本的に誤解している。

「よさないか重田！　卑怯に見えるハッタリだって策略の一つだ！　メタリカらしく戦えと言っただろうが！　悪どいことも戦法のウチだ！」

暴れる重田を主任が押さえている。この間にとりあえず逃げよう。一応勝ったんだし。まあいいだろう。

寧人がその場を離れると、間中がついてきて話しかけた。

「やったな！　まさか、お前があんなこと言うなんて驚いたぜ！　よっしゃ！　今日は祝勝会だ！」

やや手荒ながら、祝福してくれる間中。しばらく労をねぎらってくれたあと、ふと、思い出したように間中は聞いてきた。

「……なあ寧人。もし……重田がお前の言うことを無視して、お前を倒してたら……どうするつもりだったんだ？」

え？　間中さんまで何を言ってるんだろう。

「？　そりゃもちろん妹さんに危害を加えましたよ」

だから俺は最初からそう言ってるのに。みんなおかしいな。

もちろんそんなことは俺だってしたくない。だから重田が折れてくれて本当に良かった。だって下手したらホントにやらなきゃいけなかったから。

寧人は気づいていなかった。自身のもつ特殊な才能が、芽生え始めていることに。そしてその才能は、一般社会ではけして評価されることはない、真っ黒なものであることに。

重田との模擬戦の翌日からは、若干ながら寧人の職場環境は改善された。

給与や福利厚生の話ではなく、主に教育面である。重田は模擬戦の結果を受け、寧人に対して反感をもつようになり、結果として寧人の教育係は正式に間中に代わった。おかげで早朝訓練とは別に、間中について仕事を学ぶことができた。

これは寧人にとってとても望ましいことである。

「違う違う。いいか？　スタンロッドってのは、当てさえすれば感電させられるんだから、そんな振り回さなくてもいいんだよ。ちょいとつつくくらいのつもりでやってみな」

「銃を撃つにはまず体力だ。とりあえずお前は縄跳びと筋トレしたほうがいいぞ」

「素手で戦うのは極力やめとけ。素手のときは近くにあるもん使ったほうがいいぞ。石ころとか」

その他様々、けして正当とはいえないテクニックの多くを寧人は学ぶことができた。もちろんすぐに習得できたりはしない。もともと運動神経がいいわけでもないし体力もない寧人は未熟な真似事《まねごと》レベルとして基本を押さえるだけで精一杯だった。

少し不思議だったのは、テクニック的なことを積極的に教えてくれる間中が、行動の基本となる考え方だとか心構えだとか、そういうことは一切言ってこなかったことだ。

それがなぜなのか気になって一度聞いてみると、

「お前には必要ないよ。そういうのは。思うようにやればいい。あ～一つだけ言うとすりゃあれだ。俺たちは下っ端だけどよ。お前はメタリカがこの世界で何をしようとしてるのか、お前はどうしたいのか、ってのを考えといたほうがいいかもな」

と回答がきた。

「なんでですか？　……間中さんはどう思ってるんですか？」

「なんでもだよ。だから、そういうのは自分で考えろっての」

寧人は聞き返したが、間中は答えなかった。

やっぱりよくわからなかった。でもなんだか間中の表情が真剣だったので、素直に頷き、そしてそれ以来、寧人は「悪の組織ができること、自分がなしたいこと」について考えるようになった。

世界征服？　それは過程であり手段だ。目的ではない。……らしい。

「今はまだわからないかもな。でも探してみたほうがいいぜ。そうすりゃお前はもしかしたら……」

間中はそこで言いよどんだ。

「もしかしたら？　な、なんですかね？」

「さあな」

間中はそれでこの話を終えてしまったので、それ以上聞けなかった。

しかし、口ぶりからして『メタリカがこの世界でやろうとしていること』、『寧人自身が望むこと』、これを見つけることができたのなら、俺にはなにかが起こる、あるいはできる、ということを言おうとしていたのだろうか？　こんな俺に？　寧人にはやっぱりよくわからなかった。

それからしばらく、寧人は、間中の言おうとしていたことについて考えた。

世界征服、今では数々の悪の組織が標榜《ひょうぼう》していたりするこの言葉。かつてはフィクションの世界で頻繁に使われていたそうだ。年配の人が言うには、昔は小学校のクラスに一人くらいは『将来の夢は世界征服』とか言うお調子者がいたりしたらしい。

でもそれってなんのため？　そんなことする意味ってなに？

たとえば贅沢《ぜいたく》がしたいとか、ハーレムを作りたいとか、いかにも支配者がやりそうなことをしたい、というのは理由にならない気がする。そんなことはなにも世界征服なんてことをしなくても金や権力がそこそこあればできることだからだ。

世界征服を『手段』にする『目的』、つまり世界を征服しなければできないこと。それは多分、世界のすべてに影響を及ぼすこと……のような気がする。

寧人はその辺まで考えて、なんだかよくわからなくなってきてしまった。でも多分それは大事なことなんだろう、ということはわかる。だから、間中が言うようにこれから先のメタリカでの仕事をするなかで、探してみよう、と思った。

そんな難しい話をしたり、一緒に訓練をしたり、飲みに行ったり。寧人は間中とそんな関係性を築いていった。

いずれにしろ、頼りになり仲のいい職場の先輩、という関係は寧人にとっては貴重なものだった。

雑用をこなすかたわら、ともに訓練で汗を流す。これは初めての経験で、しんどいことはしんどいのだが、新しいことを毎日覚えていく感覚は新鮮だったと言えるだろう。一応、給料ももらえるのも大きい。

けして健全とは言えない職場だし、やっている仕事の内容はくだらない雑用のようなものばかりだけど、それでも。寧人は労働のやりがいみたいなものを感じていた。

早朝には独身寮の近所の川原で自主トレも行う。

内容としては、『攻撃を受けたときに大げさにぶっ飛び、そのまま立ち上がれない演技の練習』、『足音を立てずに忍び寄り、後ろからぶん殴る練習』、『転がり込んで避ける練習』、『脱いだジャケットを放り投げて、相手の視界を奪う練習』などなど、実にコスく、また一人でやっているためハタから見ると何をやっているのかサッパリで滑稽《こっけい》だろうが。まあ仕方ない。

そんな日々はしばらく続いた。寧人は間中の指導を受けつつ、コスい技を身につけ、たまには飲みに行く。まとめてみればただそれだけの日々。

だが寧人は充実していた。職場、先輩、訓練、どれもこれまでの寧人の人生にはなかったことだった。

だから、今日も早朝の自主トレを済ませ、庶務課に出勤しては間中から教えを受け、重田に嫌がらせをされ、雑用を押し付けられてこなす。

肉体的にはやっぱりクタクタになるのだが、精神的には参ってはいなかった。

「お疲れさまでした」

寧人がそう周囲に声をかけると、ちょうど同じタイミングで間中も帰るところだった。

「おう。お疲れ」

ごく普通に並んで歩き、家路につく二人。寧人が住んでいる独身寮へは駅前を通るので、そこまでは間中と帰り道が一緒だ。

あたりはすっかり暗くなっているし、庶務課の周辺は閑散としている。夜道には二人の足音と会話しか音がなかった。

「最近、お前頑張ってるよな。主任も言ってたぜ」

間中の言葉。やっぱりそう言われるのは素直に嬉しい。実際、自分でも頑張っていると思っているからなおさらだ。よくこんな職場でやっていけている。

「……ありがとうございます。間中さんのおかげだと思います」

寧人の言葉は本心だった。もし間中がいなければ、初日に思ったように、とっくに辞めていた。

　そうせずに済んでいるのは、身近にいて、色々なことを教えてくれる先輩が腐らずに勤めている姿を見せてくれているからだ。

　そりゃ、悪の巨大組織であるメタリカにとって、たいした人材ではないのかもしれないけど、それでも。

　世界を変えたい、そう思って始めたことを彼は今でもずっと自分なりに続けている。

　だから彼は、メタリカ全体からしてみれば数多い庶務課の中の一人の中年男性に過ぎないのかもしれない間中は……寧人にとっては大事な先輩だった。

「あん？　俺のおかげ？　なに言ってんだお前。今日は給料日前だから奢らねぇぞ」

　ぶっきらぼうに答える間中。それは照れているからなのだと寧人は知っている。

「はは。そういうわけじゃないですよ。明日は休みですし、今日はアニメのディスクでもレンタルして帰ります」

「お、そうだな。しかし休みってすげー久しぶりだよなー」

　なんと一二日連続で勤務している。冷静に考えたらブラックにもほどがある。

「そうですね。間中さん、休みの日ってなにしてるんですか？」

「ほとんど寝てるな。あとは酒だ」

「うわー……」

テクテクと夜道を歩きながら話す内容は、ごく普通で、でもだからこそ落ち着いた。

「うわー、ってなんだよ。お前こそ、休みの日はなにしてんだよ」

「……いや、別に、なにも」

即答した。休みの日は限界まで疲労している体を癒《いや》すべくゴロゴロしている。

「お前こそ、ひどい休日じゃねぇか。若いくせによ。彼女とかいねぇのか？」

「……」

「お、おい」

黙り込む寧人の様子にあわてる間中。

「間中さん。冷静に考えてくださいよ。俺に彼女いると思いますか？」

「……い、いやそれは」

夜の空には星が数多く見える。なんかこういう言葉があった。『女は星の数ほどいる』。しかし、寧人は宇宙を飛べないので、星には手は届かない。むしろ星に手が届いている連中が意外とたくさんいることに驚愕《きょうがく》する。

寧人は、ふっ、と自嘲して続けた。

「最近までニートで、貧乏で非イケメンでオタクで、今は悪の組織のザコキャラですよ。彼女がいるとでも思うんですか？」

「……すまん」

「いえ、いいんですよ……」

わかってくれれば。

「じゃ、じゃあなんだ。気になる子とか、いい感じの子くらいは……」

すっかり暗くなってしまった空気を一変させようとしてくれているのか、間中は明るい口調で問いかけてきた。

「……同期に、黛さんって人がいるんですけどね……」

間中の質問に対して、とっさに浮かんできたのは、面接のときに出会って、今ではメタリカの同期となっている黛真紀の顔だった。

うん。あの人は可愛かった。その上、いい人だった。

「お、おう！　どんな感じだ!?」

畳みかけるような間中だったが、そう言われても困る。

どんな感じもクソもない。あっちは今ごろ、本社の総務部でエリートたちに囲まれて仕事をしているはずだ。もう二度と会うこともないかもしれない。

「今ごろ何してんでしょうね。あれじゃないですか。先輩のイケメン社員A太とか、営業部の若手社員B男とかに狙われてるんじゃないですかね」

「おいおい！」

間中はツッコミを入れてくるが、実際そんなものだ。

本社勤務の真紀はかなり遠い存在になったように思える。一時は同期入社して仲良くなれるかもしれないと思ったのがアホみたいだ。

寧人の立場ではメタリカが組織としてやっていることもわからない。本社ではどういう部署があって、どんな仕事をしているのかもわからない。

国を降伏させたとか、大企業を裏から操っているとか、欧州に対して経済的な侵略が進んでいるとか、ヒーローたちと激戦を繰り広げているとか、なにやらすさまじい話はよく聞くが、とても寧人が所属している庶務課が『あの』メタリカの一部署だなんて実感がわいてこない。

本社のちゃんとした部署に配属された真紀や池野は違うのだろうか。俺のように、遠い世界の出来事みたいな感じじゃなくて、自分が係わっている実感があるのだろうか。

まるでフィクションのような荒唐無稽にして大規模な悪事、それに加わるというのはどういう気分なのか。

「……」

「寧人、お前、時々ぼーっとしてるよな。電柱にぶつかるぜ」

「え？　うおおっ！」

せっかく忠告されたのに、電柱には結局ぶつかった。気づかないうちに駅前まで着いていたようだ。それほど痛くはない。声をかけられて減速していたからだ。

「……いてて」

コブくらいはできるかもしれないが、まあ仕方ない。

「ははは。バカだなお前。気をつけろよな。はは。んじゃ、俺は電車だからよ。また来週な」

間中は駅に入っていく。寧人はそれを見送り、独身寮への道に戻る。

「……本当に、今ごろなにやってるのかな。真紀さんと、あと池野」

入社前に寧人が夢想していたように、世界を動かす悪の一員として、バリバリやっているのだろうか。一流企業のフレッシュマンとして楽しくやっているのだろうか。

少し気になったが、考えるのはやめた。どうせ考えても答えがわかることではないし、今の寧人には関係ない。どうせ縁のないことだ。

そんなことよりも大事なのは、今日はレンタルショップでアニメのディスクを借りることであり、来週からまた始まるハードな日々をこなすための休息をしっかり取ることだ。

第二話「正義の味方のおでましだ」

寧人《ねいと》はいつものように庶務課に出勤し、訓練を済ませ、休憩室で缶コーヒーを飲んでいた。やっていることはいつもと同じだ。でも、精神的には違う点があった。

今日は『仕事』がある。そりゃもちろん、日頃やっている訓練だって雑用だって仕事は仕事だ。しかし今日はそれとは少し違う。上から命令された仕事、役割を与えられ庶務課の一員として作戦に加わる。初の実戦だ。昨日、そう伝えられていた。

「……ふーっ……」

さすがに緊張して、息を吐く。

俺は今日、行動する。それは、多分、いや間違いなく悪いことだ。当たり前だ、俺はそういう場所にいるのだから。

やることは聞かされている。だがその意味は聞かされていない。

今日やることは、ガーディアンの輸送を妨害し、運んでいる物資を破壊することだ。何を運んでいるのかは知らない。だが、今日輸送が行われることも、そのルートも知らされている。

企画部が立てた大きな戦略にのっとり、営業部が練った現場での戦術のもと、庶務課である寧人たちは実動部隊として現場に赴く。持っていく武器も現場の作戦もあらかじめ決められていて、庶務課の意志を挟む余地はなかった。

主任くらいはその仕事の意味を知っていて、多少は意見ができる立場なのかもしれないが、少なくとも新人である寧人は知らないし、知っていたとしてもそれはなんの意味もないことだった。

おそらく、ガーディアンが運ぶそれは、メタリカにとってなにかまずいものなのだろう、あるいは手に入れたい何かなのかもしれない。それを襲撃し、破壊する。シンプルな仕事だ。庶務課のみに出動命令がかかっていることや、作戦に改造人間が随行しないことを考えると、たいした仕事ではないのかもしれない。しかし。

「……もう一本、飲もうかな」

寧人にとっては大事《おおごと》だった。少なくとも、待機時間に三本目のコーヒーを買いたくなるくらいには。

「寧人、その辺にしとけよ。そろそろ出なきゃなんねぇし」

そんな寧人を窘《たしな》めたのは間中《まなか》だった。さすがに慣れているのか、間中は落ち着いているようだ。

今回仕事に臨むメンバーは間中、重田《しげた》、寧人を含め庶務課メンバーでトータル七人だ。

「あ……そうですね。すいません。やっぱ、落ち着かなくて」

「仕方ねぇなぁ。ま、お前なら多分大丈夫だ。多分な」

間中はときどきこういう言い方をする。それがなぜなのか寧人にはわからないが、少し気が楽になった。

現場にはすぐに到着した。ガーディアンの輸送車が通ることが予想されている橋を確認すると、寧人たちは乗ってきたトラックを近くの道路の目立たないところに停車させ、待機に入る。

輸送車のルートとなっている橋は大きく、四車線が通っていて交通量も多いようだ。こんなところで仕事をするのかと思うと、ますます緊張感が高まっていく。

トラックの荷台の中で一同は庶務課のユニフォームである戦闘服に着替えた。

戦闘服は黒を基調としたファイバー生地のトラックスーツのようなものに部分的に赤いプロテクターをつけたもので、それに加え黒のバイザーつきのマスクを装着する。

戦闘服を着た自分や周りのメンバーを見ると寧人は少しだけテンションが上がった。初任務に臨む緊張を一瞬だけ忘れ、呟《つぶや》く。

「うおお……どっから見ても悪役のザコだこれ。でも……ちょっとかっこいいな」

それが感想。ちなみにこのスーツは、一部のロックスが使っている「強化スーツ」ではない。別に肉体を強化する機能もないし、感覚を鋭敏にもしない。ただ、少しばかり丈夫で、そのわりには軽い、それだけのものだ。一応ナックルガードなどもセットだが、あまり役に立つとは思えない。

が、『いかにも感』が魅力的に映ったのだ。

「けっ、新入りはしょうもないことではしゃぎやがる。うるせぇんだよ」

そんな寧人を見て、重田は舌打ちをしつつ毒づいた。

「……すいません」

「そんなもん、着てたところで別にそんなに意味はねぇよ。それよりお前、覚悟できてんのか？　もうすぐ仕事だぜ」

続けられた重田の言葉。寧人は庶務課のユニフォームをきたことで少しだけ熱くなった心が一瞬で冷やされてしまった。

「……あと、三〇分ってところですかね？」

そんなことはわかっている。

覚悟ができているかと問われれば、肯定はできない。あたりまえだ。なにせ初めての経験なのだ。あらためて深く考え出すと、体が震えそうになる。

「なんだよ。てめーびびってんのか？」

寧人の言葉に対し、重田はからかうような口調だ。あの模擬戦以来、重田は寧人の教育係ではなくなったが、なんだかんだと文句をつけてはくる。

「……はい。びびってます。重田さんは、怖くないんですか？」

寧人は正直に答えた。怖い。怖いに決まっている。相手はガーディアンで、こっちが襲えばどんな抵抗をしてくるかわからない。寧人は足が震えてしまいそうになるのを必死に押さえていた。

「はっ。そんなに悪いことするのがこえーんなら、なんでお前メタリカに入ったんだよ。バカじゃねーの？」

「え？」

そういう重田のほうもいつもより声が高くて早口だ。寧人をバカにすることで平静を装っているようにも見えなくはない。が、寧人が重田の言葉にはいまいちピンと来なかったのは、そのせいではなかった。言われた内容自体に違和感があったのだ。

悪いことをするのが、怖い？

どうだろう。俺は、そうなんだろうか。

「よし、準備に入るぞ。各自武器の確認しとけ」

寧人が黙り込んだのを見て雰囲気が悪くなりそうだと感じたのだろうか、この場で一番年長である間中がみんなを促した。

「あ、そうですよね。わかりました」

寧人は素直《すなお》にその言葉に応じる。

訓練はしてきた。武器の使い方だって一応覚えた。

そして俺は今は悪の組織の下っ端で、それを仕事に選んだんだ。怖いし、不安だが、やってみるしかない。

トラックの荷台には各人が使う武器がトランクに入れて用意されている。寧人の担当は他の者が輸送車を止めたあとにドライバーに対して使用するスタンロッドだ。

　寧人はスタンロッドが入っているトランクに手を伸ばし、そしてあることに気づいた。

「あれ？　間中さん、なんか人数分よりトランクが多いですね」

「ああ。奥のほうは、前の任務のときから積みっぱなしになってる武器だ。放棄されたメタリカの施設を先週ぶっ壊したときのな。回収がまだ入ってねぇだけで、今回使う予定はねぇよ」

　なるほど。さすがは庶務課だ。放棄されたメタリカの施設というのがなんだかは知らないが、おそらく証拠の隠滅とか、その辺の理由で破壊したのだろう。しかし施設を破壊するのに使った武器ということは、建物を吹き飛ばせるほどの威力を持った重火器の類《たぐい》がそこにはあるはずで、にもかかわらず積みっぱなし。悪の組織だからというだけではないのだろうが、雑だ。

　あれ？　でも、っていうことは。

「……」

「じゃあ、作戦を確認するぜ。あと少しでガーディアンの輸送車両が来る。最初に、木村とライアンで煙幕を……」

　間中は事前に立てていた作戦の最終確認をしだしたが、寧人は他に気になることがあり、しばらく上の空になってしまっていた。

「……ってとこだ。変更は無しだ。いいな？」

　ふと気づくと作戦の確認は終了していた。だが、出発前に立てたプランと変更がないのなら別に問題はない。メモにびっしりと書いてあるし、もう暗記してるほど読み込んでいる。

　だから、寧人は作戦とは別のことを口にした。

「間中さん、あの……」

　人に意見を提案したことなどほとんどなかったので、すらすらと言葉にはできない。別に意見に自信があるわけではないし、切羽詰《せっぱつ》まった状況だ。寧人は、やっぱりなんでもないです、と言いそうになった。

「あん？　どうした。なにかあったら一応言ってみろ」

　間中は寧人の不自然な態度に気づいたのか、そう続きを促してきて、聞く姿勢を取ってくれた。

　そのおかげもあり、寧人はたどたどしくでも思ったことを言ってみた。

「は、はい。あの……さっきの、あのトランク。施設破壊に使ったってことは、爆薬とか入ってて、残ってるんですか？」

　そのトランクの話はさっきで終わったこと、そういう認識だったのだろう。庶務課の一同は、は？　といいたげな顔だった。

「あー、そうだな。まぁ、ただ建物ぶっ壊しただけだったけどよ。たしかランチャーとか手榴弾《しゅりゅうだん》とか入ってたな」

間中がそう答えるが、他の者は寧人の質問の意味がわからないのか、いぶかしげな顔をしている。

あれ？　あれ？　なんでだ？　なんで誰も……。寧人は自分の考えがおかしいのかと思い始めた。

間中が説明した作戦は、基本的に上から指示されたものを現場で使えるようアレンジしたものだ。それはわかる。

そしてその作戦は輸送車が通るであろう橋で待ち伏せをして、煙幕を用いて輸送車の動きを止める。その隙《すき》に数名で突撃し、ドライバーを制圧する、というものだ。それもわかる。

なるほど。それはそれで作戦として成立している。この作戦を成り立たせるための最低限の武装も用意されている。

でも、今ここには重火器がある。

「ちっ、なんなんだよ。意味わかんねーこと聞いてねーでさっさと準備しろよ」

重田はイライラしたようにガムを噛《か》みつつ文句を言ってきた。

俺がおかしいのか？　寧人は少し混乱した。

メタリカは悪の組織だ。そして悪の戦い方、っていうのは……。

寧人はおそるおそる、思ったことを言ってみた。

「……あの、輸送車が来たら、橋自体を爆破して……ぶち壊せば、いいんじゃないですか？」

そうだ。施設破壊用のロケットランチャーや手榴弾があるのだから、なにも車両を足止めする必要なんてないんじゃないのか？　目的は輸送を止めて物資を破壊すること。なら、橋を壊して落とせばいい。ランチャーや手榴弾を一気に大量使用すれば、多分それができるはずだ。

車を川に落としてしまえばいい。むしろ落下のときの衝撃でドライバーは無事じゃ済まないはずだ。

そうじゃ、ないのか？

「……おまえ……」

トラックの荷台の中が一瞬静かになった。誰もが、何か考えているようなそんな顔を見せた。

「……ば、馬鹿じゃねぇの？　そんなことできるわけねーだろ」

少し間が空いて、重田がそう呟いた。それに続くように、他の者たちも、うんうん、と頷《うなず》く。

「え？　なんで、ですか？」

本当にわからなかったので、寧人はそう聞いてみた。

「それはお前……、なぁ!?」

重田は同意を求めるように、周りの者に声をかけた。

「あ、ああ。そりゃいくらなんでも無茶《むちゃ》だろ。まぁ、できれば楽だけどさ」

「橋ごと落とすとか無茶苦茶だろ。どんだけ被害出ると思ってんだよ。イカレてんのか？」

「そ、そうだぜ。見ろよ。車とかバンバン通ってるだろうが、大事故になるぞ。つーか、お前、自分でできもしないこと言うなよ」

庶務課の者たちは口々に否定の言葉を述べてきた。

そうなのか？　そうなのだろうか。無茶、と言われればそうであるかのように思える。でも、できない、というのはどういう意味なのだろうか。爆発物の扱いが難しいということか。それともタイミングが難しかったりするのだろうか。

口々に否定を受けた寧人は自信をなくして、押し黙った。

「……寧人」

そんな寧人を間中はマジメな顔で見て、質問をしてくる。

「被害が出ることはわかってるよな？」

「はい」

「それでも、お前なら、ランチャーの引き金を引けるのか？」

間中の問いかけには、重田や他の者とは違い、からかいや揶揄《やゆ》の含みはなかった。

だから、寧人もマジメに考えた。今口にしたのはただの思いつきだ。たしかに被害が出ることは想定できるが、その規模や悲惨さまで熟考しての意見ではない。

「……それは……」

言われてみれば、自分の意見は少し常軌を逸しているように思える。輸送を止めることのみを考えるなら、それは最善の策なのかもしれない。だが、実行すれば多くのものを壊してしまうし、多くの人を傷つけるかもしれない。

今の任務はそこまでしてやる価値があるものなのか。

それは寧人には、庶務課の平社員の寧人にはわからない。そこまではせず、事前に用意した作戦を実行するほうが無難な案件なのかもしれない。さらに言えば、指示を与えたメタリカの上の部署の人間からすれば、この任務のためにやっていい範囲を超えていて、倫理的な意味とは別の部分でデメリットのほうが大きいのかもしれない。ならば、他のみんなが言うように自分の意見は的外れなのだろう。

そう思ったから、寧人は答えた。

「……すいません。忘れてください」

「……そうか。なら今回は最初の作戦どおりだ。位置につけ。寧人、そのトランク、邪魔にならないところに下げておけよ」

これで話は終わりとなり、寧人は言われたとおりに破壊工作用の武器が入っているトランクを荷台の隅っこに持っていった。そして。

「……」

どうしてそうしたのか自分でもわからないが、寧人はトランクをあけて、そして入っていた小型手榴弾を一つだけ取り出した。

あれ、俺なにやってるんだろう?

寧人がそう思ったのはすでに手榴弾を自分のホルスターに納めてからだった。ほとんど無意識の行動だったようだ。

この手榴弾はメタリカ特製のもので、小型だがかなりの破壊力がある。はっきり言って危険物以外の何物でもない。一つだけなら橋を破壊するには足りないかもしれないが、それでも普通は触るのもおっかないようなもののはずだ。それに、これは使わないとさっきの話し合いで決まったはずだ。

「……そうだよな」

一人小さく呟き、寧人は再び手榴弾をトランクに戻し、そのまま間中の横の席に戻った。

「寧人、お前……。いや、なんでもねぇ。そろそろ輸送車の通る時間だな。配置につくぞ」

間中は寧人の無意識の異常行動に気がついていたようだったが、そのことには触れず、指示を飛ばした。

一同は口々に了解の旨を告げ、荷台から降りていく。

「お、俺も行きます」

寧人もまた、当初の予定どおり、橋からは陰になって見えにくい街路樹のわきに移動した。

スタンロッドを握り締め、時を待つ。

緊張は頂点に達しようとしていたが、一方で、頭から離れないこともあった。

お前なら、引き金を引けるのか？

間中がしたその問いかけに寧人は答えられなかった。それは、目的とすることが明確じゃなかったからのように思えた。

では、そうじゃなかったとしたら？

寧人はすぐに橋ごと爆破する、という非道な方法を思いついた。でも自分でその実行の判断を下せる情報や立場がなかった。

なら、それがあったとしたら？

「……」

俺は、みんなが言うようにそれでも引き金を引けないだろうか。

※※

予定の時間から遅れること五分ほど、襲撃対象であるガーディアンの輸送車が橋の向こうから姿を現した。橋の上の交通量はそれなりにあり、さほど速くないスピードである。来た。本当に来た。

当たり前のことなのだが、寧人は間もなく始まるであろう初めての実務に激しくなる鼓動を抑えられなかった。

何を運んでいるのか知らない、ただ襲うだけ。でもそれは悪いことで、一般社会にとって害になること。それだけは間違いない。

「よし、今だ!」

耳につけてある小型通信機から間中の声が聞こえた。作戦開始の合図だ。

「オラァァァ!」

同時に、庶務課の同僚である二名が、奇声をあげて遮蔽物《しゃへいぶつ》の陰から橋の中心に向けて走る。手にしているものはメタリカ特製の煙玉だ。一瞬で大量の煙を発生させるそれは、射程距離はそれほど長くはない。だから先行した二人は橋の上を走り、輸送車両へ十分に接近した上でそれを炸裂《さくれつ》させた。

立ち込める黒い煙。輸送車両を中心に橋の三分の一程度がそれに包まれた。

当然ドライバーの視界は奪われたわけで、しばらく走行不能だろう。

それを確認し、他の庶務課のメンバーたちも次々と姿を現し、橋の上を走る。

「メ、メタリカだ——！」

「なんでこんなところに!?」

「わあああああっ！」

「に、逃げろ！」

「きゃ——っ！」

黒の戦闘員用コスチュームを着た人間が何人も現れたことに気づいた無関係の車のドライバーや、橋のわきの歩道から釣り糸を垂らしていた一般市民は悲鳴をあげて、あわてふためいている。

当然だ。仮に寧人がメタリカに入っておらず、一般市民として同様の場面に出くわしたとしても腰を抜かす。

二二世紀の現在は『ほとんど』の人間が幸せに生きている平和な社会だ。多くの人々が宗教や民族を超えた共通の価値観を持てたことに起因して犯罪発生件数や紛争は前世紀までと比べると格段に少なくなった。そんな社会にとって脅威となるものは『悪の組織』がメインとなっていて、そしてメタリカはそのなかでも最大規模の勢力だ。

破壊工作、襲撃、強奪。黒のコスチュームを着た戦闘員にモンスターのような改造人間。

ニュースで毎日のように流れるメタリカ関連のニュース。その恐ろしいイメージ。

実際にはメタリカが一般市民を直接被害に遭わせることは少ない。そんなことをしても意味がないからだ。メタリカは経済や政治に非合法の暴力という形で介入し、利益をあげて世界への支配力を高めることを目的としている。だから、基本的に攻撃の対象となるのは権力者や特殊な施設のみだ。一般市民が思うほど、彼らに被害を及ぼすことはない。少なくとも直接的には。

だがそれでも、この社会を乱し壊し、征服しようとする悪の組織メタリカはやはり人々の恐怖と嫌悪の対象だった。

車両から降りて逃げ出すドライバーの叫びやクラクションが響き、現場は一気に混乱していた。

「……いくぞ」

そんな中、寧人もまた街路樹の陰から飛び出し、ガーディアンの輸送車両に向けて走り出す。

煙玉による視界不良と混乱によって、橋の上の交通は一時ストップしているため、寧人は停止している一般車両の横を次々と走り抜けていった。

目に映る車両内の一般人の恐怖や怒りの視線。わかってはいたことだが、やはり初めて経験すると精神的にこたえるものがある。

「お前らなんて……ロックスにやられちゃえ！　ワルモノ！」

聞こえてきたそんな言葉。目をやると小さな男の子が母親らしき女性に抱きしめられ、口を押さえられている。

ワルモノ、わるもの、悪者。悪いことをする者。

寧人のなかで男の子の言葉が反響した。

ああ、そうだよな。

気持ちはわかるよ。俺もロックスが、強くて優しくてカッコいいヒーローの彼らが好きだった。

ディラン、ビートル、マルーン5。みんなのために戦う彼らが、好きだった。

でも、今の俺はメタリカだ。これは仕事、なんだ。

寧人は自分にそう言い聞かせ、少年の声を無視した。前方ではすでに輸送車両から降りたガーディアンと庶務課の同僚たちの戦闘が始まっている。そこに加わらなくてはならない。

「……ふーっ……」

寧人は走りながらスタンロッドを腰のベルトから引き抜き、スイッチを入れた。高い電圧をダメージとして敵に与える特殊警棒だ。そしてそのまま乱闘に近づく。

ここから先はひっそりと、なるべく接近を気づかれないように、だ。

急ぎ足ながら、息を殺し、五人いるガーディアンの一人に狙いをつける。そしてその視界に入らぬよう回り込む。

寧人は狙いを定めたガーディアンの背後に忍び寄り、その背中に向けて思いっ切りスタンロッドを叩《たた》きつけた。

「うりゃあああぁぁっ！」

「なっ!?」

他の者との戦いに集中していたガーディアンは不意をつかれた驚きの声をあげたが、対応することまではできなかった。

ボクッ、というような鈍い音のあと、スタンロッドから響く電気のスパーク音。殴りつけたガーディアンは膝をついて倒れた。

「……はぁ……はぁ……」

疲れた。異常に体力を消耗している。たった一撃入れただけなのにもかかわらず、寧人は呼吸を乱し、膝に手をついた。

「この……！　これ以上好きにやらせるか！」

声に反応して顔を上げると、目前には倒したのとは別のガーディアンが警棒を振り上げていた。

まずい。コレは、かわせそうにもない。

「……くっ」

所詮《しょせん》は、悪の組織のザコキャラだ。その他大勢の一人だ。俺は、これで終わり、なのか。

一瞬、そう思ったが、警棒が振り下ろされることはなかった。

「ま、初めてにしては上出来だぜ。寧人」

「間中さん！」

ガーディアンの腕を押さえていたのは普段は温厚なあの中年の先輩社員だった。相当激しく戦っていたのか、額からは血が出ているし、目の周りも腫れているようだったが、それでも間中はニッ、と笑っていた。

「キサマっ！」

「うるせぇ」

腕を押さえられたガーディアンは間中を振り払おうとしたが、間中はそれよりも早く、催涙スプレーを至近距離から顔面に浴びせかけていた。

「いっちょあがりだ」

間中の言葉に周りを見ると、輸送車両に乗っていたガーディアンたちはみな倒れていた。最初からこちらの数のほうが多かったのだから当たり前といえば当たり前だ。

待ち伏せをしていて、突如襲撃。一般市民が周りにいてもお構いなし、数的有利を作った上で不意打ちからの袋叩《ふくろだた》き。今やったのは言葉にするとこういうことだ。さらに言えば、寧人自身は戦っている人間に背後から近づき、有無を言わせずスタンロッドで殴っただけ。さすがメタリカ。悪の組織だ。さすが庶務課。やってることがセコい。

「……ははは っ」

寧人は思わず笑ってしまった。やってることはひどいわりに規模が小さくチンケなのに、なんだかスッキリするものがあった。痛快に思えた。

「あん？　なに笑ってんだお前」

「あ、いえ。なんでもないです。しかし間中さん、あの距離で催涙スプレーはひどすぎると思いますよ」

「お前だって、いきなり後ろから殴るとか汚すぎだろ。普通は興奮して正面からいくか、ビビって動けなくなるもんなんだぜ。初仕事のくせに冷静に汚すぎだろ」

二人はそう言って、互いに苦笑した。

「さーて、とっとと逃げるか。おい、重田！」

「わーってますって。ずらかりゃーいいんでしょ」

間中が声をかけると、重田はすぐにガーディアンの輸送車に乗り込みエンジンをかけた。あとはこの輸送車を適当なところまで乗っていって破壊すればいいだけだ。

最初の現場仕事はなんとか無事に済みそうだ。

「……これで、初仕事、終わり、か」

悪の組織の下っ端が、ケチな悪事を働いて、無茶苦茶やって逃げた。今日はそういうことだ。

正直に言えば、後味が悪いというか、罪悪感もある。でも、同じように寧人には『なにかをやった』という達成感のようなものもあった。

スラムを身近に感じる世界で少年時代を生きてきた寧人は、いつも偉そうにしていて、貧しい人や『普通ではない人』を強引に取り締まるガーディアンは好きではなかったから、そいつらに一泡吹かせてやった、という気持ちももちろんある。

ガーディアンは平和な普通の社会を守る一方、普通でない社会にいるごく少ない人間を押さえつける存在で、それは絶対だと思っていた。でも違った。

挑めば、それは絶対じゃなくなる。

今日やった仕事は小さくても、たしかにガーディアンの、社会の、秩序の『絶対』を破ったことだと感じていた。そしてその場をこちらが支配した。

「ふーっ、ちょっとばかりヒヤヒヤしたところもあったけどよ、結果だけ見りゃ今日は結構楽勝だったな。で、寧人、初の現場はどうだったよ？」

走り出した輸送車の荷台で隣に座る間中は寧人に話しかけてきた。

「……上手《うま》く言えないんですけど、世界征服、っていうのの、超スケールダウンバージョンを体験した気がしました」

寧人はそう答えたが、すぐに、しまった、と思った。意味不明なことを言っているようにしか聞こえないかもしれない。こんな庶務課の仕事が世界征服だなんて、笑われてしまいそうだ。

でも、間中は少し驚いた顔をしたあと、頷いた。

「……お前って、やっぱり、ちょっと変わってるな。……ああ、でも俺にもわかるぜ。その感じ。なんつーかよ、あれだろ？　今の世の中ってほとんど上手くいってて、もうそんなもんだ、って感じだけど、それをちょっと変えてやった、って感じだろ」

少し驚いた。間中の言ったことは、まさに寧人が思っていたことと同じだった。

この世界は大多数の人間が幸福で、そうじゃない人間は本当に少なくて、無視されていると言ってもいい。

大多数の幸せな人間は社会におおむね満足しているし、少数のそうじゃない人間はそういうもんだ、と諦《あきら》めている。

世界は変わらない。ガーディアンは正しくて、正しいものには逆らえない。

そういう考えへの抵抗。

寧人が言いたかったことは、そして間中が言ったことはそういうことだった。

「そんな感じです」

「俺は四〇になってから感じたけどな……ああ、でも知ってるか？　そういうことをするやつはな、悪人ってんだぜ?」

そりゃそうだ。現代の世界は歴史上なかったほどに平和な世界とされている。悪の組織が存在することを差し引いてもだ。だからそういう世界を守るガーディアンは正しくて、それを乱す悪と孤高に戦うロックスたちは尊くカッコイイ。わかってる。

「ははは。知ってますよ。だって俺たち、メタリカですよ?」

でも、寧人は世界に違和感を感じていて、変えたいと思っていた。だからメタリカに入った。正しいなんて思ってない。

そんな寧人の言葉に、間中も笑って答えた。

「違いねぇ」

寧人の庶務課での、そして悪の組織メタリカの一員としての初仕事は、そうやって終わった。

※※

初めての実務を経験して以降、寧人は次々と現場に動員させられた。

詳しくは聞かされていないが、謎の積荷を港まで運ぶ要員に加わったり、大規模な賭博施設の警備をやったり、他にも色々だ。

一度だけだが、戦闘も経験した。メタリカの研究施設の一つの情報がガーディアンに漏れてしまい、調査が入りそうになったときだ。その研究施設は規模としては小さく、たいしたものはなかったが、それでも研究施設にあるデータを外に漏らすわけにはいかなかったので、近くに拠点を置く寧人のチームに出動命令がかかったのだ。

要は、研究施設のデータをメタリカの別部隊が破棄するまでの間、ガーディアンを食い止めることが求められた。相手は五人だった。

なお、その後の戦闘だが、さして大きなものにはならなかった。寧人は後ろのほうで右往左往しつつ、仲間がダメージを与えた相手に捕獲ネット砲を放つ役割をしただけだ。

ちなみにこの任務のとき、寧人は初めてメタリカ製の改造人間、通称「怪人」をナマで見かけた。遠目でちらっと、というだけだが、角の生えた牛のような頭部を持つ巨体はインパクトがあったように思う。

仕事はそれなりにハードで危険なこともあったが、なんとかこなしている。休憩時間や業務後には食事をしたり、飲みに行ったりもした。大抵は間中と一緒で、大抵は例のおでん屋だ。

「あー。疲れた。ビールがうめぇなぁ」

「そうですねー」

「今日の積荷、なにが入ってたんですかねー」

「そりゃお前、武器とか金塊とか違法な工業用品とかだろ」

「うお。モロに悪いことじゃないですか」

「そりゃそうだろ。お、次は焼酎《しょうちゅう》にすっか」

「はい」

「今日のガー公ども弱かったなぁ」

「俺はなにもしてないですけどね」

「いやいや、とりあえず上出来だろ」

「いやー。あ、俺、はんぺん頼んでいいですか？」

「ああ、頼め頼め！」

さして何かがあったわけじゃない。それでも、仕事と訓練でクタクタになり、戦闘員用のユニフォームを自分で洗濯したり、良くはない職場環境に苦労しながらも、それでも。

寧人はつらくはなかった。

仕事が早めに終わった日に間中と飲みに行けるようになったのは嬉《うれ》しかったし、楽しかった。

飲むのが安い芋焼酎でも、いつも決まったおでん屋でも、むしろそれが楽しかった。

これまでニートだったわけなので職場の仲間と飲みに行く、いわゆるノミニケーション？というやつを日常的にするのも新鮮で、なんだかいっぱしの社会人になったような気がしてもいた。

　そんな日々が過ぎていった。

　毎朝の自主トレも欠かしてはいない。寧人は出勤前に河川敷に出て、一人でバタバタとトレーニングをする。筋トレの類ももちろんするが、相変わらず死んだフリだとか、上着を脱いで投げつけるだとか、足音を殺して歩くとか、とても悪党の技術とは思えないようなことを大真面目に練習する。

　早朝の自主トレが終わったら出勤、間中と一緒にさらにトレーニングをして、午前中の仕事、それから昼食だ。

　寧人は時間が合えば、間中と昼食をとることが多かった。もちろん弁当なんて持ってきていないし、金もあまりないので、庶務課近くの安いお店が定番だ。

　たいした話をするわけでもないが、午前中の仕事を終えて、間中と昼食をとるのは悪くはない。

　庶務課の環境や本社との待遇の差についてだったり、戦闘員の嗜《たしな》みということで訓練させられる無意味なバク転の練習についてだったりの愚痴だって話題に出るが、なんだかんだと笑って済ませ、んじゃ、午後もとりあえず頑張るか、と思うことができる。

　今日の昼食時間もそのように流れていた。

　二人がおおむね食べ終わって、食後のコーヒーに手をつけようとしたとき、店内に置かれているテレビから、ニュースが聞こえてきた。

〈続いて、悪の組織とロックスに関連するニュースです。昨日午後六時ごろ、沖縄県北谷《ちゃたん》町のビーチにサンタァナが現れ、現場にいた一般市民に対して襲い掛かるという事件が起きました〉

寧人も間中も、下っ端とはいえども、一応はメタリカという悪の組織にいる身だ。だから、他の悪の存在のニュースは少し気になった。

サンタァナというのはここ数年でその存在が世に知られるようになった謎の超生物だ。半魚人のようななりをしている彼らは沖縄県に不定期に出現しては人間を襲う。

〈ですが、事件発生から数分後、続いて現場に現れたラモーンがサンタァナと交戦し、撃退しました。この事件による犠牲者は三名、いずれも軽傷でした〉

テレビには望遠カメラで撮ったと思われる静止画像が映っている。半魚人と戦うヒーローの姿だ。

沖縄県に現れ、サンタァナから一般市民を守っているロックス、ラモーンと呼ばれる存在だ。

ラモーンは後ろ姿が映っているのみだが、その不思議なデザインの背中が、寧人にはとてもカッコよく見えた。救われた人々が口々にラモーンへの感謝を述べるインタビューも、なんだか心を揺さぶった。

〈次のニュースです。昨日午後九時ごろ、千葉県木更津市で、メタリカのものと思われる密輸船が発見されました。

通報を受け、警察官が船に突入したときにはすでに乗員は全員拘束された状態になっており、船内の監視カメラに残る映像から、ディランによる襲撃があった模様です。なお、改造人間も乗船していた模様ですが、ディランの手によって倒されました。

船には大量の武器・弾薬が積み込まれており、船籍登録はされておりませんでした。独自に情報を入手したディランの行動により、組織的な密輸犯罪が事前に防がれる結果となりました〉

画面には船内に残る違法の武器や、戦うディランの姿が映し出されている。

「……これって、知ってましたか、間中さん」

寧人は唾を飲み込むと、おそるおそる問いかけた。

「……いや、朝礼のときに、昨日どこかの庶務課とディランが交戦した、ってだけしか聞いてないいな」

押し黙る二人。同じ会社のことなのに、まったく知らなかった。

あの密輸船に乗っていた人たちは、多分庶務課のどこか別のエリア配属の人たちなんだろうと思われる。多分、その人たちも、任務の中身をよく知らされないまま現場に赴き、そして突如現れた正義のヒーローにやられた、そういうことなんだろう。

ニュースでは拘束された状態で、と言っていたが戦闘の様子を見る限り、重傷者や死亡者がいてもまったく不思議ではない。白く輝くアーマーのような肉体をもつディランの動きは人間とは思えないほど速く、庶務課の人たちを次々に叩きのめしていた。

ディランは最初に世に現れたロックスで、そして依然最強と呼ばれる正義のヒーローだ。悪の組織の下っ端戦闘員など、紙切れのように吹き飛ばしてしまうだろう。

「あれは、ちょっと無理だな」

間中はため息をついてそう言った。

そうだ。あの密輸船の乗員に回されていたのが寧人たちのいるエリアの者だった可能性もある。そして、仮にそうだったとしたら、あのニュースに映っているのは叩きのめされた自分たちだったはずで、そしたら、逮捕されるとか、下手したら死んでいた。

これまで、寧人はいくつかの仕事をこなしてきた。なんとかやってこられたし、そのたびにほんの少しだけでも、世界に対しての反抗ができていた気がしていた。悪いことをしているのはわかっていても、それでも『壊して変える』と言ったあのときの言葉が少しだけでもできているのではないかと思っていた。

そう思っていたからこそ、寧人はニュースを観て、動揺した。

「大丈夫か？　寧人」

「あ、はい。ちょっとびっくりしただけです」

寧人が動揺したのは、悪に身を置く自分が敵対するディランの強さに恐怖したからだけではない。他に二つ理由がある。

一つ目は、ニュースが少しの疑問も挟む余地のない『社会に害をなそうとした悪が正義によって倒された、良かった良かったメデタシメデタシ』という構成だったことだ。それは当たり前のことだし、寧人がこれまで生きてきたなかでもそうだったはずだ。

大多数の人間が幸せに暮らしている現代社会を乱すことは悪なのだ。わかっていたはずなのに。ここ最近普通の価値観から離れたところにいたから、忘れそうになっていたのかもしれない。

自分は悪で、それはみんなに否定されて倒されるべき存在なのだ、という事実をあらためて突きつけられたような気がした。

二つ目は、ディランに対する感情だ。たしかにメタリカ構成員を倒すディランには恐怖も覚えたが、それと同じくらい、かっこいいな、と思えたのだ。単身で敵のまっただなかに飛び込み、バッタバッタと敵を倒し、悪事を防ぐと去っていく。謎のヒーロー。

今回の密輸船の件ではそうではなかったが、彼はいつでも絶対無敵で危なげないわけではない。寧人の知る限りだけでも、悪のモンスターや軍団の戦力に追い詰められ、傷だらけになったこともあるし、絶体絶命とされたこともあった。

それでも、彼は戦い続けている。

寧人は子どものころからディランをはじめとするロックスに憧れていた。個人の力で恐ろしい悪に挑むヒーロー。自分の身を犠牲にしてでも、みんなのために戦う高潔な存在。

昔、なにかの事件のときに、ディランが子どもを抱きかかえて救出したことがあった。そのとき、子どもは肩の骨にヒビが入った。変身していたと思われるディランの強すぎる力のためだ。

そのとき一部ではディランを叩く声があがった。

当時子どもだった寧人は、ふざけるなよ、と思ったものだ。その人は、たった一人で戦っているじゃないか。多くの人を救っているじゃないか。強くて優しくてかっこいいじゃないか。

そんな彼の一度の失敗を責める資格なんて誰にもあるもんか、と思った。

今の寧人はもう少年じゃないし、悪の組織の下っ端だ。あのころのような憧れを変わらず持っているのはそぐわないだろう。

でも、それでも。寧人にはやっぱり、ディランが正しくて綺麗《きれい》な存在に思えた。

世界を壊して変えたい、なんて口走った俺が、世界を守るヒーローに憧れるなんて矛盾している。

それが、寧人が動揺した一番大きな理由だった。

「あ、そろそろ昼休み終わっちゃいますね。戻りましょうか」

「ああ。そうだな。そういえば主任がお前に午後一でやってほしいことがあるって言ってたぜ」

寧人と間中はあわててコーヒーを飲み干し、庶務課に戻った。

※※

寧人が主任から命じられた午後の仕事は、またもや中身がわからないダンボール箱を本社の総務課に届けることだった。結構重い。なにかの書類なのかもしれない。

主任が言うには、別のエリアの庶務課から引き継がれたものらしい。多分、その別エリアの庶務課はメタリカの地方支店からそれを預かっていたのだろう。配送業者のようなこともやらないといけないのが庶務課のつらいところだ。

「えーっと、車とか借りれるんですか？」

まぁ、やれと言われたらとりあえずやるしかないので、寧人は聞いてみたが、答えは意外な、いやある意味では想定内のことだった。

「あー、車はないな。そこに自転車あるだろ。それで行け」

主任はめんどくさそうに指をさす。見れば、古い自転車が一台転がっていた。

「……本社って、汐留にあるんですよね？」

ここからは余裕で数十キロは離れている。何時間かかるかわからない。無駄だとは思いつつ、一応寧人はそう言ってみた。

「ああ、だから？　今日中には絶対届けないとまずいらしいから、頼むぞ。ああ、あと電車は使ってもいいけど、切符代は落ちないぞ」

「……いってきます」

これは観念するしかないらしい。電車を使うということは、この重いダンボール箱を駅まで徒歩で運び、かつ駅構内も持って歩かないといけない。ならまだ自転車のほうがマシだ。

寧人は古ぼけた自転車を起こして、出発した。

今どき珍しいソーラー発電による動力補助のない自転車を必死に漕《こ》ぐこと約三時間、寧人は死にそうになりながらなんとか本社ビルの前までやってきた。

「……はぁ……やっと着いた。こういうことはバイク便にでも頼んでほしいよな……」

ピカピカに光るビルが並ぶ大都会のオフィス街。その中心にメタリカ本社のビルはある。

寧人がここに来たのは入社初日以来だった。

カモフラージュ用に様々な企業が入っているテナントビルということになっているメタリカ本社は超高層階まであり、地下にもかなりの階があるらしい。

黒を貴重としたガラス張りのビルで、形状もデザイン性が高い独特のものだ。中にはフイットネス施設や飲食店なども充実しているらしい。

もちろん、ガラスは防弾だし、通常では考えられない様々なギミックもこのビルにはあるのだろう。このなかでは数百名に及ぶ悪のエリートたちが、最新鋭の設備を用いて、最先端の『仕事』をしているはずだ。

「……すげぇな。やっぱり……」

すっかり暗くなった空にそびえる圧倒的大きさの本社ビル。そこにいる社員はスケールの大きな悪事を日々こなしているのだろう。もちろん、ちゃんと意味を知った上で。

考えてみれば明らかに非合法な組織であるメタリカがこのような巨大なビルを建てておきながらガーディアンやロックスに攻め込まれたりしないのは不思議でもある。偽装はしていてもどこからもまったく情報が漏れないというのは難しいのではないだろうか？

……しかし多分、それだけメタリカが持つ力は大きい、ということなのだろう。権力を持った誰かが、どこかで、ここがメタリカの本社であるという事実を握り潰《つぶ》し、存在を黙認させている。あるいは容易に手出しができない状況を作っている、ということかもしれない。

一方、古い自転車を漕いで汗だくになっている自分がいつも出勤しているのは町工場のような庶務課。やっている仕事も比較にならないほどショボく、詳細もわからず、給料も安く、危険。

「ホントに同じ会社かよ」

寧人はそう呟かずにはいられなかった。

自分だって庶務課の一員として、小さいながら悪事に励んでいる。でもとてもちっぽけだ。世界に与える影響なんてないも同然だ。

昼間にニュースで見たロックスたちに比べたらカスみたいなものだし、とても彼らの敵になりうる存在だとは思えない。

本社にいる総合職の人たちは違うのだろうか。

きっと本社には課長だの部長だのいるはずで、そうした人たちは力を持っているはずだ。そしてその上にはさらに重役がいて、代表取締役、つまりは首領だっている。

悪業界、なんて言葉を勝手に作ってしまうが、彼らは悪業界トップクラスの人物だ。きっととてつもなく強くて、ヒーローたちとある意味対等な立場にいる人たちだ。

そんな彼らの場所からは、世界がどう見えているのだろう。正義のヒーローをどう思っているのだろう。

寧人はそんな風に思いつつ、自転車を停《と》め、本社ビルの入り口へ向かった。

作業服を着ていることもあり、メタリカ本社のロビーに入るのは若干ためらわれた。もともと最近までニートだった寧人は『会社』というものに馴染《なじ》みがなかったし、なんとなく緊張もしたが、あまり考えずにさっさとロビーに入ることにした。

そういえば、少し前の自分なら入ると決意するまでに、ビルの周りをうろうろしたり色々考えたりしたような気がする。少しくらいは成長したのかな、と寧人は考えたが、いや、単に自転車を漕ぎすぎて疲れてるから早く帰りたかっただけかもしれない、と思い直した。

時間は遅かったが、受付はあり、綺麗な女性社員がいた。

やっぱり苦手なシチュエーションなので、寧人はどもりながら要件を伝え、持ってきたダンボール箱を手早く渡した。

「はい。たしかにお預かりしました。お疲れさまです」

やや冷たい感じのする受付嬢のねぎらいの言葉に、おどおどと頭を下げる。

とりあえずこれで仕事は終わりだ。たいした内容じゃなかったかもしれないけど、俺はそれなりに頑張った。さて、じゃあ帰ろう。……また三時間かけて。

「……はぁ」

ロビー出口に向かいながら帰り道の苦労を考え、寧人がため息をついたときだった。

「あのー……すいません。……あっ、やっぱり！　寧人くん」

不意に、後ろのほうから耳に心地よい音程の声が聞こえた。しかも名前を呼ばれている。

「は、はい！　小森《こもり》寧人です！」

寧人は考えるより早く、振り返った上で後ろに下がり、フルネームを述べた。それはもちろん、あきらかに女の子のものと思われる、しかも嬉しそうなニュアンスが感じられた言葉に驚いたからだ。

「え？　あ、え、えっと。黛《まゆずみ》真紀《まき》です」

そんな寧人につられてか、声の主もお辞儀をした。

「……あ」

一瞬遅れて、寧人は事態を把握した。この人は、同期入社の真紀さんだ。

なるほど。そういえば同期だってメタリカの社員なわけで、本社に配属されたわけだから今ここにいてもおかしくはない。

「ふふ、なんで自己紹介するんですか？　寧人くん。変ですよー」

真紀は穏やかな表情で笑った。なんだか少しだけ、ほっとさせられる。

「……いや、まぁ、その……」

「あ！　もしかしてわたしのこと忘れてたからですか？」

一転して、むむ、といったような表情を作る。難しい表情はあまり似合っていなくて、なんだか可愛《かわい》く見えた。

「ち、違うよ。全然」

実際、全然違った。面接で初めて出会ったときは、その可憐《かれん》さに驚いたし、礼儀正しいところだとか優秀さだとかに感心したりした。優しい人だなー、と印象に残っていた。

　内定期間中は実現するとは思えない彼女との社内恋愛も妄想したし、入社初日に再会したときは嬉しかった。その後は配属の兼ね合いでもう二度と会うこともないかもしれないな、と勝手にしんみりしたりもしたものだ。

　もちろんそんなことは口にはできないので、寧人はただ首と手を振って、真紀の疑いを否定した。

「あはは。冗談です。だって同期ですもんね！　お元気でしたか？」

「あー、どうかな。普通、かな」

　そう答えてすぐに、しまった、と思う。なぜ、真紀さんは？　と続けなかったのだ。俺のバカ。と寧人は自分の対女性のコミュニケーション能力の低さを歎《なげ》いた。

「普通っていいことなんですよ。健康ってことです！　なんだか、ちょっと体逞《たくま》しくなりました？」

　しかしこの同期のいい人は別に気にしていないようだった。それに、地味に嬉しいことを言ってくれた。毎日のトレーニングが少しは身になっているのだろうか。

「ど、どうかな……」

「はい。そんな感じがします」

　真紀はそう答えると、少し歩いて寧人の横に並んできた。

「？」

寧人は意味がわからずに少し黙った。

「えと、帰るところ、だったんですよね？　わたしもなんです。……その、あの……良かったら、駅まで一緒に行きませんか？　久しぶりですし……ちょっとくらいお話、しましょうよ」

今度はなにやら、急にもじもじとしだした。この人はそういえば前もそういうことがあったな。

「あー、俺は……」

自転車だから、と答えようとしたが、ギリギリのところでそれをストップさせる。

自転車なんてあとで取りにくればいいことだ。せっかくこの穏やかな美少女が声をかけてくれているのだ。

「うん。じゃあ」

寧人はなんとかそう答えると、真紀から三メートルくらいの距離をとって歩き始めた。

「はい！　行きましょう」

真紀はふんわりとした笑顔を見せ、あとに続いてくる。

寧人はその表情にどきっとしながらも、冷静になろうと考えていた。

うーむ。なぜこの人は……。ああそうか同期だからか。一般的には同期入社って仲良くなったり、お互いに相談したり信頼したりするもんらしいからな。俺たちの同期は三人しかいないし、だから俺にでも声をかけてくれるのか。

真紀の仕事についてはあまり知らないけど、結構苦労したりしていて、同期に話がしたりしたかったのかもしれない。そういえば彼女の希望部署は総務ではなく開発室だったはずだし。もう一人の池野《いけの》というやつは、あまり彼女と親しくないのだろうか。

それにしても、俺とこの人じゃ、仕事の内容も待遇も違いすぎて、同期ということ以外の接点など皆無だ。共感できるようなことも多分ないだろう。ちゃんと話ができるのだろうか。

そんなことを考え、寧人は真紀をちらっと見た。すると彼女も寧人のほうを見ていて、一瞬目が合ってしまう。

「ん？　どうかしたんですか？」

「あ、いや、別に。あー、あれだ。今日はスーツじゃないんだね」

寧人はあわてて誤魔化《ごまか》した。これも一応さっき思ったことだった。

これまでリクルートスーツを着ているところしか見たことがなかったが、今日はちょっと違っていた。入社して二ヶ月が過ぎたからか、ややカジュアルなものだ。白のブラウスと水色のキュロットスカートがよく似合っていた。

「そういえば、寧人くんとはまだ二回しか会ってないですもんね」

「そっか。そうだね。えっと、仕事は、どんな感じ？」

寧人としてはかなり頑張って話を振ってみた。

「そうですね。やっぱり色々大変ですし。失敗しちゃうこともありますけど、なんとか頑張ってます！　あ、この前ですね……」

駅までの道を歩きながら真紀は仕事の話を色々してくれた。彼女は総務課なので、メタリカがやっている事業が俯瞰《ふかん》できる部分もあるそうだ。それに、職場環境はとても良くて、みんな親切らしい。

「へー。本社ってそんな感じなんだ。面白いな。そして真紀さん、すごいな。もう一人前って感じで」

「そ、そんなことないですよ。まだまだ勉強中です。寧人くんは？　今日も用事でこっちに来てたんですよね？　庶務課のお仕事、どうですか？」

なぜか、きらきらした表情で質問してくる真紀。

自分に興味があるはずはないから、庶務課という部署自体を知りたいのだろう。熱心な新入社員だ、偉いんだな。寧人はそう思い、話せることは話した。

色々な現場に駆り出されて、わけもわからず戦ったり、作業したりすること。

職場環境は劣悪で、模擬戦もひどかったこと。給料も驚くほど低いこと。

正直言うと、本社で働いている真紀に、庶務課のことを言うのは少し恥ずかしくも感じていた。でも見栄《みえ》を張ったり、嘘《うそ》をつきたくなかった。それは、多分……。

「でも、頑張ってるんですね。寧人くん。ホントに、頑張ってるんですね」

真紀は相槌《あいづち》を打ちつつ、聞いてくれたあと、そう言った。寧人は少し驚いた。

見栄を張りたくなかった理由を当てられたからだ。

そう。俺は、頑張ってる。と思う。

仕事はショボくても、職場がひどくても。それでも、寧人は自分が決めた仕事で、自分なりに頑張っていると思っている。人が聞いたら笑うレベルかもしれないけど。

それでも、これまでの人生では家庭の事情を中心とした様々な問題で、頑張る場所すらなかった寧人にとっては、それは初めて言えることだった。

先はまったく見えないけど、目指すものがなんなのかもわかってないけど、けして社会に認められはしないけど。それでも、向かっていっている、そう、思っている。だから、嘘をつきたくなかった。自分が頑張ってることに、嘘をつきたくなかった。

「……ありがとう。そう言ってくれると、やっぱり、嬉しい」

だから、そんな自分が少しだけ認められた気がして、寧人は真紀にお礼を言った。

「ふふ。寧人くんが頑張ってるってことくらい、わかりますよ。それに、庶務課の模擬戦で勝ったって話も聞きました。庶務課の新入社員では初めてのことなんですって。すごいです！」

優しげな表情で褒めてくれる真紀に寧人は苦笑した。あの勝利は、今考えたらヒドイ話だった。多分、真紀は結果だけを聞いたのだろう。

「あー、あれは……。いい先輩がいてさ。とっても世話になってるんだけど、その人のおかげっていうのもあると思う」

気がつけば、間中のことも話していた。女性に対しては口下手なほうの寧人だが、真紀に対しては不思議と自然体になれる気がした。

「そうなんですね！　わたしにも先輩がいて……」

話題は色々上った。真紀の先輩の話、もう一人の同期の池野がすでに企画部のエースになりつつある話、真紀の好きな食べ物の話、焼酎のお湯割りの作り方の話、スタンロッドが重いという話。

そんなことを話しながら歩いていると、駅ビルの前まで来た。飲食店がいくつか入っているからか、美味《おい》しそうな匂《にお》いがしてくる。

「んー。お腹《なか》すきましたね」

その匂いのせいか、時間が遅いせいか、真紀がふと、そう洩《も》らした。

「俺もだなぁ。今日はカロリー消費すごかったし」

寧人はそう答え、そして駅のほうに歩みを進める。

「……お腹、すきましたね」

あれ？　俺の相槌聞こえなかったのか？

「？　そうだね。真紀さんって家どこなんだっけ？」

「電車で二駅です！　近いです！」

「ああ、そうなんだ。じゃあ早く帰れるね。もうちょっと頑張って。俺なんてこれから一回庶務課に戻って帰るんだよ。はー、もう途中で牛丼でも食べようかな。お、着いたね」

「え、そうじゃなくてですね……」

もう駅前に着いた。なんだかあっという間に着いたような気がした。

「……」

真紀はなぜか駅前で立ち止まっている。

「どうかしたの？　帰らないの？」

寧人が不思議に思ってそう尋ねると、真紀はなにやらため息をついた。

「ふぅ……なんでもないです。じゃあ、おやすみなさい」

ペコリと頭を下げ、真紀は改札のほうに歩いていった。

うん。本当にあの子はいい人だ。悪の組織の新入社員とは思えない。

そういえば、あの人はなんでメタリカに入ったんだろう。いつか、機会があったら聞いてみようかな。ああ、それはそうと早いとこ自転車とって帰ろう。

寧人がそんなことを取り留めなく考えつつ真紀の後ろ姿を見送っていると、彼女が振り返った。そして少し大きな声で言う。

「あの！」

なんだろう。ここはそれなりに都会の駅前なので、聞こえづらい。寧人は少し神経を集中した。

「あのときの、面接のときの、寧人くんの答え！」

面接のときの答え？　どの部分だろう。ピーナッツかな。あれはさすがにミスったと自分でも思ってる。

「どうして、あんなことが言えたのか、ずっと気になってました！　いつか、寧人くんのこと、もっと聞かせてください！」

「……？」

寧人は彼女が何を言いたいのかよくわからなくて、曖昧に手を振った。

見れば、真紀の顔は少しだけ桜色に染まっている。もしかしたら、一生懸命頑張って、勇気を出して聞いてくれているのだろうか？

そう思ったから、寧人はとりあえず頷いて応えた。

真紀はそれを見るとホッとしたように胸をなでおろし、照れたようなそぶりを見せて帰っていった。

一人残された寧人は、歩きながら考えた。

俺の、答え？　もしかしたら、世界を壊す、という部分だろうか。なんでそんなことが聞きたいのかよくわからないけど、別に隠すようなこともない。大体《だいたい》、まったく現実的じゃない話だ。機会があれば、話してみよう。

それにしても、彼女はなんだか自分に対して好意的なように感じないでもない。が、そんなことはありえない。多分、単に優しい人なんだろう。

それはわかっているが、寧人としては、とりあえず同期の美少女と少し話ができただけで、劇的なことだった。十分楽しかったし、満足だった。

本社に来るような仕事は本当にまれなことだし、たまたま彼女に今日出会ったのは幸運だった。

とりあえずそれはそれで嬉しいことだ。

「さて、三時間かけて、帰るか」

今日はなかなか濃い一日だった。

※※

二一一三年度のメタリカの新入社員は三名だ。黛、小森、池野。小森は論外とするが、今年の新入社員は優秀だ。というのは社内で評判の話だった。

そのなかでも、池野の実力はたいしたもので、すでに企画部第一企画課では他のメンバーと同格以上の働きを見せている。若手のエースといってもいいレベルだ。と、いうことも、企画部の人間や一部幹部級はすでに知っている。これは、入社三ヶ月ということを考えれば、驚異的なことだ。

と、言われていることは、当の池野自身も知っていた。

と、いうよりは、池野はそうされて当然だと思っていたし、そうなるように動いてきた。

だから、当たり前のことだと認識している。

「おはようございます」

今日も池野は決まった時間に出社した。課内の人間に挨拶を済ませ、デスクについた。

池野の所属する第一企画課は本社の高層階にフロアがあり、池野は大抵始業の一〇分前に出社する。

新入社員は誰よりも早く来て課内の掃除をするべきだ、なんて考えはない。第一、清掃の係の者だっているのだからまったく意味がない。

また、早めに出社して自分の仕事の準備をしたり、仕事に係わる勉強をするといったこともしない。

仕事は勤務時間内で終えるべきだし、必要な自己研鑽《けんさん》は自分でわかっていて、タイムマネジメントをしつつ実行している。始業前の時間にこれみよがしにそれを行うことはスマートではない。

世の中にはそうしたことをアピールとして行うものもいるが、池野はそういう人間を軽蔑している。評価というものは実力に対してのみされるべきことだ。

始業時間になると池野はすぐに仕事に取り掛かった。

まずは次の戦略に必要な改造人間の動員に関する稟議《りんぎ》をあげる。社内のネゴシエーションも済んでいるし、費用比率の計算にも狂いはない。開発室や上役から文句をつけられることもなく数時間で決裁がおりるだろう。

次に関東北区における対ガーディアンの中期企画書を仕上げる。戦力の増強と計画的な配置。戦略論を高いレベルで修めた池野が、課報課《ちょうほう》から得たデータを綿密に分析して立てたこの企画に穴はない。間違いなく成果をあげるだろう。

さらに……

「ねぇ、池野くん」

次の仕事に入ろうとした池野だったが、デスクの横にやってきた女性社員に甘い声をかけられ、一旦《いったん》手を止める。モニタから目を離し、眼鏡も外す。そして爽やかな表情を浮かべ、彼女に答えた。

「なにか？　綾子《あやこ》さん」

池野はあえて下の名前で、それも強調して彼女を呼んだ。自分の外見が彼女から、というより一般的な女性の大半から見て優れていることは知っているし、優秀さとコミュニケーション能力の高さでもってすでに社内の女性から好意的に見られていることも知っている。

「あのねぇ、この前お話ししたワインのお店、今夜どうかなぁ？」

先輩ではあるが、年齢は池野より下のこの女性社員は、事業部次長の娘だ。利用価値もある。それに、それなりに女性的な魅力もある。味わってみるのも悪くはない、池野はそう考えた。

「私でよければお付き合いします」

だから、そう答え、微笑《ほほえ》む。

「うん。じゃあ、今夜、ね」

「予約はこちらで済ませておきます」

短いコミュニケーションが終わり、池野は再び仕事に戻った。

こういうことはこれまでの彼の人生のなかでも特に珍しいことではない。池野信之《しんじ》という男は、俗な言い方をすれば、女性にモテる。

もちろん、もって生まれた恵まれた外見もその要因ではあろう、だがそれ以上に池野は常にスマートな立ち振る舞いを心がけているし、女性に好意を持たれるよう努めている。

これはその結果だ、と池野は考えていた。

それは、そのほうがいい、と思っているからだ。女性に好かれるのはそれ自体結構なことだし、それに利用できることもある。トラブルの要因になるという者もいるが、そんなミスを犯すほど自分はマヌケではない。

それにそれで仕事がおろそかになることもない。池野はすぐに午後のプレゼンテーションの準備に戻った。

このプレゼンテーションは現在池野が担当している案件のなかで最も大きなものだ。民間の研究施設の制圧。立案も池野自身によるものだ。

公的機関とは別に、この国の民間研究施設は独自のハイテクノロジーを保有していたり、開発していたりすることがいくつもある。それを、ごっそり奪う。

これはメタリカ全体の利になることだ。それに、そのような民間施設を放置しているのは危険でもある。これまでにもそうした施設が開発したオーバーテクノロジーによってガーディアンが強化されたり、ロックスが誕生したこともあるのだ。ならば、そのまえに一つ一つ確実に支配下に収めてしまえばいいだけだ。

これまではコストの問題や制圧作戦の危険度からこのプランが通ることはなかったが、自分は違う。諜報課と連携をとり、施設の情報を綿密に取っているし、シミュレーションも万全だ。

今日のプレゼンテーションでは、実動部隊の戦術を担当する営業部の人間を説き伏せる必要もあるが、それも問題ない。

本来、池野の所属する企画部はより大きな観点からの戦略を担当する部署で、実際の現場での戦術や指揮、庶務課の運用は営業部の仕事だ。しかし、必要とあらばそれすら提案してやってもいい。

池野は自分の能力を存分に発揮できる場にいることに喜び、そしてプレゼンテーションの準備を終えた。

午後になり、プレゼンテーションが始まると、やはり懸念していた部分で意見が入ってきた。

「なるほど、たしかにこの施設を叩けば大量の物資が手に入る。お前の企画は十分に利益が見込める。おおむね賛成だ。だが、一件一件の制圧作戦はやはり難しくなるだろう。たとえば、この四ページ目、都内の作戦行動には低くない確率でロックスの妨害が入るぞ。高い戦闘力をもつロックスの介入があった場合、こちらが目的を達成できるか？　それとも、失敗する案件が発生することは覚悟の上で、全体での達成率をもってよしとする考えか？」

質問をしてきたのは第二営業部課長の泉哲郎《いずみてつお》という男だ。

なるほど、営業畑の人間だけあって、戦術的なものの見方だ。それにもっともな意見でもある。

今回の企画は国内七つの研究施設の制圧が目標だが、そのうち一つは都心に近く、これまでのデータでもロックスの出現率が高いことがわかっている地域だ。

一つくらいは失敗してもいい、その上でそれを成功させるべく働くのは営業部の仕事だ、と言いきることもできるし、実際そうした場合、営業部はそれなりの戦術を立てるだろう。

この泉という男も相当なキャリアがある。また、本人も改造手術を受けており、昔は蜘《く》蛛《も》型の怪人として数々の戦績を残している武闘派だ。

が、池野はあえて自分の意見を述べた。

「そうですね。細かい部分は営業部にお任せしますが、あえて私の意見を述べますと……たとえば、こういうのはどうでしょうか？」

池野は考えていた戦術案を述べた。

ロックスが来ないことを祈る、ということではもちろんない。

あえてロックスにこちらの動きを気づかせ、妨害に来ることを前提とし、その到着を遅れさせる、というものだ。

「庶務課の一チームを捨て石にすることで、ロックスの現場到着は少なく見積もっても二時間は遅れるはずです。それだけの時間があれば……」

当該の制圧対象研究施設は関東地域にある。

同研究機関は遺伝子工学の分野で突出する成果を示している機関であり、それは独占することができたのなら、大きな力を生み出すことが可能なものである。

メタリカとしてはぜひとも押さえたい施設だ。それは今後のメタリカの軍備増強のためにも、世界征服を目指す上での技術の独占においてもだ。だから、万全を期す必要がある。

池野の計画はこうだ。

当該エリアで最も出現率が高く、また危険性が高いロックスは『ディラン』である。おそらく当メタリカの制圧作戦の妨害に来るだろう。

そこで、あえて当日に別の情報を流す。大規模な犯罪があるエリアで行われている、と。最近表沙汰《おもてざた》になった密輸関連などが適当だろう。

もちろんそんな犯罪計画はない。大事なのは、それが世間一般に知れ渡ることだ。

そして実際に庶務課の人間を配置する。それもなんの意味もなく。

研究所襲撃をディランが察知する可能性は高いが、それでも正義の味方であるロックスは偽の情報を確認せずにはいられないはずだ。

そのため、研究所と偽の現場はあえて隣接してある。

必ず、正義のヒーローは来る。見過ごせはしない。池野はそれを考慮していた。

すぐに情報が偽物だとわかったとしても、その場には庶務課の人間がいる。足止めくらいにはなるはずだ。そういう計画だった。

「……なるほど。個人的にはあまり好きではないが、たしかに有効な案ではあるな。企画自体の有用性も加味して、よしとしよう。わかった。あとは営業部で詰めてみる」

本件で戦術を担当するのは第二営業部で、泉はそこの課長だ。彼が認めたことは大きかった。

結果、このプレゼンテーションは成功と言えるものとなった。企画部内でも特に反対の声はなく、池野のプランはそのまま採用が決定。

その後、池野はすぐに書類をまとめ電子稟議を起案し、そして翌朝には決裁がおりた。

池野は決裁書類をまとめ、総務部へ向かった。総務部は社内稟議のコピーを保管する役割もあるが、別にメールでも問題はない。あえて総務部へ向かったのは、社内営業の意図が一つ。そしてもう一つは同期入社の女性社員に会うためだった。

「真紀、これを頼む」

総務部の黛真紀に声をかけ、書類を渡す。彼女は同期入社で、そして容姿端麗で素直で可愛らしい。すでに第一線でバリバリ働いている自分をアピールするいい機会だ。

「あ、はい。……！　これって……」

笑顔で受け取ったあと、書類を見てなぜか怪訝《けげん》な表情を浮かべる真紀。

「なにか問題があるか？　決裁はおりているが」

「……この作戦だと、庶務課の人たちは……」

「ああ。多少の損害は受けるだろう。でも庶務課はそれが仕事だ」

説明してやったのに、真紀の表情はなおも沈んでいる。池野にはその理由がさっぱりわからなかった。

※※

間中年男《としお》がメタリカの一般職として庶務課で働き始めたのは一八年前のことだ。

入社のきっかけは別にたいしたことじゃない。高校を出てすぐ、どうでもいいような事件に巻き込まれ、というよりも犯人にされ、普通の就職や進学ができなくなったことが一番大きな要因だった。

電車内で中年の女性に大声で罵倒され、そのままガーディアンに拘束され、留置所に入れられた。間中は今でも誓って言えるが、そんなことはけしてやっていない。記憶に残る太った中年女性の外見を考えれば、やりたくもない。

痴漢冤罪《えんざい》による拘留期間が終わってシャバに出たときの間中には何も残っていなかった。そして、一度そうなると、そこから這《は》い上がるのは難しい、ということをそのとき身をもって知った。

格差社会なんていう言葉は旧世紀のものかと思っていたが、それは単になくなったものとされているだけで、実際には一部でよりひどい形で残っている、というのを知ったのもこのときだった。

ごく一般的な青年だった間中がその後生きていくのはかなり難しく、流れ流れてメタリカの下っ端社員に落ち着くこととなった。

そこに至るまで、間中のなかではある思いが生まれた。

この世界は、みんな幸せ、ということになっているし、おおむね間違いじゃない。多分、全人類が感じている幸福度の合計でいえば人類史上最高とも言えるのかもしれない。

でも俺は気に食わない。

考えてみれば、例の冤罪事件の前からなんとなく、間中はそう思っていた。

たとえば、他者からの略奪を奨励《しょうれい》している、という保護者からのクレームが理由で発行されなくなった昔話の桃太郎の本。危険だから、ということで禁止されている灯油ストーブ。普通の人が立ち寄りもしない、スラムという地区の存在。なんとなく違和感があって、気に食わない。

そんななかで、間中はやってもいない犯罪で落ちていきメタリカの下っ端に収まった。

当時のメタリカは今よりずっと規模が小さく、まだまだ悪の組織、というあり方が確立されていなかったころということもあり、最底辺にいるかのように思われた。

一時は世を拗《す》ねた間中だったが、庶務課で働くうちに考えが変わっていく自分に気づいた。

世界が気に食わない、普通の人は仮にそう思ったとしても、思うだけだ。具体的にそれをどうこうしようとなんてしない。そういうことは政治家だったり、革命家だったりがすることで、凡人である自分には関係ない。

もちろん、間中は自分のことを傑出した人物だとは思っていない。だけど、自分は悪の組織の中にいる。

悪の組織。それは二二世紀という完成されたようにみえる世界のなかで、出来上がりつつある唯一の『世界に対して反抗する存在』だ。

下っ端とはいえ、そのなかにいる自分。若き日の間中は、世を拗ねていた男は、それに気づき、自分なりにその道を進んでいこうと決めた。

違和感がある、気に入らない。そんな世界のなかで、ただ生きていくのは嫌だった。だから反抗したかった。間違っているのはわかっていても、それでも。

庶務課にいるうちは大局的な意味も知らされず悪事を働くのみだ。でもここを駆け上がっていくことができたなら。もっと高い場所から世界を見ることができたなら。そう考えたから、間中は劣悪な職場環境のなか、努力することができた。

そうして働き始めて一八年が過ぎた。ショボいながらに自分なりの、悪党としての戦い方のようなものは確立されたかのように思える。だけど、それだけだった。出世することもなければ、世界が変わることもなかった。

それは、自分に才能や運がなかったから、あるいは努力が足りなかったから。そんなことはわかっている。でも、今さら他の生き方なんてできない。

中年になった間中は、今でも自分なりの努力は欠かしていない。それがただの悪あがきのくすぶりに過ぎなくて、そもそも正しくすらなく、意味すらないのかもしれないことはわかっていても、それでも、そうやって生き続けている。

「……ふーっ……」

芋焼酎を飲み干し、間中は深く息を吐く。おでん屋のカウンターに座る間中は、少し手持ち無沙汰になったからか、過去のことを思い出していた。

「あれ？　間中さん、今日はなんかペース早いですね」

トイレに立っていた後輩社員の寧人が隣に戻ってきてそう言った。そこで間中はグラスが空になっていることに気づいた。

「あ、おお。そうだな。ちょっと早ぇか？」

「明日なんか朝から集合かかってませんでしたっけ？　ほどほどにしといたほうがいいですよ多分」

「あー、じゃあと一杯で帰るか。お前は？」

「俺ももらいます。あ、あと大根も食います」

寧人はそう言うと、店主に注文を済ませた。

思えば、ここしばらくよく寧人とは飲みに来ている。年齢は倍ほど違うが、不思議なことに間中と寧人はなんとなくウマがあった。

教育係という関係性から仕事の話もするし、バカな話をして笑うこともある。寧人の身の上話を聞いたりもする。

そんななかで、間中は寧人という人間が持つ特殊性に気づいていた。

「ほれ」

「ありがとうございます」

間中は寧人のグラスに焼酎を注《そそ》いだ。寧人はマジメな顔をしてお礼を言う。

そう、こいつは基本的にはマジメで優しいやつだ。庶務課というブラックな職場にいながらも、毎朝トレーニングをして、業務自体にもまっすぐに取り組んでいる。

あまり人付き合いをしたことはなかったそうだが、ちゃんと人のことを考えて接している。

内向的な部分もあるが、それは多分、これまでの人間関係がロクなものじゃなかったからだろう。

「大根、お待ち」

「お。いただきます。……あちっ、あちち」

大根をはふはふ言いながら食べているところなどは、まだ少年の面影も残っている。シャイでマジメで優しいところのある男。それが、小森寧人の一面だ。間中はそう思っている。

でも、寧人という男は、違う面を持っている。そこが特殊なところだ。

ガーディアンと初遭遇したときは、迷いもなく体当たりをしていた。

模擬戦のときには、事前に重田の身辺を洗い、それで得た情報で重田を脅迫した。

初任務に臨むときは、当たり前のような顔をして『橋自体を破壊すれば』と言っていた。

そのあとの実戦では、一切の容赦なく武器を振るっていた。

どれも、内容自体はたいしたことではない。しかし寧人は本気だった。実行になんのためらいもないように見えた。

悪党なんだから、勝つためにはなんでもやったほうがいい、と教えたのは間中自身だが、寧人を見るとこいつは最初からそういう人間であるかのように思える。どこか一本、ネジが外れているような、ぶっ飛んでいるような。

そういえば、あれはなんだったのだろう?

間中はふと思い出した。

模擬戦のあのとき、寧人が重田を脅迫していたあのとき、間中の目には寧人の体からうっすらと立ち上る黒い炎のようなものが見えたような気がした。だからあのとき、間中は少し呆然《ぼうぜん》としてしまったのだ。

あれは、錯覚だったのだろうか。

あの黒い炎がなんだったのか、いまだにわからない。だからこそ間中にとって寧人という男は不思議でもあったたし、そして妙な期待感のようなものがあった。

戦い方、という意味の基本では間中と同じなのかもしれない。でも寧人のそれはあまりにも自然で、そしてスケールも違うのかもしれない。

橋落としのときは、庶務課という立場や諸事情から、結局実行はしなかった。それに現在の状況では可能な発想も限られている。

では、もしこいつが、小森寧人が、力を持っていたのなら、メタリカの上層に位置し、その力を振るえる立場にいたのなら。容赦なくそれを振るうのでは、そして誰も考えがつかないような悪事を働くのではないか。

マジメでまっすぐ、でも進む方向はぶっ飛んだ道。

間中は思った。そういう男なら、もしかしたら。

「あー、旨《うま》かった。間中さんもなんか頼みます？」

ふとそう聞かれ、間中は考えを止《と》めた。少し酔っているのかもしれない。

「ああ、大将。はんぺんと玉子くれや」

「あいよ」

注文が出てくるまで少し時間がある。

「なぁ、寧人。お前さ、桃太郎、って知ってるか？」

ふと思い出して、間中はそう聞いてみた。

「モモタロウ？　誰ですかそれ」

「あー、やっぱお前って若いんだな。いいか、桃太郎ってのはな……」

そうして、桃太郎について話し始める。寧人はふんふんと聞いている。

寧人は大体いつもこんな感じだ。間中が教えるショボくて汚いテクニックも真剣に学ぼうとしている。間中は、多分それも嬉しかったんだろうな、俺は、と思っている。

世界への反抗心を持って、歩いてきた。結果は出そうにもないけど、自分なりに培ってきたものがある。それを、少し変わり者の後輩がマジメに学ぼうとしている。

やっぱり、それは嬉しいことだった。

「へー。その犬、猿、雉《きじ》ですか。知らなかったな。その話。なんで禁止されたんですかね？」

「そりゃお前……」

赤提灯《あかちょうちん》のおでん屋に、小物の悪党が二人。でも、それは大事な時間だった。

※※

寧人はその日、いつもより早く出社した。もちろん早朝トレーニングは済ませてからだ。

早めに出社した理由は、始業時刻からすぐに集合がかかっていたからだ。どんな業務指示が下りるかはわからないが、気分を落ち着けておきたかったのだ。

間中も同様だったのか、早めに来ていた。昨日もおでん屋で飲んだが、二日酔いはしていないらしい。

始業時間になり、庶務課の一同が集合する。普段はそれぞれ雑務をやっていたり、訓練をしていたりするが、大きな作戦に駆り出されるときはこうしたことがあるのだ。

精鋭揃《ぞろ》いとは程遠い庶務課なので、なんとなくダラダラしていたり、私語をしている者もいたりして、弛緩《しかん》した空気だった。

寧人はこれまでこなしてきた任務の数も少なく、いつでも不安だ。だから、それなりに緊張したまま、主任の言葉を待った。

「……ごほん」

主任の咳払《せきばら》い。それにつられて、寧人は主任に目をやる。そして気がついた。

なにか、様子がおかしい。主任ではあるが、彼もしょせんは庶務課の一員で、普段はどちらかというと適当な感じがする人物だ。

その彼が、これまで見せたことのないほど、険しい表情をしていた。

なんだ？　何かあったのか？　これから伝えられる任務に関係があることなのか？

なかなか口を開かない主任。

なにやら様子がおかしいことに、庶務課の他のメンバーたちも気づき始め、少しだけ騒がしくなったあと、徐々に静かになっていった。

皆が黙り込み、主任に視線をやる。

こんなことは初めてだった。

重苦しい空気がしばらく続いたあと、主任がおもむろに口を開く。朝の挨拶を済ませ、どうでもいいような連絡事項をいくつか、そして、最後に集合をかけた理由である任務について触れた。

「……明日、一七時よりB‐37エリアにて待機任務だ。場合によっては戦闘もありうる」

主任の低い声。それとは裏腹に、庶務課一同は、ふぅ、と息をついた。

なんだ、待機任務か。何かと思えば。そんな空気だった。場合によっては戦闘もありうる、というのはいつものことだ。

「ちょ、そんだけスかー？　集合しなくてもよくなくないスかー？」

重田が口を開く。任務の伝達のための集合ということで、全員それなりには、気にしていたのだろう。重田からすれば、肩透かし、という感じなのかもしれない。

「……」

だが、寧人はそういう風には感じなかった。なにか、嫌な予感がした。

理由はわからない。でも、とても軽口を叩く気にはならなかった。

再び弛緩した空気が庶務課内を包んだ、が。

「本任務は種別『R』である」

主任はそう言葉を続けた。

「!?」

「なっ……？」

「マ、マジっすか？」

驚愕《きょうがく》する庶務課一同。空気が急に冷たくなった。

「はぁ？　種別アールってなんスか？」

そんななか、寧人の次に年少である重田だけはぴんときていないのか、ぼんやりとした顔だ。

だが、誰もそんな重田に説明をしない。それどころではないのだ。

「……種別R」

寧人は思わず口に出してしまった。

庶務課用ハンドブックを熟読した寧人は知っている。

種別R、それは『ロックスとの交戦が予想される任務』を意味する。

ロックス。二〇年前に現れた『ディラン』をはじめとする、正体不明の正義の味方。

あるものは特殊体質で、あるものはオーバーテクノロジーによるアーマーを纏《まと》うことで、またあるものは、古代の遺産として残された魔術的な神秘によって、超人的な能力を発揮するヒーロー。

彼らは、その巌《いわお》のごとき強さと、気高さから総称としてロックスと呼ばれる。

憧れの対象である彼らだが、メタリカをはじめとする多くの悪の組織にとってはこの上ない脅威であった。

「詳細について説明する」

一同は普段の倍の集中力をもって、主任の説明に耳を傾けた。

寧人は、全身の毛穴が小さくなるのを感じた。

悪の組織メタリカ、もちろん公の治安組織であるガーディアンは敵だ。だが、脅威というほどでもない。真の脅威は、悪の組織にとっての天敵は、他にいる。それがロックスだ。

子どものころから知っている。様々な犯罪や悪事の現場に颯爽《さっそう》と現れ、人々を救う。

寧人はそんな彼らに憧れていた。今だって、矛盾しているようだが、カッコよくて尊い存在だと思っている。

メタリカに入ったこの身だ、ロックスとは敵対することくらい知っていた。でも、実際にこういうことが起こるとは思っていなかった。

ロックスは人々の笑顔を守るために悪を討つ。

そしてメタリカは、俺は、悪だ。

「おい！　小森、聞いているのか!?」

「あ、す、すみません」

しばらく我を失ってしまっていたようだ。寧人は主任の言葉に集中した。

今回、交戦が予想されるロックスは、最初にして最強と呼ばれる『ディラン』。

待機の理由は不明、現場を一定時間確保することが任務だ。

なんのために待機するのか、なぜそこにディランが現れるのか、なぜ戦わなければいけないのか。

そういった部分の説明はない。

そして、ディランとの交戦が予想されるにもかかわらず、メタリカ本社からの営業部社員や改造人間の動員は、無し。

「主任、そいつは、どういうことですか？　さすがに妙だとは思いませんかね？」

間中は主任に食ってかかるが、それでも説明はない。おそらく主任も知らないのだろう。

そして決定は覆らない。

現実感がない。当然ながら、ここにいる者たちは誰一人としてロックスと戦ったことはない。情報としては、彼らが正義の味方で強くてかつメタリカの敵であることは知っている。

でも、実感としてはわからない。

もしかしたら、死ねと言われているのだろうか、それとも、実はディランが来る可能性は意外と低く、明日は何事もなく終わるのだろうか。

その判断がつかない。

主任の言葉に誰もが言葉を失い、そして曖昧に頷いた。

それで、任務の伝達は終わりだった。

解散した庶務課の者たちはそれぞれの反応を見せている。黙り込むもの、主任に詳しい説明を求めるもの、今聞いたことを忘れようとしているのか、まったく関係のない雑談を必死にしようとするもの。

寧人は間中に近づき、話しかけた。

「間中さん……今のって、本当だと思いますか?」

どういう内容のことを言われたのかは理解している。だが、感情が追いついてきていなかった。

「……少なくとも、ディランと戦うことになる可能性はあるってこったな」

間中の表情は真剣そのものだった。額には汗が滲《にじ》んでいる。

そんな間中を見た瞬間、寧人の背中にも冷たい汗が流れ落ちた。心が急速に冷えていくのがわかる。

「……そう、ですよね」

間中は寧人のいるエリアの庶務課のなかでは一番の古参だし、他のエリアの庶務課員と比べても経験は長いほうだ。そんな間中の鬼気迫る表情は、寧人に事態の深刻さを伝えるのには十分だった。

「ディランと、あのディランと戦うかも、しれないんですよね……」

間中がさっき言ったことをそのまま反復してみる。するとそれが、急にリアルなこととして感じられてきた。

ニュースなんかでは何回も見たことがある。正義の味方と戦う悪の戦闘員の姿は、記憶にある限りでは、紙切れのようにぶっ飛ばされているものしか知らない。

あの、ぶっ飛ばされるほうの紙切れの一つに、俺がなるのか？

「……しかも、こっちは改造人間も、無し、なんですよね」

意味がわからない。それでこっちに勝機があると判断しているのだろうか？

弾丸よりも強いパンチを放ち、車両よりも速く走るヒーロー、対するは薄っぺらいプロテクターを着ただけの戦闘員の自分たち。

「はは……ははは……なんだ、これ」

乾いた笑いがこみ上げてくる。同時に、脚が震えていることに気がついた。

歩き慣れてきたはずの庶務課のフロアがやたら遠くに感じる。平衡感覚がぐらぐらしてくる。

悪党とヒーローの戦い。それは、どこか遠い世界で起こっていることのように思っていた。

そうではない、お前もそこにくるのだ。

誰かに重い声でそう言われた気がした。

客観的に考えれば、もしディランと戦うことになった場合、無事で済む確率は、乗っている飛行機が墜落して生き残る確率と似たようなものだろう。

「寧人」

「……はい」

間中の呼びかけに、寧人は震える脚を押さえつけながら答えた。

「もし、万が一のときには、生き残ることを最優先にしろよ。お前はな」

「……え？」

「そうすりゃ、最悪の場合でもお前は死なねぇよ。多分、な」

そういう間中の言葉はなんの根拠もなかったが、気休めを言っているようには聞こえなかった。

寧人は不思議に思いつつ、ほんの少しだけだが、震えが小さくなったことに気がついた。

※※

翌日、寧人が種別Rの現場で出動したポイントは湾岸地区だった。倉庫が並んでいるだけで人気《ひとけ》はまったくない。

「間中さん、ホントにディランが来るんですかね……？」

「……さあな」

庶務課のメンバーはある程度分散し、湾岸エリアに点在している。庶務課ではツーマンセルが基本なので、寧人は間中と組み、日の傾き始めた港で待機していた。間中の装備はライフル、寧人は麻酔銃を抱えている。物陰に隠れ、監視カメラの映像を二人で確認しつつ、時が過ぎていく。

「……お前には悪かったな。お前や重田みたいな若いヤツは外すようにギリギリまで主任を説得したんだけどよ」

間中が不意に呟く。

「や、やだな。なに言ってるんですか。別に死ぬって決まったわけじゃないし……！　そうだ。これ終わったら、また飲みに連れてってくださいよ」

まるでこれが最後のような間中の言葉。寧人はあわててそれを否定した。

寧人自身、悪い想像が頭から離れないが、もう現場に来てしまっている。なら、今さらあれこれ悲観的になったところで仕方がない。

昨日はあんなに震えていたのに不思議だったが、寧人はいざここまで来てみると吹っ切れたように感じていた。

「……そうだな。よっしゃ。今日はいつものおでん屋じゃなくて、もっといいとこ奢《おご》ってやるよ！」

「はい！」

そのときだった。監視カメラのモニタにあるものが映り込んだ。

「……まさ、か……」

絶句する。この映像は、なんだ。いや、当然わかっている。そこに映っているのがなんなのか。だがそれに心が追いつかない。

アーマーか何かを纏っているのか、それともそもそも人間ではなく、ああいう体なのかはわからないが、すでに『あの姿』になっている。

テレビで観たことがあるそれと同じだ。

機械的なアーマーと生物外骨格の中間のニュアンスをもつ純白の肉体。額には角のような突起、溢《あふ》れんばかりのエネルギーを内包していることが一目でわかる微弱な発光。まるでお伽話《とぎばなし》に出てくる光の騎士のようだ。

他にあんな存在がいるものか。あれこそは初代ロックス、社会を悪の魔の手から守る、正義の化身。『ディラン』。

「間中さん！　これ……！」

ごくり、つばを飲み込む音がやけに大きく聞こえた。

「ああ……正義の味方の、お出ましだ」

モニタに映るディランはゆっくりと歩いている。だが、モニタ越しでも彼が周囲を警戒しているのが伝わる。身長は一九〇センチほどだろうか。すさまじい迫力だった。

武術の心得などない寧人だが、ディランには一切の隙がないように感じられる。モニタ越しの素人でもわかるほどに、その英雄は、きっと強いのだ。

「……どうしますか？」

「まずは様子を見るぞ、ここからはまだ、少し遠い」

寧人は頷いてそれに応え、モニタに視線を戻した。

今回の任務は『ディランが現れた場合、全員で交戦せよ。ただし一度に全員では戦うな。個別に連続して挑め』というだけのものだ。理由などは聞かされていない。

相手は一騎当千の正義の英雄である。ザコに過ぎない寧人ら庶務課メンバーが、それもそれぞれ単独で戦って勝ち目はあるのだろうか。一人一人順番に叩き潰されるだけではないのか。結果、全滅までの時間が延びるだけではないのか？　なぜこのような指令がおりたのか、疑問は尽きないが、仕方なかった。それが庶務課。悪の組織の末端の兵士の役割なのだ。

モニタを注視する寧人。あわせて、手にしているタブレット端末も確認する。タブレットには付近のエリアの地図が表示されている。

「……もう少しで、罠《わな》の仕掛けられてるポイントにディランが着きます」

一応の備えとして、トラップの類も仕掛けてある。ディランが現れないのが一番いいが、もし現れた場合、少しでもディランの戦力をそぐことが狙いだ。

「罠、か。効くといいけどな」

「来ました！」

足元に張ってあるピアノ線、それがトラップ起動のキーだ。ディランはそれに気づいていないのか、ごく普通に歩き、そのピアノ線に触れた。

周辺に響く自動発射のマシンガンの音。

当然ながら、常人であれば即死するような攻撃だ。

「!?」

モニタに映るディランはマシンガンを避けもしない。撃たれる方向に体の正面を向け、腕でガードしている。そして、そのまま立っている。

「効いていない……？」

マシンガンの掃射音が止《や》む。モニタに映るディランは何事もなかったかのように、斜め上方向に視線をやっていた。

「マズい！」

重田がそう叫び、通信機に手をかけようとした瞬間だった。

ディランがモニタから消えた。いや、そうではない。その速度が、跳躍が速すぎて、カメラで捉《とら》えきれていないのだ。

その証拠にさきほどまでディランが立っていた地面のコンクリートが小さく爆発したかのように破片となって飛び散っている。いったいどれほどの力が加わればこんな風な現象が起きるのか、寧人には見当もつかなかった。

一瞬遅れて、破壊音が響き渡る。

あの罠の近くには庶務課のメンバーがいた。マシンガンの効果を確認するために顔を出してしまったのだろうか？　そしてディランはそれを察知したのか？

タブレット端末には庶務課のメンバーの位置情報が点として表示されているが、そのうちの一つの点がありえないほどの速度で海の方向に移動し、そして停止した。

そこにいた寧人の同僚はあっという間にぶっ飛ばされ、海に叩き落とされた。表示はその事実を物語っていた。ディランは無駄な殺生をしないことで有名だが、絶対ではない。運が悪ければ普通に死んでいるだろう。

そして、さらにまずいことに、ディラン近くに位置する庶務課メンバーたちの点が動き始めた。

動揺して逃げ出したり、あるいはヤケクソでディランに向かっていったりしている。ダメだ。そんなことをしてはダメだ。まだ隠れていたほうがマシだ。

「くっ……！」

「おい、寧人！」

寧人は間中の制止を聞かず、近くの倉庫の屋根にのぼり、肉眼でディランを確認した。

「……なんて、強さだ」

目に映るその光景。

次々に襲い掛かる庶務課メンバーの攻撃を華麗にかわし、反撃をするディラン。

黒のコスチュームを着た庶務課メンバーたちの中心、白い騎士がそこにはいた。

さきほどのカメラ越しの視点とはやや離れた位置から見ているために少しくらいは何をしているのかがわかる。いや、正確には残像のように見えるディランの姿と次々に倒されていく庶務課メンバーたちの有様から推測できなくはない、というほうが正しい。

振り下ろされるスタンロッドをスウェイバックで避け、すかさずストレートパンチを入れる。

後ろから撃たれた銃弾を跳躍してかわし、空中回転からのキックを炸裂させる。

銃を構えた敵に対して、高速のサイドステップで接近し、エルボーを突き刺す。

羽交い絞めにしてきた相手を軽く片腕で持ち上げ、投げ飛ばす。

まるで、撮影した動画を高速で再生しているような、あるいはＣＧを用いたフィクションの世界の出来事のようなその光景は、紛《まぎ》れもなく現実に展開されていた。

拳を振るえば敵を弾《はじ》き飛ばし、蹴りを放てば敵を吹き飛ばす。

疾風のような動き、迅雷のような攻撃。

その白銀の騎士は、誰にも止められない。

「……ディラン……」

知っていた。知っていたじゃないか。あれは、あれこそは、バッタバッタと悪者を倒す、ヒーローの姿だ。

「寧人！　降りろ！」

間中の言葉。寧人は我に返り、その指示に従った。

「……ディランは、本当に強い」

明らかに危機的な状況だが、それとは裏腹に、寧人は素直にディランをすごいとも思っていた。

何者なのかは知らない。なんのために動いているのかも知らない。でもたった一人で戦い続ける正義の男。これまでにもメタリカや他の悪の組織のモンスターと戦い、ときにはボロボロに追い詰められながらも立ち上がり、正義を貫いてきた男。その強さは本物だった。その体からは白く燃え盛る炎のようなオーラが見える気すらしてくる。

再び物陰に隠れ、間中の傍《かたわ》らにいる寧人だったが、心は決まっていた。

もう震えはなかった。

今の寧人はメタリカの一員だ。まがりなりにも世界を変えたいなんて言って、自分なりに努力もしてきた。そして今ここにいる。だから。

「……俺は行きます」

ディランは強い。そして今ある世界を守る象徴と言える存在だ。そこから背を向けることは、したくはなかった。

「……わかった。仕方ねぇ。俺も行く。ヤツが近くまで来たら出るぞ」

間中もまた、寧人に応じる。ここで逃げてしまうことは、これまで歩いてきた道を否定することだ。だからきっと、間中は寧人以上に戦うべきだと思っているはずだ。

「どこまでできるかわからないけど、やってみましょう……」

「はは、お前って、ホントおかしなヤツだな。俺なんて、怖くて仕方ないってのによ」

間中はそう言って笑った。

もちろん、寧人だって怖い。逃げ出してしまいたい。だけど、ここで逃げてしまったら、何か大切なものをなくしてしまう気がする。

正直言うと寧人は、自分が逃げ出さないことが少し意外でもあった。ケンカなんてしたこともない、ヘタレと言われたこともあるし、人より際立って優れているところもない。

昨日は怖くて震えていて、あまり眠れなかった。

そんな自分が、この土壇場で、震えながらも戦う決断を下せることが、意外だった。もしかしたら、俺は実は意地っぱりで、メタリカに入ってからそれが表に出てきたのかもしれない。

「……来るぞ」

夕暮れの港は、すでに激戦の舞台となっている。ディランはすでにさきほどの地点での戦いを終えて、寧人たちの近くまで歩いてきている。あと数秒、それで両者は接触するだろう。

間中が深呼吸をする音が聞こえた。そして、寧人に告げた。

「お前はヤツの視界には入るな。直接戦うのは俺一人でいい。お前は陰から見ていろ。俺のライフルならダメージを与えられる可能性もあるが、お前の麻酔銃じゃ無理だ」

「!? そんな……！」

「そのほうが都合がいい。俺には考えがある。それに、昨日俺が言ったことを忘れるなよ……いいな！」

返事を待たず、間中は物陰から飛び出して駆け出した。

寧人はあわててそれを追いかけるディランの前に踊り出た。寧人は少し離れた位置からそれを見守る形となった。そして考える。

考えがある、というのは本当なのだろうか。なら、邪魔するわけにはいかない。という思いもある。

だが、一方でそれはウソで、寧人を助けるための方便の可能性もある。

どうすればいい?

経験の浅い寧人にはそれがすぐには判断できなかった。

わずかの迷いの間にも、間中はディランの正面に立ちふさがっていた。

「……」

ディランは眼前に現れた悪の尖兵《せんぺい》を認識したようだ。その視線を間中に合わせる。

「よお、ヒーロー。生で見るのは初めてだけど、かっこいいな。それ、どうなってんだ? 何か着てるのか? それとも体が変質してんのか?」

「……」

「わりぃけど、ここを通すな、って言われてんだよ」

「……」

間中の語りかけに、ディランはまったく反応しない。ただ、ゆっくりと、間中に向けて歩みを進める。

ガシッガシッ、というような足音が徐々に近づいてくる。ディランの首元のマフラー状のものが海風《うみかぜ》にたなびいていて、その姿は、美しかった。

ディランの右拳が輝きを放ちだした。

あれも知っている。ニュース番組で紹介しているのを見たことがある。エネルギーをチャージした拳。ディランの必殺技の一つ。俗に言うところの『ジャスティス・ハンマー』だ。似た技は他のロックスも使用し、今では彼らの代名詞としても用いられるその攻撃は、一撃で大岩をも粉砕する破壊力を持つ。

「ちぃっ！」

接近されては終わりだ。間中は手にしたライフルを構え、即座に発砲した。間中のライフルは通常のそれよりもはるかに口径が大きく、威力もあるメタリカ特製のものだ。

……が。

同時にディランは間中へ向けて加速。その動きは豹《ひょう》よりも速く、鷲《わし》よりも鋭い。仮にディランが百メートル走をしたのならば、世界記録を大幅に更新するタイムが出ることは確実なスピードである。

ディランの背中からは光が零《こぼ》れ、まるで翼のような形を作る。駆け抜ける白銀の騎士の背後にたなびく光はあまりにも綺麗で、見惚れてしまいそうになった。

「……ふっ！」

そして間中の発砲した弾丸を腕の一振りで弾き飛ばす。

そして。

「……せあっ！」

寧人には、ただ閃光《せんこう》が走ったようにしか見えなかった。

あたりに響く衝撃音、次の瞬間にははるか後方の倉庫の外壁に殴り飛ばされ叩きつけられた間中の姿が確認できる。

「……間中……さん……？」

見れば、庶務課の戦闘服である間中の赤いプロテクターは粉々に粉砕されており、外壁からずり落ちて地面に倒れ伏す間中は、ピクリとも動かなかった。

ウソだろ。

ウソだろ。

ウソだろ。

あんな一瞬で？　なんの前触れもなく？　正義の鉄拳というのはそれほどまでに強いのか。

悪の道を歩んできた男の人生を瞬く間に粉砕するほどに？

寧人は動けなかった。恐怖ではない。目の前で起きた事実に、思考が追いついていなかった。

そしてディランの圧倒的な存在感に、気押《けお》されていた。

「……」

ディランは結果を確認することもなく、進んでいく。そして姿が見えなくなった。

「……！　はっ！　間中さん！」

金縛りが解けたように、間中に駆け寄る寧人。

「間中さん！　間中さん！」

倒れた間中を抱き起こし、声をかける。

「……寧人……か……？」

間中は息も絶え絶えで、今にも消え入りそうな声だった。内臓に深刻なダメージを受けたのか、吐血も激しい。

「しっかりしてください！　間中さん！」

「……俺は、もう……助からない……お前は、逃げろ……」

見ればわかる。でもそれを認めたくなかった。

「ダメだ！　間中さん！　お願いだ！　……言ったじゃないですか!?　飲みに……飲みにつれてってくれるって……！」

「……わりぃ……な……」

「諦めないでください！　きっと、きっと助かりますから！」

無理だ。明らかに間中はまもなく絶命する。それくらいは寧人にだってわかる。それでも。

言葉をかけずにはいられなかった。

「……いいか。よく……聞け……」

初めて先輩と呼べた人は、寧人の手を握り締め、言葉を続ける。

「……お前には、才能がある……」

なにを言いたいのかわからない。でもこれが最期になるのなら、聞き漏らしちゃいけない。寧人は手を握り返し、間中の言葉に耳を傾けた。

「……メタリカの頂点を目指せ。そして、世界を…」

頷きながら聞くことしか、できない。メタリカの頂点、首領になるということだろうか。それはつまり、悪の王になるということだ。数ある組織のなかで、最古参にして最有力、その頂点に立つ、それは世界の変化に挑める立場。

「……約束、だぜ……？　地獄で会ったら、教えてくれよ……。『悪』って言葉の、ホントの……」

「うわあああっ！　嫌だああああぁっ！」

間中は最後まで言葉を続けることはできなかった。握り締めた掌《てのひら》からは力が抜け、ダラリと腕をたらす。もう、喋《しゃべ》ることはない。

死んだ。死んでしまった。半ば流れのままに入った悪の組織。期待とは違う環境。そんななか、初めて自分とちゃんと接してくれて、おぼろげながらも道を示してくれた人。

そりゃ、いい人だった、なんて言えない。悪人に決まってる。だけど、寧人は間中が好きだった。戦闘のテクニックだけじゃない。何か、大切なことを教えてくれようとしていた。

彼は、死んでしまった。

第三話「俺が、悪の王を目指すなら」

「……っ」

動かなくなった間中《まなか》の傍《かたわ》らで、寧人《ねいと》はしばらく動けなかった。

悪の組織の一員である仲間は、みんなの社会を守るヒーローによって倒されてしまった。

その事実を受け入れるのは簡単ではなかった。

「……どうすればいいんですか……?」

そう呟《つぶや》いても答えはない。

片膝をついたまま、寧人は考えた。

間中が最後に言い残したこと。その意味は今の寧人にはよくわからない。だけど。

もう立ち止まれない。このままにはしておけない。進む道は暗くてよく見えなくても、道の先を探しながら進むしかない。

世界を変えたいと願った。そのために歩き出した。そしたら身の回りの色々なことが変わった。

間違っているのかもしれない。それでも。

「……俺は……」

間中はとても大きな課題を残し、逝った。それはこれから先ずっと考えていこう。そうするしかない。

でも、それよりも何よりも、今は。

「……このまま、行かせて、たまるかよ……！」

あの正義のヒーローを討つ。

復讐《ふくしゅう》心ではない。それはお門違《かどちが》いってやつだ。

でも、このままアイツを行かせたら、間中さんは、俺たちは、なんの意味もない存在だったことになる。それは許せない。

寧人はこの作戦の意図もわからないし、大局的に見てこの戦いがどういう意味を持つのかも知らない。いずれはそれを知った上で行動する日が来るのかもしれない。

でも、今はただ、一人の戦闘員として、このまま終わりたくない。

相手は憧れていた正義のヒーローで、強くて正しい。わかっている。その存在と戦うということがどういう意味なのかもわかっている。
だけど、間中は言った。メタリカの頂点を、悪の王を目指せ、と。
そして、寧人は思っていた。世界を変えたい、と。
その力を得るためには、間中の言葉を現実にするしかない。
なら、今、やらなければいけないことはなにか。
「……俺が……」
どくん、という音がやたら大きく聞こえた。
自分の鼓動がこんなにうるさく聞こえたのは初めてだった。
鼓動がおさまらない。激しく心臓が脈打ち、血液が体を駆け巡るのがわかる。
熱い。体中が熱い。
「……やってやる。俺が、悪の王を目指すなら……」
正義のヒーローとだって、戦ってやる。
そう決意した瞬間、すべての音が止《や》んだ。
海鳴りも、自分の鼓動も、さっきまで聞こえていた海鳥の鳴き声も、何も聞こえない。

静かだった。

そしてあれほど熱かった体が、興奮していた思考が、急速に冷えたのを感じる。

驚くほど冷静になっている自分がわかる。

あのときと同じ感覚だった。

いや、あのときよりも強い。重田《しげた》を脅迫して勝利を得たあの時よりも。

黒い何かが体を満たしていく。

そしてそれが燃え上がる。

数秒前までとは違い、思考はいたって冷静だし興奮してなどいない。

十分に落ち着いているし、クリアにものを考えられる。

だからこの熱は、燃えている炎は、肉体や思考なんかよりもっと奥底にあるものだ。

その熱が、今やるべきことを、取るべき戦い方を寧人に知らせてくる。

どんな手を使ってでも戦うのが悪党のやり方だ。それを教えてくれた人がいた。

きっと、ものすごく痛い。でも、それがどうした。

寧人は纏《まと》っていた戦闘員のユニフォームの上衣とプロテクターを脱いだ。下にはTシャツだけだ。ユニフォームを海へ投げ捨て、最初から持っていた麻酔銃はユニフォームのボトムと腰の間にねじ込む。

「借りますよ。間中さん」

さらに間中が持っていたライフルを手に取る。そして
「やめろ！　撃たないでくれ！」

寧人は大声でそう叫ぶと、ライフルの銃口を自分の左腕に当てた。

そして、極めて冷静に、だが満身の気合を込めて、静かに引き金を引いた。

あたりに響き渡る銃声。

銃弾は寧人の左腕を貫通した。

「うわあああああっ！」

案の定痛い。激痛に転げまわる寧人。

「……ああああっ…ぐわああああぁっ！」

急所は外してはいる。だが、猛烈な痛みが体を駆け巡る。

ダメだ。痛がって転げまわるのはいい。でもそれは演技としてだ。

抑えろ。痛みを、苦しみを抑えろ。

「……っ」

奥歯が砕けそうなほど、歯を食いしばる。そして耐える。気を失ってしまいそうだが、
そんなわけにはいかない。

来る。ヤツは来る。必ず来る。それはアイツが、正義の味方だから。

激痛に耐える永遠のような数秒。薄れそうな意識の中、寧人の視界の端に、彼が見えた。

そう、ディランが。

白銀の戦士。戻ってくると思っていた。ここにいるのはメタリカの構成員と自分だけのはず。なのになぜ悲鳴をあげる者がいる？　偶然一般人が紛《まぎ》れ込んでしまったのか？　と、でも思ったか？

「……はぁ……はぁ………」

都合のいいことに、寧人の周りは左腕からの出血が広がっている。より重傷に見えるはずだ。

ディランは身体能力のみならず、嗅覚などの五感も優れているとのことだ。血糊《ちのり》などを使った演技では騙《だま》されないだろう。だけどこれは違う。本物だ。

こいつの裏をかくなら、本当に大怪我《おおけが》をするしかない。そしてその上で気を失わず、激痛に耐えて、冷静でいるしかない。それがどれほど難しいことなのかはわかっている。

だが、それでも俺はやる。

「!?　なぜ……！　大丈夫か！　君！」

すぐに駆け寄ってくる。さすがだ。だがその姿は、『あの姿』ではなく、人間のものだった。どういう理屈なのかは知らないが、どうやらディランは人間が『変身』したものらしい。そして今はその変身を解いている。

そりゃそうだろう。変身体はあれほどの力だ。大怪我した人間をうかつに触れない。下手したらそんなつもりはなくても骨折くらいさせちまうかもしれない。たしか大分前にそんな事件があった。

「君⁉　しっかりしろ……！　どうしてこんな……」

へえ。変身を解くと、カッコイイおじさんなんだな。てっきり若いイケメンかと思ってたけど、考えてみれば二〇年前から活動してるもんな。

「……ここにいちゃ危険です。ここにはメタリカが……。俺をいきなり撃って……！　まだ、そのあたりに……」

「もう大丈夫だ！　すぐに病院へ……！」

自分を抱えるディランの腕。それは逞《たくま》しく、そして温かだった。

ああ、やっぱりコイツはホントにいい人なんだな。そうだよな。たった一人で、みんなのために戦い続けてるんだもんな。でもよ。

「ああ、病院へは後で行く。お前に、一撃食らわせたらな」

表情を変え、言い放つ。

「なっ……？」

寧人はすかさず、腰に隠していた麻酔銃を抜き、ディランの腹部に押しあて、

「食らえ」

即座に発砲した。

至近距離からの不意打ちの一撃。変身を解いた状態で、防御行動も取らせない。大型肉食獣を一発で昏倒《こんとう》させるメタリカ特製の小型麻酔銃が、ヒーローを直撃した。

「……！　キ…サマ…!!　メタリカ…か…？」

ディランは寧人からヨロヨロと離れ、おぼつかない足取りながらも気を吐いた。

「ああ。そうだ。さすがだな。あれを受けても動けるのか」

「…おの…れ…。卑怯者《ひきょうもの》…が…」

「バカかお前。俺は悪党なんだぜ。それがどうした」

寧人はそう答え、血まみれの腕を押さえながら、立ち上がる。

「教えてやるよ。正義は勝つ、とは限らないってことをな」

痛みで気を失いそうだが、必死にこらえ、不敵に笑ってみせる。

「……」

ディランはおそらく朦朧《もうろう》としているであろう意識を保ちつつ、寧人を睨《にら》みつけてきた。

「どうだ。クスリがまわってきたか？　ここで眠っていけよ。そのあと、俺は仲間と一緒に、お前をゆっくり始末する」

余裕を見せなくてはいけない。すべて策略どおりにいった卑劣な策士として。

「……くっ」

ディランは力を振り絞り、その場から走り去っていく。象でも眠らせるアレを受けて、逃走行為が取れるとは思っていなかった。しかも速く、早い。動きも、交戦をやめて逃走を選択する思考も。

「……倒せは、しなかったか……」

今の寧人には、それを見送ることしかできなかった。ディランは、これから先もメタリカの敵であり続けるのだろう。

出血による体力の消耗から、寧人は地面にへたりこむ。すでに日は落ちていた。

ふっと気が抜ける。とても、疲れたようだった。

「……間中、さん……」

誰もいなくなった波止場で、寧人はそう呟き、気絶した。

※※

この日、メタリカの別動隊はディランの妨害を受けることなく、予定していた研究所の制圧を速やかに完了した。

作戦を立案した企画課、池野《いけの》の手腕は認められ、彼の功績の一つとして数えられた。

だが、それとは別に、もう一つ。大きなニュースが衝撃とともに、メタリカ内部を駆け巡った。

たった一人の庶務課の新入社員が、ディランと交戦して生き残ったばかりか、ディランを撃退した、というのである。

それは、誰も予想だにしていなかったことであり、そして、奇跡とも思える出来事だった。

※※

寧人が意識を取り戻したのは、メタリカ傘下の医療施設であった。戦いが終わったあと、庶務課の仲間に運び込まれたらしい。派手に吹き飛ばされていた彼らだったが、意外にも今回の件での死傷者は一名に留《とど》まっていたのだ。

寧人の怪我は左腕の銃創。出血で気絶はしたものの、それ以外に大きなダメージはなかった。

比較的短期間で退院できるらしい、今回はよくやったな。庶務課では異例の成果だ。……間中のことは、残念だったな。気を落とすなよ。面会に来た庶務課の主任はそう説明し、さきほど病室を出ていった。

「……」

やっぱり、あの出来事は夢ではなかったのか。人気のない波止場での戦闘、圧倒的な強さを持つヒーロー、死に物狂いで一矢報いようとした自分。そして、間中の死。

「……くそっ……」

採用試験、配属、庶務課、社員。まるで一般企業のような名称に組織体制だったが、寧人のいるところは紛れもなく普通ではなかった。もしかしたら、構成員がその異常性を感じるのを抑制するために、あえてそうしているのかもしれない。寧人はボンヤリとそんなことを考えた。別のことを考えていれば、今心の中にある感情を追い出せるのではないか、と思って。

でも、やはりそれは、簡単に追い出せるようなことではなかった。

間中が死んでしまったこと、そんなことが起こりえる場所に踏み入った自分。そして、あの戦いのなかで決めたこと。そのことへの戸惑い。

しばらくして、不意に病室のドアがノックされた。

「……？　はい」

「こんにちは。入っても……いいですか？」

ドアから顔を覗《のぞ》かせたのは、同期入社の真紀《まき》だった。

「真紀さん……？　なんでここに？」

今日はオフなのだろうか、彼女は女の子らしい感じのワンピースを着ていた。

「うん。労災の書類申請で、寧人くんのこと知って、それで……」

真紀は花を抱えている。お見舞いに来てくれた、ということだろうか。どうして来てくれたんだろう。同期だから？　社会人って偉いんだな。寧人はそう思った。

「そっか」

真紀は総務課の配属だった。そういう情報も入ってくるのだろう。多分、間中が戦死したことも知っているはずだ。

「あ、これ。お見舞いです。……活《い》けてもいいですか？」

真紀はそう言うと、バッグから花瓶の入った袋を取り出し、花を活け始めた。

「……ごめん。せっかくの休みの日に気を使ってもらって」

同期入社の美少女がお見舞いに来てくれた。普段なら思わずニヤついてしまうほど嬉《うれ》しい出来事だったが、今はそんな心情にはなれなかった。

「いえ。どうせ暇ですから！　気にしないでください！」

真紀は花を活け終えると、手をぶんぶんと大げさに振る。

「……ありがとう」

「どういたしまして。それにしてもすごいですね！　寧人くん。本社のほうでも話題になってるんですよ！」

元気づけようとしてくれているのか、真紀は元気な口調だ。

「新人がロックスを、それもあのディランを撃退した！　って！　すごいです！　どうやったんですか？」

「……」

「……ごめん、なさい」

一転して、真紀はしゅん、と顔をうつむかせた。

いや、いい。別に真紀に対して怒ったりしてるわけじゃない。心遣いが嬉しかった。本当に嬉しかった。だから、カラ元気を出してみせた。

「そ、そうなんだ！　給料上がったりしないかなー？」

「…あはは。そうですね。ひょっとしたらボーナス出るかもしれませんね！」

「やったぜ！」

「やりましたね！」

そのあとしばらくは、真紀の近況報告を聞いたり、全然関係ないテレビ番組の話なんかをした。

少しだけ、楽しい気持ちになれた。真紀はきっと、自分が沈まないように、来てくれたんだろうな、とわかった。別に好きでもないであろう同期というだけの男に、こんなに気を使ってくれるなんて。美少女な上にいい人なのか、すごいな。

そんな風に思った。

「あ、……長居しちゃいましたね。ごめんなさい。傷に障るとよくないから、そろそろ、行きますね」

「うん。今日はありがとう」

そう言葉をかわし、真紀が立ち上がる。

「あのさ」

誰かに、聞いてほしかった。だから口から言葉が出た。

「え？　なんですか？」

客観的に言って、真紀にはそれほど関係のないことなのはわかっているし、いきなりこんなこと言われても困るかもしれない、とは思ったけど。それでも、言いたかった。言葉にすることで、より明確にしたかった。逃げ道を消してしまいたかった。

「……前にも言ったけど……俺にはいい先輩ができてさ、すごくいい先輩で、さ」

「……はい」

真紀はこっちをまっすぐ見つめ、頷《うなず》く。大きな瞳が、少しだけ潤んでいるようにも見えた。

「その先輩が、俺に言ったんだ。『メタリカの頂点に立て、約束だぞ』って」

「……うん……」

メタリカの頂点に立つ。首領になる。下っ端の戦闘員ごときの大言壮語《たいげんそうご》。笑われるかな、そう思ったけど。真紀はマジメな顔で、応えてくれた。

「それがどういうことなのか、今はわからないけど。俺……バカみたいだけど……」

メタリカの頂点へ。悪の頂《いただき》へ。

世界を変えたいと願った気持ち。それは嘘《うそ》じゃない。そして、この道の先には、それを可能にする力があるかもしれない。

俺が作りたい世界はどんなものなのか。まだおぼろげだけど、きっとこの道を進んでいけば見えてくるはずだ。

悪に属する自分が進めば壊してしまうものもあるだろう。『正義』の敵とされるだろう。多くの業《ごう》を背負うだろう。当初なんとなく入社した自分にそれでも進む覚悟はあるか。

答えは決まっていた。

それはきっと、間中が最後にきっかけをくれたものだった。

だから。間中が死んでしまったことが悲しくても悔しくても、それで立ち止まるわけにはいかない。

「俺は、世界を変えたいと思ってる。だから」

言葉を切って、真紀の瞳を見つめ、続けた。

「メタリカの頂点へ、歩いていくよ」

寧人は静かな口調で、だがはっきりとそう告げた。

とても正気とは思えないことかもしれないけど、本気だった。

真紀はそんな寧人を、笑わなかった。

真剣な瞳だった。

「……そんだけ。ごめん、聞いてもらって。変なこと言ってるのはわかってる」

なんだか変な空気になってしまったことに気づいて、寧人は話を終えようとした。

「いえ。そんなことないです」

真紀は首を横にゆっくりと振り、続ける。

「面接のあのとき、寧人くんは質問されたとき答えてましたよね？　……この世界を変えるためなら、壊してしまってもかまわない、って。あのとき、わたしちょっとびっくりしたんです」

そういえば、この前会ったときも真紀はそんなことを言っていた。

「それで、ずっと考えてました。どうして、寧人くんはなんの迷いもなく、答えられたんだろう、って」

病室内は静かで、真紀の澄んだ声だけが響く。

寧人は質問の意味を少し考えた。あのときはそれが当たり前のように思えて、普通に答えた。

でも庶務課での時間を過ごして、自分のこれまで経験してきたことなんかも考えさせられて、あのときの答えが自分のなかでより強くなったと感じている。

あまり話すのは得意じゃないから、まずは端的な回答しかできそうにない。

「……それは多分、俺が悪者だから、じゃないかな」

そう告げて、それから、つたないながらに自分の思いを続けて口にしていく。

今のこの世界は多くの人が幸せに生きていることはわかってる。

その世界を壊そうとする者が悪であることもわかってる。

そんな悪からみんなを守るロックスたち、ヒーローが尊い存在だということもわかってる。

それでも、それでも俺は、やっぱり変えたいんだ。アパートの右側を、桃太郎の物語が無い世界を。

ロックスのように、誰かのため、なんていう美しい理由じゃない。そうしたいから。俺がそうしたいから。ただそれだけだ。

そんな理由で、多くの人の幸せを壊そうとするのはやっぱり悪いことだと思う。間違っているかもしれない。

だから、俺が『世界を壊して、変える』と答えたのは、俺が悪だから。

「……そんな感じ。あんまり上手《うま》くいえないんだけどさ」

真紀は寧人のたどたどしい話を静かに聞いてくれた。

よく考えるとかなり危ないことを言っていたことに気づき、寧人はちょっと不安になったが、真紀は引いているようには見えない。どちらかというと逆で、不思議に思いながらも納得はしている、そんな感じの表情だった。

「そんなことないです。ありがとうございます、話してくれて。少しだけ、わかった気がします」

胸に手を当て、そう言う彼女の声はどこか切なそうにも聞こえた。

「……あ、ごめん。ひきとめちゃって」

真紀にしたってメタリカの一員だ。寧人は知らないが、彼女がメタリカに入ったのにも多分理由はあるはずだ。

もしかしたらなにか思うところがあったのかもしれない、寧人はそう思った。

「いえ、こちらこそ。すいません。寧人くん、怪我してるのに……じゃあ、もう帰りますね。お大事にしてください」

真紀は立ち上がって、ペコリと頭を下げた。

不謹慎なんだけど、その立ち振る舞いがとてもたおやかに見えて、綺麗《きれい》で。寧人は思わず目をそらしてしまう。

「あ、うん。来てくれてありがとう。さっきは変なこと言ってごめん。メタリカの頂点、とかおかしいよね」

なんだかあわててそんなことを言ってしまった。自分なりに決意したことだけど、やっぱり庶務課の新入社員の自分がそんな大きなことを言ったのはちょっと恥ずかしくもあったのだろう。

しかし、真紀はまっすぐな瞳で寧人を見て、言葉を一つ一つ丁寧に、紡ぎだすように、答えた。

「おかしくなんかないです。誰かが笑っても、わたしは笑わないです」

最初に出会ったときと同じように彼女の声はとても綺麗で。

そんな彼女の言葉は、頂点へ向けて歩き出す決意を固めた下っ端悪党の心に深く響いた。

※※

寧人は四日ほどで退院することができ、翌週には町工場を装っている職場である庶務課に出勤した。

進むと決めた。だから庶務課での仕事だってこれまで以上に全力だ。そう考えていた。

まずはブランクを解消すべく訓練に精を出しつつ、庶務課の立場でもわかるだけのメタリカ全体のことを学ぶべく資料を読みあさる。たいした成果は得られなくても、これが第一歩だ。

しばらくこんな日々が続くかもしれない。そんな風に思っていたのだが、そうではなかった。

復帰から一ヶ月がたったある日、主任から呼び出しがかかったのだ。これは入社してから初めてのことだった。

「失礼いたします」

「おう。座れ座れ」

主任室の古いソファへの着席を勧められる。主任の表情はなにやら緊張しているように見えた。

「どうか、しましたか？」

「ああ。これはちょっと驚いたぞ！　きっとお前も……いや君も、驚く！」

さきほどまで緊張していたかと思えば、今度は興奮している。寧人はさっぱり意味がわからないでいた。

「？」

「あー……んんっ！　小森《こもり》寧人くん！」

「はい？」

わざわざ咳払《せきばら》いして、しかもフルネームで呼ぶなんて妙だ。いつもは、おいコモリ！みたいな感じなのに。

「君に内示だ。来月付けで、本社の第二営業部へ異動してもらいたい」

「は？」

最近までニートだった寧人には馴染《なじ》みが浅い単語だったが、意味は知っている。内示というのは人事関連の通達のことだ。

「第二……営業部？」

「そうだ！　庶務課から直での本社への異動はお前が初なんだぞ！　異例の大抜擢《だいばってき》だ！喜べ！　ディランを撃退したことが認められたんだな！」

はしゃぐ主任。一方、寧人は実感がまだわいてこない。

営業部、これまた普通の会社の普通の部署みたいな名称だが中身は違う。やっぱりこれも意図的に命名された部署名なのだろう。

営業部はその名のとおり、『営業』をする。と、いっても別に英会話セットを売りに家宅訪問をするわけでもないし、取引先に土下座したり、自社商品のポスターを代理店に貼りに行ったりはしない。

ここで言う『営業』は悪行、と言い換えてもいい。営業部は企画部の立案した計画を元に、大規模で戦術的な作戦を実行する部署だ。

他部署の雑用係のような庶務課とは異なり、一定の権限を与えられており、作戦の意味も知ることができ、さらに状況によっては怪人の指揮統率を行う。

一般的な企業でも営業部といえば、第一線を任され、目標の達成を要求される部門だが、そういう意味ではメタリカの営業部も共通している。

要するに、メタリカにおける実動部隊ということだ。

その部員には高い戦術的な能力が求められる。

新入社員の寧人はその程度のことしか知らなかった。具体的に何をやっているのかまではよくわからない。

そんな部署に、異動？

さすがに急な話で、しかも予想外すぎた。これは自分にとってどういうことを意味するのだろうか？

寧人は少し考えた。

頂点を目指すと決めたからには、いつまでも庶務課にいるつもりはなかった、だがこれほど早くチャンスが来るとは思わなかった。ディランを撃退した、というのはそれほどまでに大きな功績だったのだろうか。

これまで散々感じていた本社との壁を考えると、大躍進といえるのかもしれない。

作戦の意味も詳しく知らされず、使い捨てのように無茶《むちゃ》で一方的な命令、劣悪な労働環境、何もできないに等しい低い権限、それが一般職、庶務課だ。

本社に行くということは、総合職社員と肩を並べて働くということだ。いくら職掌《しょくしょう》が一般職のままでも、やることは総合職と変わらない。これまでとはガラリと違う仕事が待っているはずだ。

より大きな仕事が、そして戦いが待っているはずだ。できることの幅だって違うだろう。

「っと、どうした!?　まさか、異動するのが嫌なのか!?」

黙りこくってしまった寧人に、主任はあわてて声をかける。

寧人は笑って答えた。

「いえ、とんでもない。喜んで異動します」

「おお！　だよな！　良かったなあ！」

そうとも、俺は進むんだ。その一歩目を踏み出す。

それに今回の人事でわかったことがある。俺はディランを撃退した、ということで異例の人事発令を受けたわけだ。メタリカというのは、そういう組織だというわけだ。それなら、これからだって結果を残せば道は見えてくるのかもしれない。

「くー。いいなぁ。俺も異動したいぞ」

主任はそう漏らす。それも本心なのだろう。寧人は冗談めかして答えた。

「俺が出世したら、庶務課の待遇も改善して、今よりモチベーションが上がる職場にしますよ」

「おいおい。冗談まで言うとは余裕だな。ま、あんまり期待しないで待ってるよ」

冗談？　とんでもない。俺は本気だよ。庶務課の労働環境は変えたほうがいい。

「ははは」

でも寧人のそうした思いは、庶務課の人たちのためだけじゃない。メタリカ全体のためだ。劣悪な労働環境が高い生産性をもつことはないと、なんとなくそう思うからだ。

「では、これで失礼します」

主任室を出て、業務に戻る寧人。すぐに総務部の人事担当者からの連絡が入り、異動にあたっての様々な準備や説明を聞かされた。

じわじわと異動することの実感がわいてくる。

待遇の面で今より良くなるのはもちろん嬉しい。福利厚生やら住宅手当やらなんやらは本社のものが適用されるらしい。そのうち時間があるときに調べてみよう。

でもそれよりも、営業部という仕事への意欲がある。他部署と協力してプロジェクトに係わり、戦術指揮を担当する営業部。改造人間を用いた作戦を実行し、ロックスたちとの交戦が予想される仕事。実績を残すことが要求される者たちの場所。

それはこれから進んでいくつもりの寧人にとって最もわかりやすく、そして望ましい異動先に思えた。

異動、権限、本社。

寧人はまだ一年目の新入りで平社員だ。それは本社営業部に行っても変わらない。それでも、これまでとは劇的に違うはずだ。

入社直後の人事発令で一人だけ庶務課に配属されたときは目の前が暗くなった。同期の二人より大きく劣っていると言われたのと同じだし、それは当然なんだけどやっぱり悔しかった。だから、やっと少しだけ追いつけた気がして、そこは素直《すなお》に嬉しい。

ああ、そうか。ここでふと邪念もわいてきた。

本社に行くということは真紀とも頻繁に会うのかもしれないな。

心がそわそわとする。もぞもぞと落ち着かない。

業務が終了し、職場の掃除を済ませる。もう自分以外誰も残ってないことを確認すると寧人は叫んだ。

「やったぜぇ――――！」

ひとしきり喜ぶ。喜びは喜びだ。

そしてそれが終わるといつものおでん屋に向かった。それは庶務課から出るときがくれば、絶対にしようと思っていたことだ。

おでん屋に入る。今日はとなりに座る人はいない。でも。

「すいません。焼酎《しょうちゅう》を二杯ください」

「二杯？　……ああ、そうか……あいよ」

店主は黙って二杯のグラスに酒を注《つ》ぎ、寧人とその隣の席に差し出した。

「……俺、異動になりました。このまま、行けるところまで行ってみようと思います」

いないはずのその人に、寧人は話しかけた。

「……でも、忘れません」

庶務課に配属になったときは落ち込んだし、それにやっぱりロクな職場ではなかった。だけど、寧人は今では庶務課に配属されてよかったと思っている。

「俺、絶対……忘れませんから」

それは、その人と出会えたから。その人は不器用なのに懸命で、悪党なのにまっすぐな人だった。

その人と出会えたから、寧人は少しだけ強くなれた。

そして、自分がずっと持っていた思いにはっきり気づくことができたし、その思いのまま歩いていくと決めることができた。

「……ありがとう……ございました……」

寧人は合わせる相手がいない虚空に、グラスを合わせた。

『おう、頑張れよ』

そんな声と、グラスの鳴る音が、聞こえた気がして。

でも見るとやっぱり誰もいなくて。

寧人は少しだけ、泣いた。

悲しみは、やっぱり悲しみだ。

二章『営業部編』——

第一話「わたしのダーリンはパパよりも」

そのビルは、二二世紀現在、世界有数の大都会とされている東京のほぼ中心にある。

外壁は黒一色で、天に刺さっているように見えるほどの高さのそのビルは、一見すると周辺にある他の大企業のビルとそれほど変わらないように見えた。

しかし、今日からここに出勤することになった小森寧人《こもりねいと》は知っている。このビルは他の企業の自社ビルとはあらゆる面で異なるのだ。

たとえば、普通の自動ドアに見えるあの入り口のガラスは特殊な防弾仕様となっており、ロケットランチャーを用いても容易には破壊することができない。

たとえば、このビルの地下にはそこらの軍事施設を上回るほどの兵器が格納されている。

たとえば、屋上には小型の特殊戦闘機が着陸するための設備がある。

これらはすべて、本社への異動が決まった寧人に最近渡された資料に記載されていたことだった。

悪の組織、メタリカ。その存在と名称は世界中の誰もが知っているが、このビルがその本拠地であることを知る者は少ない。

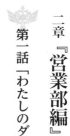

改造により戦闘能力を強化された怪人と、現代の水準を大きく上回るテクノロジーによる武装を戦力として保有し、『世界征服』という一昔前なら荒唐無稽《こうとうむけい》な妄想に過ぎなかった野望を現実のものにするべく暗躍する恐怖の組織、その本社であるこの黒いビルに、寧人は足を踏み入れた。

「おはようございます」

「おはよー」

「グッドモーニング」

ロビーに入ると多くの社員たちの姿が見える。多少国際色が豊かではあるが、それ自体はごく普通の会社員たちの出勤風景だった。

だが、真実は違う。彼らは一人一人が優秀なスキルをもった悪人なのだ。それを知っているだけに、不気味な迫力が彼らから放たれているように思われてならなかった。

「……おはよう、ございます」

寧人は多少びくつきながらもすれ違う人たちと小声で挨拶をかわし、守衛に社員証を見せてエレベーターホールへ向かった。

エレベーターを待ちながら、少し反省する。メタリカ本社に入ったとたん、その不思議な迫力に飲まれそうになってしまった自分を戒めた。

ダメだ。俺は何を弱気になっているんだ。

そう思い寧人は自分の頬《ほほ》を張った。

たしかに怖い。こんなところに俺がいるのは場違いだとも思う。半年前までは引きこもり同然のニートだったし、たいした能力があるわけでもなく、ヘタレのビビリで女の子にモテたためしもない。それが俺だ。

でも、決めたじゃないか。俺はこの組織を駆け上がるんだ。そしていつか、この世界に挑む力を得てみせる。そう誓ったじゃないか。今はまだ途方もなく遠くても関係ない。

そう思い直したのと同時にエレベーターが到着した。寧人も周囲の社員と同じようにエレベーターに乗り込む。

エレベーターの内部は光沢のある黒一色で、まるで鏡のように乗員の姿が映し出されている。

寧人は地下一五階の営業部に到着する前の最後のチェックということで、自分の姿を確認してみた。

少し髪が伸びている。もともとのクセっ毛が少し目立っていたが、まあそれは仕方ない。体格はまだ細身ではあるものの半年間の庶務課での仕事で少しは鍛えられた。スーツは新品だし、ネクタイは大切な先輩からもらった高級品だ。

よし。俺にしてはだいぶマシだ。

寧人は少しだけだが気分を持ち直すことができた。

※※

メタリカ本社、第二営業部。そこが今日から寧人の職場だ。

「本日より、異動してまいりました。小森寧人です。未熟者ではございますが、どうぞよろしくお願いいします」

挨拶をしつつ部内を見渡す。地下ではあるものの、清潔感があり明るい、都会的なオフィスだ。窓に見えるものは実際にはモニタであり、空の映像が映っている。ストレスの軽減等の理由らしく、職場環境に配慮していることが見て取れた。

「小森は庶務課からの叩《たた》きあげだ。その経歴を活かし、ここでも頑張ってほしい。デスクはあそこを使ってくれ。みんなもしばらくは色々助けてやるようにな」

部長からも紹介が入り、部員たちの注目が集まる。寧人はあらためて営業部全体を見渡した。

庶務課とは違い、個人のデスクがあり、パーテーションで各デスクが区切られている。働きやすそうなオフィスだ。加えて一番衝撃的なのが、最近課長から出世して部長になったというこの男だ。

名前は泉哲郎《いずみてつお》、というそうだ。

この人、テレビで見たことがあるぞ。たしか元政治家だ。高そうなスーツを着ており、白髪混じりの髪の毛も渋い。ロマンスグレーのキレ者政治家、とか一時期ワイドショーで騒がれていたはずだ。

それはこの人の『表の顔』ということなのだろう。なるほど、メタリカってのはつまり、『そういう』組織だってことか。

寧人はあらためて自分の所属する悪の組織の異常性を認識した。

泉は元政治家で、それなりに社会的な力を持っている男のはずだ。少なくともその辺の企業の社長なんかよりはずっと大きな力を。

その泉が『営業部長』として存在する。それはつまり、メタリカが巨大な力を持っている一つの証左《しょうさ》といえるだろう。

泉からの寧人の紹介が終わると、部内の人間が一応、と言わんばかりの拍手を送ってくれた。他のメンバーもそれぞれ特徴的だ。

眼帯をした黒衣の青年、片手が鋼鉄製の義手になっている者、体中に奇妙な入れ墨をしている大男。どいつもこいつも、只者《ただもの》ではなさそうだった。

「最初はわからないこともあるだろうが、営業部はメタリカの前線部隊だ。しっかりした教育体制もある。だからお前もできるだけ早く戦力になれるよう頑張れよ」

泉は寧人の肩を叩き、そう告げてきた。肩に置かれた手にはさほど体重がかけられているわけではないのに、ずしりと重く感じられた。

ゴクリ。寧人は思わず唾を飲み込む。独特の緊張感に威圧されそうになったが、なんとかこらえた。そのときだった。

「わぉ！　来たんだね！　ネイト！」

場にそぐわない、明るく華やかな声が部内に響いた。

「?.?」

見ると、入り口のドアのところに見知らぬ少女がいた。

プラチナブロンドの髪に大きなブルーの瞳。そういえばどことなく日本語のイントネーションも変わっている。外国人のようだった。

フワフワした髪をポニーテールにしており、鮮やかなブルーのワンピースが可愛《かわい》らしい。透き通るように滑らかで白い肌に、ベイビードールのような顔立ち。小柄で華奢《きゃしゃ》に見えるが、胸部についてはそれなりのボリュームがある。

一言でいうと明るく可愛らしい少女だった。が、どうもおかしい。

「?」

あれ？　今俺のことを呼んだのか？　誰だこの子。俺ぜんぜん知らないぞ。

寧人は少し困ってしまい、部長の泉に視線をやる。

「……あー…、すまんな小森。あとで説明する。とりあえずはよろしく頼む。くれぐれも粗相のないように、な」

泉も泉でどこか困っているようでもあった。

「ふーん。思ってたよりフツーっぽいんだね！　ネイト！　もっとすごいタフガイなタイプなのかと思ってたよ。でもそゆのも、好きだよ♪」

少女は寧人にグイグイ近づいてきた。ブルーの瞳で見つめられる。

うわ、近くで見てもホントにすげー可愛いなこの子。でもいったいなんなんだよ。誰だよ。「そゆの」ってなんだよ。

「……はぁ。どうも。こんにちは。小森寧人です。よろしくお願いします」

そうは見えないが、多分営業部のメンバーなんだろう。そう判断した寧人はとりあえず無難に答えた。

「うん？　どうしたの？　キンチョー？」

「いや……あの……ハハ……」

だから誰なんだよカンベンしてくれよ。俺は童貞なんだよ。

寧人はこれまでの人生経験上、女性はあまり得意ではない。真紀《まき》についてはあっちがかなり気を使ってくれているし、同期という立場も手伝い、比較的接しやすかった。が、突如として現れた金髪美少女に対応できるほど、寧人は人間ができていなかった。

ましてて、ここ数ヶ月は男くさい庶務課にいたのだからなおさらだ。

寧人は曖昧に笑うしかなかった。

「アニスはネイトのアシスタントなんだから。キンチョーしないでいいんだヨ?」

アシスタントの部分がネイティブ発音だよ。語尾のヨの部分がカタカナの発音だったよ。助けてくれ。

寧人は寧人なりに強い決意を固め、覚悟とともに営業部に来たのだが、一気にシリアスな空気が霧散してしまったようだった。

「アシスタント? え……? なに?」

再び部長の泉に目をやる。

「……ちょっと、こっちに来てくれ」

「はぁ」

「なになに? アニスも行く」

「いや、ちょっと、そこで、待っててくれ」

「えー?」

泉はアニスに気を使っているように見えた。少し気になったが、寧人は言われるままに別室、おそらくは営業部専用の会議室に移動した。

「……あの人、いったい?」

「うーん。まぁ、あの子の言ったとおり、お前のアシスタントとして一昨日《おととい》からウチで預かってる。まぁ、バイトみたいなものだ」

「え？」

　つっこみどころだらけだった。まず、なぜ悪の組織にバイトが入れる。次に、なぜあの金髪の美少女なのだ。そして新入りの俺になぜアシスタントがつく。そしてなんで部長があんなに遠慮がちなんだ。

「……ここだけの話だぞ。アニスは『クリムゾン』のＣＥＯの娘だ」

「は？」

　寧人は予想外の流れに高デシベルの返答をしてしまった。

　クリムゾンというのは、メタリカと同じく一般的に知られている『悪の組織』である。米国カリフォルニア発祥だが、今ではニューヨークを活動の中心としている。改造人間を主戦力とするメタリカに対して、ハイテクを用いた科学兵器およびジャケットアーマー装備の戦闘員を売りとしており、現在米国で勢力拡大中。『悪の組織』の業界ではメタリカに迫る勢いの大手である。

　米国のマフィアやギャングの大半を傘下におさめ、非合法の商売で権力絶大の恐怖の組織。それがクリムゾン。

　と、いうことは寧人も知っている。と、いうよりも一般人でも普通に知っている。

「な、なんでクリムゾンのＣＥＯ？の娘がメタリカにいるんですか？」

　ＣＥＯの娘？　ＣＥＯってあれだよな。社長みたいなもんだよな。まるで意味がわからない。寧人は混乱をそのまま口にした。

「まだ水面下での動きだが、メタリカとクリムゾンはジョイントベンチャー、まあ一種の業務提携だと思ってくれればいいが……。これを推進中でな。組織としては一応協力関係にある」

「……そうなんですか」

それは知らなかった。どんな業界でもそういうことはあるもんなんだな。と、思う寧人。

「人員の交流も始まっていてな」

「それで、あの、アニス?さんが？　いや話はなんとなくわかりましたけど、CEOの娘が前線の営業部に来るなんて……。それに俺のアシスタントってどういうことですか？」

そこはまったく意味がわからなかった。寧人は一般職で、しかも最近まで庶務課にいた末端も末端の平社員、戦闘員だった。アニスのようなビッグネームがアシスタントにつく理由がさっぱりわからない。

「相手はCEOの娘だからな。比較的安全なポジションを用意していたのだが……。本人の希望らしい。クリムゾンのボスは娘のわがままに寛容らしいな。詳しくは本人に聞け」

「ええ？　ちょっとそれは」

「それとな。よく考えて接するようにしろ。名目的にはお前のアシスタントだが、万が一彼女になにかあれば大問題だからな。……間違っても手なんか出すんじゃないぞ」

そりゃそうだろう。下手したらメタリカVSクリムゾンの抗争勃発《ほっぱつ》だ。そんなことは寧人だってわかっているし、そんななかで女の子に手を出すほどアグレッシブな人間ではない。いや、そんななかじゃなくても手なんか出せないが。

「わ、わかりました」

泉は寧人の返事に頷《うなず》いたあと、これで話は終わりだとばかりにさっさと会議室を出ていってしまった。

唖然《あぜん》として部屋に取り残された寧人。するとすぐさまそこに声をかけられた。

「やっほ！」

ドアに両手をかけ、首を傾けてこちらを覗《のぞ》き込んでいるのは噂《うわさ》のアニスだった。

「あ、どうも」

答えるとアニスは部屋に入ってきて、すぐに寧人の隣に座った。

「あのね。わたし、自分でアシスタント志願したんだヨ？」

「そう、みたい。ですね」

「もー。なんでそんな喋《しゃべ》り方なのー？　フランクにしてよー？」

そう言われてもな。クリムゾンのボスを怒らせたら、俺の首なんてすぐさま吹き飛ぶんだぜ。というか命すら危ないかもなんだぜ。

しかし、本人の希望もあるので、これはどうすればいいのか。寧人はしばらく悩み、答えた。

「あ、うん。じゃあさ、ちょっと聞いても、いいかな？」

「いいよ！　なに？」

上目遣いをされるとまずい。首筋の白さとか色々まずかった。

「なんで、俺のアシスタントに志願したの？」

その質問に対し、アニスはへへん、待ってました！　と言わんばかりに自信満々に答えた。

「だって、ネイトはクールでタフな、バッドボーイだからね！」

何を言ってるんだこの人は。寧人はもはや混乱を抑えきれなかった。

「いやいやいや!!　なに言ってるんだよ。俺なんて別に全然強くもなんともないよ」

「？　……ああ！　『ケンソン』だね！　サムライの人はそうするんだよね！　ネイトは
あんまり強そうじゃないけど、ホントは……」

やべぇよこの人。まったく話が通じないよ。なんで目を爛々《らんらん》と輝かせて俺を見るんだよ。

あと日本人は別にサムライじゃないよ。

「違う違う全然違うよ！」

「ふふーん。でも知ってるもん。ネイトはあのディランと戦って、勝ったんだよね！」

「勝ってないよ！　あれは…その…」

その件はそんなに知られてるのか。クリムゾンのボスも娘だからって競合他社で聞いてきた噂話まで伝えるなよ。どうせ伝言ゲーム中に大きくなって伝わってんだよ。企業倫理どうなってるんだよ。

寧人は見たこともないクリムゾンのボスに心の中で文句を言うことで平静を保った。

「だってわたしのパパが言ってるもん。わたしのダーリンには自分より強くて悪い男じゃないとダメだって！　だからわたしいままで恋人いたことないんだよ？　ネイトはいい線いくと思うんだよね！」

怖いよ。今までアニスに近づいた男とか秘密裏に消されたりしてるんじゃないのか。クリムゾンのボスより強くて悪い男ってどんな人間だよ。多分世界に三人くらいしかいないぞ。

ちょっと待てよ。今何気《なにげ》にダーリンとかいい線いくとか言ってなかったか……？

とは思ったが、もはや寧人にはどうすることもできなかった。

「それにね、それにね！　わたし小さいときからずーっと、色んなこと勉強したから優秀なんだよ！　強いんだよー？　ネイトの役に立つよ！」

そりゃそうだろうね。英才教育だもんね。きっと俺なんかよりはるかに強いと思うよ。そういえば日本語上手だね。それも英才教育なんだろうね。すごいね。

寧人はさらに混乱した。

が、重ねて言うがもうどうすることもできない。

「……うん。わかった」

「うん！　よろしくね♪　ダ……　ネイト！」
ダ、と言いかけて訂正したアニス。寧人はそこにはあえて触れないことにした。
その代わり、少し考えてみる。もうどうすることもできないのなら、せめてよく考えよう。この事態のメリットについて。うん。二つある。

まずは、単純に嬉《うれ》しい。いくら誤解に基づく好意とはいえ、これほどまっすぐに女の子に好かれたことがあっただろうか、しかもこんな美少女に。だからそこは素直《すなお》に嬉しい。手を出したりしたら殺されてしまうかもしれないことを差し引いても、それはそれで嬉しい。

そして、あと一つ。

実は、さっきからチラリと考えていたことがあった。それは、生い立ちに反して純真そうなアニスには話すことなどできないし、現時点では妄想甚だしいようなことだが、それを考えておくことは無駄ではない……はずだ。

「じゃあ、よろしく。アニス」

寧人はそう言ってアニスに笑いかけた。困り果てた末の愛想笑いだったが、その下には隠した思いがある。もちろん、性的な意味での下心ではない。

「うん！　じゃあ、よろしくね♪　あ、そうだ！　営業部のお仕事、わたしが最初に教えるね。ネイトが来る前に、と思って頑張ったんだー」

「あ、うん。そっか。ありがとう」

「ふふふ。ドウイタシマシテ！」

まぶしい笑顔を浮かべ、アクセントのおかしい日本語で話してくれるアニス。寧人はそんな彼女を見て、そしてさきほど考えたことを思い返して、こう思った。

『俺も本当に悪いやつになったよなぁ』

※※

アニス・ジャイルズにとって今日は楽しい一日になりそうだった。

それは、ずっと気になっていたネイト・コモリとついに会うことができたからだ。

午前中の仕事を終えた今は社内のカフェテリアでランチを取っているのだが、当然ネイトを一緒に誘っている。

対面に座って食事しているのに、彼はあまりお話をしない。シャイなのかな？　と思いつつもそれはそれでなんだか新鮮だった。

なんだか落ち着かない様子の彼は、もくもくとカレーを食べていて、少し照れているようにも見えた。ネイトは年上ではあるのだが、なんだか可愛いな、と思ってしまう。

これまでアニスの周りには、少なくともニューヨークにいる組織の凄腕《すごうで》の人たちや、街で声をかけてきたティーンエイジャーの男の子たちにはいなかったタイプだ。

なんだかイメージしていた彼とはずいぶん印象が違っている。

メタリカのフレッシュマンとして一番下の実動部隊である庶務課に配属されて、その任務で最強のロックスであるディランと戦い退けた男。そんな風にパパからは聞いていた。それでアメリカを飛び出してやってきたのだ。

庶務課というのはメタリカのあらゆる作戦行動に動員される下級の戦闘員のようなものらしく、装備や待遇も良くはないと聞いている。

一方でディランといえば、世界中の誰もが知っているヒーローだ。悪の組織やモンスターと戦うロックスと呼ばれる英雄たちのなかでも一番有名だと言える。それは活動時期が一番早かったことと、何よりも実力がナンバーワンであることに由来している。

最初にして最強、それがディランだ。アニスの知る限りでは彼が負けた、あるいは活動を失敗したという話は聞いたことがなかった。

だから、そんなディランに立ち向かい退けたという庶務課のネイトのことは、ものすごいマッチョなタフガイタイプなのかな、とか、抜群に頭がいいクールな知性派なのかな、とか色々想像していたのだ。

実際会った彼はどちらのタイプにも見えなかった。シャイで、優しそうな、どちらかというと弱気なタイプみたいだ。

でも、それでガッカリしたりはしなかった。むしろ逆だ。

この彼が、どうしてそんなことができたのかよくわからない。だから知りたい。彼がどんなことを思っているのか。

それに不思議なのだが、ネイトを見ているとなんだかワクワクした。彼は、この先どんな風に進んでいくんだろう？　アニスは生い立ちの兼ね合いでこれまで色々な人たちを見てきたからか、人を見るときにインスピレーションのようなものが働くときがある。

彼からは、今まで出会った誰とも違うインスピレーションを感じたのだ。

「え……。お、俺の顔になんかついてま、……ついてる？」

さっきからアニスはネイトをじっと見ていたのだが、彼もそれに気がついて戸惑った顔を見せる。少しだけ顔が赤い。

「ん？　んーん。何もついてないヨ！　ただ見てただけだヨ？」

「……なんで？」

「見たいから！」

「……え、いや。あー……あ、そういえば」

ネイトはじっと見つめられている状況に耐えかねたのか、話題を振ってきた。

「午前中は、あらためてありがとう。正直、営業部って何をやるのかいまいちよくわかってなかったけど、なんとなくわかった気がする」

「ん。そっか。良かったー♪」

また、午前中に営業部のガイダンスを行ってもう一つわかったのだけど、ネイトはとても真面目で一生懸命だ。

とても真剣な表情で説明を聞いていて、知識として吸収するまで必死に自分で考えているようだった。けして理解が人並みはずれて早いわけではないのだけど、自分なりに進んでいくタイプのようで、そんなところも好感が持てた。

「ねぇねぇ、ネイト」

「？　なに？」

「ネイトはカレーが好きなの？」

「カレー？　ああ、これか。そうだな。わりと好きだよ」

「そっか。ニホンのカレーは美味《おい》しいもんね！　じゃあ、お酒は何が好き？」

「……黒霧島かな」

そんな風にポツポツと話すネイトが面白くて。

メタリカに来て良かったな。ネイトのことをもっと知りたいな。もっと仲良くなりたいな。アニス・ジャイルズはそんな風に思った。

※※

営業部に配属されて一週間が過ぎた。この間、寧人はみっちり研修や教育を受けて、営業部の仕事に必要な基本を教え込まれている。

正直に言うと、それはかなりハードなものだった。

初日はアシスタントのアニスから色々と親切丁寧に教えてもらうだけで終わったのだが、二日目以降はかなり詰め込まれたスケジュールとなっていて、今でも欠かさず続けている早朝の体力トレーニングもあいまって疲労がピークに達しようとしていた。

営業部の研修で少し意外だったのは、庶務課でやっていたような基本的な戦闘訓練などはまったくなかったことだ。営業部にいるような者たちは、そんなものとっくに身につけている、ということらしい。代わりにあるのは高機能なコンピュータを利用した戦術シミュレーションや怪人の運用方法と部隊指揮などに関する知識を身につけるための座学《ざがく》、そして稟議《りんぎ》申請などの社内調整のやり方や組織のあり方を学ぶOJTなどだ。

いちいち最新鋭の設備を用いて行われるシステマチックな研修は非常にレベルが高く、寧人はついていくのもやっとだった。

軍事や兵器についての知識習得については特にそうで、これまでまったく無関係だった知識を頭に詰め込むのは非常にハードだった。

あらためて実感させられる。メタリカ本社というのは、選ばれた人間がいる場所なのだ。この研修がメチャクチャハードに感じられるのは、俺が本来そういう人間ではないからなのだろう。一つのことを理解するのにもやたらと時間がかかってしまう。

「……ああ。なるほど、そういうことか。んじゃ、こうすれば……ああ。よし。わかった」

さっきから寧人が3Dモニタを見ながらブツブツ言っているのは独り言だ。入りこみすぎて妙なテンションになっていたようだった。でも、これでやっと今日の分をおおむね自分なりには理解して覚えることができた。

「……疲れた」

寧人は周囲に誰もいないことを確認して、自分のデスクに顔を突っ伏した。

時刻は午後一〇時。研修のカリキュラムは五時半には終わっていたのだが、まるで意味がわからなかったことや気になったところを復習したり、出された課題をやっているうちにこんな時間になってしまったようだ。部長の泉や周囲の先輩たちは気を使って帰るように言ったが、寧人はもう少しで帰りますから、で通して残っている。

ここ数日毎日こんな調子だった。アニスは自分も付き合って残りたがるのだが、それはなんとか遠慮してもらっている。

「……はぁ」

疲れきっていてすぐに立ち上がれる気がしなかったので、しばらくこのままグッタリしていることにしよう、寧人はそう考え、少しだけ眼を瞑《つむ》った。

別に適当なところで切り上げて帰ったところで誰に何を言われるわけではないし、それどころかメタリカという職場自体に音をあげてしまいそうになったことも一度や二度ではなかった。

だが、寧人はそうはしなかった。

理由は色々ある。

庶務課から本社に上がってきたのは、俺が初めてという話だ。その俺が本社で使い物にならないようであれば、ますます庶務課の立場が悪くなってしまう可能性もある。はっきり言って劣悪な職場環境だった庶務課だが、恩のある人もいたし命がけで戦ってきた。だから軽んじられたくはない。

それに俺には自分で決めたことがある。

どこまで行けるかなんてわからないけど、バカみたいだと笑われるかもしれないけど、この組織のトップを目指して全力を尽くすと決めた。それは絶対に曲げるつもりはない。こんな研修ごときで音をあげてたまるか。

そういう寧人の根本的なモチベーションが一つ目の理由だ。

そして無理な残業をこなせていた二つ目の理由は、この研修のカリキュラムの意義が明確に感じられたことにある。

庶務課時代はわからなかった色々なことが見えてくるようになったのだ。

そもそも営業部とは何をしている部署なのか？　それも庶務課時代にはわからなかった。これは今考えると当たり前だ。営業部がどういうことをしているのか理解するためには、メタリカ全体の仕事の流れのようなものを理解する必要がある。

まず本当に上のほう、多分、首領だとか取締役会とかが一番でかい方針を立てる。『五年以内にアジアの物流を支配してメタリカの勢力図を広げましょう』とかそういうのだ。

次にそれがややブレイクダウンされた目標として各部署に下りてくる。

諜報《ちょうほう》課ではアジアの物流を支配するべく、各地の貿易港の情報だとかそれを裏で仕切っている他組織についてのデータを集めてくる。たとえば『アジアの交易路として重要な各地の港は実質的に○○という組織に仕切られており、○○の戦力はこの程度、同地区にいるガーディアンの状態や出現可能性のあるロックスは××だ』とかだ。

企画部は集められた様々なデータをもとに大方針を実現させるステップとして様々な戦略を立てる。『重要な地区のなかで最も優先度の高い神戸を落とす。邪魔な組織は潰《つぶ》すし、政治に圧力をかける。そうすれば全体のなかでこのくらい侵略が進む』って感じだ。

で、営業部は企画部の立てた戦略をもとに実際に作戦を実行するための戦術を決定し、実行するための調整を行う。場合によっては自身が現場を率いることもあるそうだ。具体的に言えば、『何体の改造人間を動員し、どの程度の人員で、どのような作戦で神戸を攻めるか』というような具合だろう。また、場合によっては前線の情報を企画部にフィードバックすることも大事な役割の一つだ。

いわば営業部とは、メタリカ全体が決めたことを実行する最前線の部署であるといえるだろう。

ざっくりとだが、このような形でメタリカの業務は進んでいる。何も知らされず諜報や戦闘の現場に駆り出されたり雑用をしていた庶務課時代にはわからなくて当然のことだった。

そういうことがなんとか理解できるようになったので、寧人は今やっている研修や教育の意義もわかる気がした。

戦術シミュレーションはあらゆる局面で的確な戦術を決定するのに必要なことで、社内調整は他部署、たとえば開発室から改造人間を動員したり兵器を調達する予算の決裁を取るために必要なことだ。逆に言えば、これらのことができなければ営業部では使い物にならないといえるだろう。

それがわかったから、寧人は頑張ることができた。つい半年前までニートだったことを考えれば奇跡とも言うべき成長だろう。あの庶務課時代がなければとても耐えられなかった。

庶務課時代は庶務課時代でしんどかった。たいした収入も得られないのに、苦しい戦闘訓練をして、それで意味もわからない作戦に捨て石のように動員された。

今はあのときとは違うつらさがあるが、それでも俺は庶務課にいた男だ。間中《まなか》さんから悪党のあり方を教わった男だ。意地でも音をあげるものか。

寧人は思う。

難解なシミュレーションをこなしてちゃんとした作戦を立てられるようになってやる。

広い視野で作戦に臨めるように、座学で得た知識を自分のものにしてみせる。

作戦行動に必要な条件を整えられるように社内調整のやり方だって覚えてみせる。

「……社内調整……あっ!?」

そこまで考えて、寧人はあることに気がつき思わず声が出てしまった。

「……やばい！　……忘れてた」

デスクに突っ伏していた頭を起こす。多分、顔面は蒼白《そうはく》になっていることだろう。

社内申請。

今日、隣のデスクの先輩社員から実践形式で費用申請のやり方を教わった。最後のところだけ任されていて、データの書式を調整した上で総務部に送信するまでをやっておくように、と言われていたのだ。すでに調整済みの案件なので、即決裁がおりるはずのものだということなので、寧人に任せてくれたのだろう。

結論から言うと、やっていない。

どうせ残業するのだし、データを送るくらいすぐにできるのであとで気分転換にやろうと思っていた。

それがいけなかった。カリキュラムの復習に必死になっているうちにもうこんな時間だ。今さら送ったところで総務に誰か残っているとは思えない。

しかしこれは明日決行予定のガーディアン拠点爆破作戦に使う費用申請書だ。これが今日通っていなかったらどうなるのだろうか？　延期になったり、あるいは中止になったりするのだろうか？　それとも明日なんらかの措置を取れば多少無理を通すことができるものなのだろうか？

それは新入りである寧人には判断が付かなかった。

「……あー……さっそくやっちまった……」

ため息をつかずにはいられない。こんな初歩的なことでミスをするとは馬鹿丸出しだ。世界征服が聞いてあきれる。まずあの先輩に迷惑がかかることは間違いない。作戦行動自体に支障をきたす可能性もある。

体中に冷たい汗が流れた。

寧人は数秒程度放心状態になったが、一縷《いちる》の望みにかけて申請書のデータを総務部のボックスに送信した。そして、急いで席を立ち、営業部から走り出た。エレベーターに乗って向かうのは、地上三五階の総務部である。

仮に誰かいたとしても、こんな時間に申請をあげるのはどう考えても迷惑で申し訳ない。もし誰かが残っているのなら、まずは頭を下げなきゃならない。その上でお願いするしかない。

階数は知っているものの総務部には行ったこともない。と、いうか営業部以外のどの部署にも行ったことはないので、今回初めて他部署に行くことになる。

深夜といってもいい時間に、新入社員がミスの後始末を一人で頼みに行く。なんてことだ。俺が頼まれる人なら絶対嫌だし、なんだコイツと思う。いやそもそもそれも偶然誰かが残ってくれていればの話だ。

エレベーターが到着するのに一分もかからないはずなのだが、寧人にとっては異常に長く感じた。チン、という音が鳴って扉が開くと同時にエレベーターから飛び出し廊下を進む。通路の床も壁もピカピカであらためてこの組織の大きさを感じさせられるが、今はそれどころではない。

角を曲がって総務部のフロアが視界に入った。意外なことに、灯《あか》りが漏れている。誰かが残っているようだった。

これは幸運なことではあるが、同時に寧人に試練を課すものであった。社内の人間相手とはいえ、配属されたばかりの新人がいきなり謝って頼みごとだ。だがやるしかない。

寧人は社員IDパスを入り口横のセンサーにかざし、総務部の入り口を開けた。メタリカには社員ではあっても入室できない場所は多いが、総務部は違う。

「……あの……すいません。第二営業部の小森ですが……」

寧人はおそるおそる声をあげて総務部へ足を踏み入れた。やはり人気《ひとけ》は少ない。どうやら残っているのはあのパーティションの向こうの一人だけのようだ。

怖い人だったらどうしよう。

寧人はそう思ったのだが、それはいい意味で裏切られた。

「あれ？　寧人くん！」

パーティションからひょこっと顔を覗《のぞ》かせたのは、同期入社の女性社員、黛《まゆずみ》真紀だった。

相変わらずとても印象に残る綺麗《きれい》な顔立ちをしている。大きな瞳は可愛らしいのだが、どこか知的で。入社試験で最初に出会ったときに見惚《みと》れてしまったあのときのままだ。

こんなに可憐《かれん》な容姿をしているのに、すでに海外の大学を出ていて博士号をいくつも持っている科学者でもあるという彼女は、寧人の憧れでもあった。

意外な人物との遭遇に寧人は一瞬真っ白になってしまった。

「え、真紀さん？　なんで？」

「もー、忘れないでください。だって私、総務部ですよ？」

そういえばそうだった。本社に来たらあの同期入社の美少女と会えるかもしれない、と期待したりしていたはずなのに、実際本社に来てみると色々夢中で忘れてしまっていた。

「寧人くんこそ、本社に異動になったんだから一度くらい顔を見せに来てくれてもいいじゃないですか」

真紀は少しだけ、むくれたような顔をしてみせた。

「ご、ごめん。色々あって」

寧人は焦った。真紀がそんな風に思っているとは少しも思っていなかった。社会人というのは、同期入社というのは社会通念上そうしないといけなかったのか、知らなかった。そんな風に考えるものなのか。

「あはは。わかってますよ。冗談です。わたし、何回か営業部まで行ってみたんですけど、寧人くん、いっつも忙しそうだったから声かけそびれてたんです。邪魔しちゃいけないと思って」

だが、真紀は寧人の狼狽《ろうばい》を一瞬で消し飛ばしてくれるような言葉をかけてくれた。寧人はなんだかとても久しぶりに穏やかな気持ちになった自分に気がついた。

「なんだか、すごく真剣な顔してお仕事してたから、ちょっとびっくりしちゃいました！」

「そ、そうかな……あ！　そうだ！」

危うくここに何をしにきたのか忘れるところだった。

「？　どうかしたんですか？」

真紀は小首をかしげている。

「えっと、実は、その……」

かなり言いにくい。そんな風に言ってくれた傍《そば》から、ミスをしたことを伝えてそれのカバーをお願いするのはかなりカッコ悪い。

「あ、そっか。お仕事で総務部に来たんですよね！　ごめんなさい。わたし」

かなり言いにくいのだが、ここはいかにカッコ悪くても正直に言うべきだ。あーあ、所《しょ》詮《せん》庶務課上がりのニート野郎かー、とか思われても仕方がない。

そう思って寧人はことの顛末《てんまつ》を真紀に告げた。

全部伝え終わり、おそるおそる真紀の反応を待つ。

「大丈夫ですよ！　わたしの端末からも承認できますから！　ちょっと待っててください！」

彼女はほんの少しの嫌な顔もせず、ハキハキとそう言うと、自分のデスクに小走りで向かい、途中で一度つまずきそうになりつつも体勢を立て直し、少し恥ずかしそうにしながら席に着いた。

「ごめん」

寧人もあわててそれに続き、真紀の席の横の位置に立つ。

「すぐやっちゃいますから少しだけ待ってください」

寧人はお礼を言いつつモニタに目をやった。総務部の端末はまた特殊なものなので、寧人にはいまいち何をやっているのかわかりにくかったが、さきほど自分があげた申請書が開かれたことくらいは判別できた。

「あ、これですね。えっと……はい。確認しました。じゃあ承認しますね」

なんとか無事終了したようで、寧人はひとまず胸をなでおろす。

「でも良かったです。今日残ってて」

真紀はそう言うとにっこりと笑った。その笑顔には本当に曇りがなくて、彼女が本気でそう思っているんだと伝えてくれる。『良かったですね』ではなくて、『良かったです』。彼女はそう言ってくれたのだ。

ただの同期入社の社員というだけでそんな風に思ってくれるなんて、なんていい人なのだろう。

寧人は少し感動してしまった。

「ありがとう。本当に助かった。こんな時間にごめん」

しかしながら寧人には彼女にお礼をする方法がぱっと思いつかず、そんな言葉をかけて深々と頭を下げることしかできなかった。

あーあ。だから俺はモテないんだ。と思わなくもない。

真紀はそんな寧人を見て、あわてて顔の前で手を振った。妙に狼狽している。

「そ、そんな。いいんですよ！　わたしもどうせ残ってましたし……。えっと、……久しぶりに会えて嬉しかったですし！」

最後のところで顔を赤くしてそう言ってくれる彼女。深夜のオフィスに二人だけ。一瞬妙な空気が流れた。寧人は思わず色々勘違いしそうになるが、それは自制した。そんなはずはないのだ。

「そういえば真紀さんも残業してたんだよね。ごめん、邪魔して」

「あ、いえ。残業っていうか……その」

真紀がちらりとデスクに視線をやったので、思わず寧人もそれを見てしまった。

『次期改造人間プロトタイプ開発案』

デスクに置かれたファイルにはそう書いてある。

「……そっか。真紀さんは開発室希望だったよね。これって、それの？」

入社試験のときを思い返してみる。真紀は年少ながらすでにＭＩＴで博士号を取った才《さい》媛《えん》であり、その知識を開発室で生かしたい、というような旨のことを言っていたはずだ。今は総務部に配属されているのだが、思うところがあるのだろう。

「バレちゃいました」

真紀はいたずらっぽく笑った。

「実は異動希望もなんですけど、社内コンペに出ようと思ってるんです。あ！　でも総務部のお仕事だってちゃんとやってますよ。いつも残業してるわけじゃないですし」

「わかってるよ」

寧人はすぐにそう答えた。どういうことなのかはよく知らないが、真紀は当初の希望に向けて努力をしているのだろう。そしてそれをする一方できちんと総務部の仕事もこなしているのだろう。さらに言えば、それをこなしていても寧人のように毎日残業するようなことはないのだろう。

そんなことは彼女を見ていれば聞かなくてもわかることだ。

「……真紀さんはすごいな」

寧人は素朴《そぼく》に思ったことを口にした。

彼女のことはあまりよく知らない。

よく考えてみると、彼女のような人が悪の組織であるメタリカに入社したというのは不可解でもある。知りたいとは思うけど、聞かれたくないことかもしれないので聞いていない。だけど、ただただ率直にそう思ったのだ。

「そんなこと……」

「あ、邪魔してごめん。俺、もう行くよ。本当に助かった。ありがとう」

どう考えても彼女の邪魔をしている。寧人はそう思い早々に切り上げることにした。

「え？　大丈夫ですよ。わたしも、もう」

彼女は何か言いたげでもあったが、これ以上彼女の時間を無駄にしてはいけない。

寧人は総務部のゲートに向けて少しだけ歩いて、そして立ち止まった。ちょっと思うところがあったのだ。

うーん。これ、俺が言ったら気持ち悪いかもしれない。っていうか迷惑かもしれない。そうなんだけど。

「？　寧人くん？　どうかしたんですか？」

背を向けたまま立ち止まっている自分を妙に思ったのか、真紀が声をかけてくる。

それを言うのは寧人にとって、とても勇気がいることだった。でも言いたかった。この優しい人に伝えたいと思った。

「……俺、できることは異常に少ないんだけどさ。真紀さんを応援してる。もし、俺にできることがあったらなんでも言って」

言ってすぐにちょっと後悔した。俺ごときが何を言っているんだとも思い、耳が赤くなるのを感じる。答えも聞かずに走って逃げ出したくもなったがさすがにそれは大人としてアレなので我慢した。

しばらくして背後から、くすっ、という明るい声が聞こえたので寧人は頑張って振り返ってみた。

「はい！　ありがとうございます！　とっても嬉しいです！」

振り返ってみた彼女の表情は、本当に嬉しそうな満面の笑顔だった。

とりあえず、残業も悪いことばかりではないな。寧人はそんな風に思った。

※※

営業部での基礎教育期間は二週間で終わった。毎日必死に内容についていこうとしていた寧人にとってはあっという間だ。本当に必要なことを全部理解することができたのか、と聞かれると自信がない。

また、いくら教育を受けたとはいえ、それですぐに一人前としてバリバリ働けるというものでもないのだろうということもわかっている。

なので、実務に入る初日である今日、寧人はいつもより緊張して出社していた。

「あ！　ネイト！　おはよー♪」

「あ、うん。おはよう」

すでに出社していたアニスは今日も元気だ。挨拶をかわしあったあとは、なにやら小声で英語の歌を歌いながら営業部の人たちのデスクを磨いたり、観葉植物に水をやったりしている。

アニスがメタリカ同様に悪の大組織であるクリムゾンの令嬢であることを考えれば、意外というかなんというか、アニスはそういう甲斐甲斐《かいがい》しいところがある子だった。

お嬢様なのに、偉いんだな。寧人は最近そんなことをよく思うようになった。楽しそうにしている彼女を見ると、なんだか実務への不安でいっぱいな自分のほうがおかしいような気がしてくるから不思議だ。

しばらくすると部長の泉が出社してきて寧人に声をかけてきた。

「おう。小森。今日からだな。とりあえずはいくつか簡単な案件を任せる。詳細はアニスから受け取るといい。俺は一切口出ししない。まずは自分一人で最後までやってみろ。簡単に周りに助けを求めるな」

泉の物言いはいつも端的で、有無を言わせないような感じだ。普通、新入りの初仕事ということであれば、上長の確認が必要なものであるような気がするが、泉はあえてそれをしない、ということらしい。

信頼されている、ということでは多分ないのだろう。経験を積ませる、という意図なのだろうか。

「はい。頑張ります」

寧人には泉の意図がわからなかった。だが任されたからには全力でやるだけだと思い、一言で答えると早速業務に取り掛かることにした。

アニスからデータとファイルで渡された案件は三つだ。

一つ目、香港からの新型武器の密輸。

二つ目、ナノマシン研究施設『マシーン』の制圧。

三つ目、ゼブラヘッド（関東地区に新興の組織）の殲滅《せんめつ》。

いずれも荒唐無稽さに一瞬笑ってしまいそうになるが、これはけしてジョークではない。本当にやるのだ。あえて普通の企業のように、普通のサラリーマンのような仕事の形態をとっているようだが、メタリカはやはり世界最大の悪の組織なのだ。

この三つの案件もまた、常識的に考えれば明らかな悪事ではあるが、ごく当たり前の仕事として渡された。

寧人は気を入れ直して、データに集中した。

それぞれ予算や期限などが設定されており、目的も明確に記されているようだ。

現在、第二営業部が中期の計画として掲げているのは、関東地区におけるメタリカ以外の戦力保有組織の制圧であり、すべての案件はこれを達成するために存在する。

脅迫、買収、武力行使、あらゆる選択肢があるが、そのなかで最適な方法を選択し実行するのが寧人の仕事というわけだ。

予算を構え、戦術を練り、必要とあらば現場に赴いて指揮を取る。そして行うのは悪事だ。

異常な世界にどんどん足を踏み入れていく感覚に、寧人は体の奥のほうが震えるのを感じた。

やってやる。俺はもう立ち止まらない。

寧人はデータを見ているうちに、周りの音が小さくなっていくのを感じた。

「……えっと」

案件は三つ。期限が近いものからやるほうがいいかとも思ったが、重要度なども検討したほうがよさそうだ。

まず武器弾薬の密輸というのは単純にメタリカの戦力増強のためのようだ。

香港で開発された新型のプラズマエネルギー内包弾を合法的に国内に持ち込むのは難しいらしい。というのは、香港からの正規の輸送ルートはガーディアンによって完璧に近い形で管理されているからだ。なので、非合法武器の輸入は当然密輸という形になる。

これは比較的緊急度が高いように思える。というのは、最新鋭の武装によるアドバンテージというものには鮮度があるからだ。

高性能な武器も、みんなが使うようになれば優位性を失う。できるだけ早くそれを手に入れる必要がある。使えるようであればそれをメタリカの開発部門にまわして改良してもらうこともできるだろう。上手《うま》くいけば、一定期間武装の優位性を独占した上で他勢力を一方的に蹂躙《じゅうりん》できる可能性もある。そういうわけでこの案件は力を入れたいところだ。

密輸には金がかかる、と研修で学んだこともある、新型兵器ならばなおさらだろう。なので早めに手を打っておいたほうがよさそうだ。

「ネイト」

次にナノマシン研究施設の制圧。これはさほど重要度は高くないように思える。この研究所は現時点ではなんの戦力も持たない非武装組織だ。にもかかわらず制圧しておこうというのは将来的な危険を見越してのことなのだろう。

研究施設ハリスンがその科学力を持ってビートルというロックスを生み出したことは有名な話だ。同様の事態の発生を避けるべく制圧しておく、ということのようだ。

研究成果を奪うことが目的だが、場合によってはこちらの支配下にした上で研究を続けさせてやってもいい。

「……ねぇ、ネイト」

三つ目の案件であるゼブラヘッドとかいう他の悪の組織の制圧はどうだろうか。

諜報課がまとめたデータを見る限り、金持ちの不良少年たちの集団から発展したこの組織はそれほど強い戦力は持っていない。他組織から金で手に入れた武装で犯罪行為を行っているだけだ。

メタリカに比べれば蝿《はえ》のようなものだが、メンバーが加速度的に増えており、ごく一部のエリアでは影響力を増しつつある。彼らはメタリカの支配地域にちょっかいをかけているということもあるし、資金力だけはそこそこあるらしい。なので、さっさと潰して可能であればメタリカに取り込んだほうが得だ。

いずれも泉が言ったように難しい案件ではなさそうだ。普通に一つ一つやっていけば……。

「……いや、違う」

一瞬だった。何度か感じたことのあるあの感覚、冷たい黒い何かが体に満ちる感覚があり、寧人は呟《つぶや》いた。

ディランと戦ったときよりはずっと小さかったが、たしかにあのときの感覚と同じ種類のものだ。

そしてその冷たい感覚は取るべき選択を寧人のなかで決定付けていた。

「ネイトってば！　もー！」

ふと気がつくと、耳元でアニスが大きな声をあげていた。

「うわ、な、なにいきなり。びっくりした」

かなり距離も近い。彼女の金色の髪が寧人の肩にさらさらと触れていて、胸部のふくらみが微妙に腕にあたっている。苦手な距離だったので、あわてて上体をそらし、アニスから少し離れる。

「いきなりじゃないもん。さっきからずっと呼んでたヨ？」

むーっ、とアニスは少し不満そうな表情だった。

「え、そう？　ごめん。ちょっと考え事してたみたい。で、なに？」

かなり没頭してしまっていたらしい。

「ブチョーがね、先週分の残業申請が出されてないから早く出せ、って」

「わかった。ごめん、行ってくる」

寧人はアニスにそう答えると席を立った。部長室に早く行ったほうがよさそうだ。

「ん。あ！　ねぇ、ネイト」

アニスに呼び止められたので首だけで振り返る。

「さっきの考えてるときのネイト、今まで見たことない表情でびっくりしたヨ。すっごくセクシーで、ドキドキしちゃった♪」

照れた様子も見せずにウインクをしてきて、そんなことを言うアニス。しかも言っている意味もよくわからない。セクシー？　そんなことを言われたのは人生で初めてだ。

「は？　え。なにが？」

寧人はドギマギしてそう返事をすることしかできなかった。

「ふふふ。いいのいいの。わたしが知ってればそれで！」

本当にこの子はよくわからない。

「小森！　さっさと持ってこい！」

待ちくたびれたのか、部長室からは泉が顔を出して怒鳴っている。それもそのはずで、時計を見ると仕事のデータを渡されてから一時間以上も過ぎている。どうやらかなりの時間を考え事に没頭して過ごしてしまっていたらしい。

「すいません！　今行きます！」

寧人はとりあえず、あわてて部長室に走ることにした。仕事はそのあと片付けよう。

※※

真紀が総務部で行っている仕事で一番ウエイトが大きいのは各部署からの申請の処理だ。地味といえば地味な仕事なのだが、真紀としては、これはとても勉強になるな、と思っている。

各部署がどういう仕事を今やっているのか、どの程度の予算が動いているのか、ということを知ることはメタリカ全体の動向を知ることにつながるからだ。

他にも役員のスケジュールの管理だとか、福利厚生の手配だとか色々やっているが、これもやりがいがある。

実際色々な作戦や事業に直接係わることはないが、そうした仕事をやっている人たちのサポートはできる。真紀はそうした仕事が好きだった。多分、向いているとも思う。

それでも真紀の第一志望はやはり開発室だった。

学生時代に学んだ科学知識を最大に活かすことができるのは間違いなく開発室だし、そこで成果を上げることができれば真紀が目指していることの実現は近づくだろうと思っている。

真紀には誰にも打ち明けたことのない秘密があるのだが、いつか、この秘密を普通に話せるようになりたいとも思っていて、そのためにメタリカで働こうと決めていたのだ。

そういうわけなので真紀は総務部の仕事をこなすかたわら、近々行われる予定の次世代型改造人間コンペに出すための案をまとめる作業をしていた。

このコンペは従来メタリカがメインの戦力としている改造人間の技術をより進化させるべく行われるものであり、これから先のメタリカにとって非常に重要なものだといえる。

通常業務に加えコンペの準備も行うというのはなかなかに大変なことで、たまに疲れたりするときもあるのだけど、そんなときはなぜかあの同期入社の男の子のことが頭に思い浮かんだ。

寧人くんがあんなに頑張ってるんだから。

シャイで優しいけど不器用な彼が、営業部で一生懸命なところを何度も目にした。以前、彼が真紀に話してくれたあの言葉、メタリカの頂点に立って世界に挑むという決意。きっと彼は、本気であの言葉を実現させようとしているのだ。

この前話した彼は、前に会ったときとは少し雰囲気が変わっていて、ドキッとしてしまった。優しそうなのは変わらないけど、どこか芯があるような、独特の力強さのようなものが感じられたのだ。多分それは、彼が固い決意をもってなにかに打ち込む男の子だからなんだろうな、と真紀は思っている。

そんな彼のことを考えると、真紀は不思議と元気が出た。

応援してくれる、とも彼は言ってくれた。それが自分でもびっくりするくらい嬉しかった。

「よーし、頑張るぞー！」

少し眠くなってきていた自分に活を入れるべく、真紀は胸の前で拳を握った。まずは総務部の仕事をきちんとやるのだ。

「黛ちゃん、元気ね。若いって……いいわね」

そんな真紀を隣のデスクの先輩社員である水野が茶化《ちゃか》してきた。

「えへへ。すいません。急に大声あげちゃって。子どもみたいですよね」

「いいのよ。もー、可愛いんだから」

水野はときおりこういうことを言ってくる。真紀からしてみれば美人で仕事ができる上に、とても豊かな胸を持っている水野のほうが何万倍も女性として魅力的だと思っている。

「あ、そういえば黛ちゃんの気になる彼だけど」

そして突然こんなことを言ってくることもあり、たびたび真紀はあたふたさせられてしまう。

「き、気になる彼、って、寧人くんは、その、そんな、わたしは」

「あら？　小森くんだなんて言ってないけど」

クスクスと笑う水野。

「……水野さん、意地悪です」

多分、顔が赤くなっているのだろうと思いつつ、真紀は水野にささやかな抗議をした。

「ごめんごめん。でね、小森くんだけど、なんか変な申請出してたけど、あれ大丈夫？」

そういうことを教えてくれる彼女は、意地悪だけどやっぱり優しい人だ、と真紀は思っている。

「変な申請……ですか？　ちょっと確認してみますね」

水野の言葉が気になり、真紀は総務部のボックスを開きデータを確認してみた。

「……？　これって……」

その稟議書面に妙なところがいくつもあるのが、真紀にもすぐにわかった。

まず、執行予算額が異常に少ない。香港からの兵器の調達や他組織の打倒をするということらしいのだが、それにしてはあまりにも少ない予算額だ。通常数千万円単位の予算を必要とするであろう作戦規模から考えるとほとんどゼロみたいなものだといえる。

次に庶務課の動員数もおかしい。兵器の受け取りにはそれなりの人員が必要なはずなのに、そこに割く人員はゼロ。その分ということなのか変身型の改造人間を一名、ゼブラへッドという新興《しんこう》組織に対する人員として配置するらしい。逆にナノマシンの研究施設を制圧するための人員として庶務課員を多数配置している。

意味がわからない。非武装組織である研究施設を制圧するのになぜそんなに沢山の人員が必要なのか。なぜ兵器を購入するはずの予算がゼロなのか。なぜ新興とはいえ悪の組織を制圧するのに必要な戦力が改造人間一体だけなのか。

「……寧人くん……」

モニタに映る申請用データはただのデータのはずなのに、不気味な迫力を放っていた。

入社試験の面接のときに寧人に感じたあの不思議な気配、黒い炎。真紀はその感覚を思い出した。

※※

「おい小森。例の件は進んでるか？」

泉は自分の仕事が一段落したこともあり、部下である小森寧人に声をかけてみた。

新入りである小森の営業部での初仕事にあれこれ口を出さなかったのには理由がある。だから進んでいるかどうか、ということだけを確認できればそれでよかった。

しかし、小森の回答は予想外のものだった。

「あ、はい。もうすぐ終わります」

「……なんだと？　どの件がだ？」

「どの？　……ああ、そうか。全部、です」

小森は一瞬なんのことだかわからない、というような顔をしたあと、そう答えてきた。

そろそろ全部が終わる。コイツはそう言ってきた。

泉はどう反応したものか、すぐに決められなかった。

小森寧人。こいつの経歴はかなり異質だ。

入社試験では他の者とは違うルート、他の能力などまったく必要とせず『悪』であることのみが求められる一般公募で入ってきたという話だし、その後配属された庶務課で捨て石として動員されたはずの作戦でディランを退ける大金星をあげ、異例の異動を果たしている。

元政治家という『表の顔』を持つ泉だが、メタリカでは営業畑が長い人間だ。若いころは現場にもよく出て庶務課のメンバーを指揮して戦うことも多かったバリバリの武闘派だ。若手の部下は知らないが改造人間でもあり、一線を退いた今でも蜘蛛《くも》型の怪人に変身することができる。

なので、庶務課から上がってくるという噂の新人がどんなヤツなのかは大いに興味を持っていた。

が、実際にやってきたのはどう見ても気弱で善良そうな若者だ。正直に言えば、泉は小森寧人のことを図りかねていた。

まぐれやツキでディランを退けるほどの武功をたてられるはずはない、それは長年営業部で戦い続けてきた泉にはわかる。だから泉はとりあえず小森には基本的なことを教えたあとは誰にも手出しさせず、自由にやらせてみることにしていたのだ。

使い物にならないようならそれはそれでかまわないが、もし『何か』を秘めている男だとすれば、それを見てみたい、そう思っていた。

そして今、進捗《しんちょく》を聞いてみたところ、返ってきたのはまたしても意外な返事だった。

一生懸命なのは認めるが、他の部員が普通にこなしたカリキュラムでもひーひー言っていたような小森だ。初めての実務をもうあらかた片付けた、と言うのか？

「全部？　お前、冗談も言うのか？」

泉は多少いぶかしげに聞き返した。

「えっと。いえ、本当です」

だが寧人はおっかなびっくり、という態度ではあるものの真顔だった。そんな二人のやりとりを聞いた周りの部員たちもわらわらと小森のデスクに集まってくる。

「おい小森。マジかよ？」

「あれってまだ一週間たってないだろ」

「そもそもお前、予算稟議、間違ってなかったか？」

「一個じゃなくて全部か？　部長は三回までしかミス許さないぞ」

部員たちは口々に小森に声をかける。彼らはいずれも様々な経歴やスキルをもつ者たちだ。メタリカ本社の営業部という生き馬の目を抜く仕事をこなす腕の立つ彼らは容貌《ようぼう》からして常人とはかけ離れた者も多い。

そんな彼らの話題の中心になり、小森はあわあわと慌てている。

「……小森。どういう方法で進めてるんだ？　話してみろ」

泉は部員たちを代表して小森に話を振ってみた。

「え、えっと……ですね。ああ、順番に言うと、まずゼブラヘッドに変身型の改造人間を一人送りました。戦闘能力はたいしたことはありませんが、変身者は元詐欺師で人心掌《しょう》握《あく》に長《た》けた方です。で、彼には素性はあかさず、ゼブラヘッドのメンバーに加わるようにお願いしています」

小森は奇妙な切り口から話を始めた。

「で、その改造人間の方に、香港で開発中の新型兵器がメタリカに密輸される、という情報をゼブラヘッドに流させました。輸送の日時なんかも全部正確に」

「は？　なんだそれ。情報漏洩《ろうえい》じゃないか！　お前、なにやってんだよ！」

「待て、最後まで聞こう」

疑問を投げかけた部員を制し、泉は小森に続きを促した。小森は何気なく、ごく普通な口調で話している。なのに、泉は自分の肌が粟立《あわだ》っていくのを感じる。

「……新型兵器の受け取りは一昨日の予定でしたが中止になりました。輸送中の船舶をゼブラヘッドが襲撃して、兵器を強奪したからです。ですが、特に問題はないですよ。最終的には」

小森はごく当たり前のことのように話している。だが、泉にはそれ自体が異常なことに感じる。この弱々しい瞳の奥に、黒い何かが見え隠れしているようだった。

それを他の部員も感じたのか、オフィス内がザワザワとしている。少しだけ、室内の温度が下がったようにも感じられた。

つまりコイツは、あえて取引先を強襲させた、ということになる。どれだけの被害者が出たのか、見当もつかない。それをこの優しげな男がなんのためらいもなく実行したというのか。そしてその上で、特に問題はない、と言い放っている。

「……続けろ、小森」

泉にはだんだん予想がついてきたが、この話には続きがある。

「そして新型兵器を手にしたゼブラヘッドは近いうちにナノマシン研究施設に襲撃をかけるはずです。なぜならとても貴重な新型兵器を組織にもたらした実績のある『最近入った新メンバー』が伝えてくる情報は正しくて、有益だと思い込んでいるからです。ありもしない科学兵器を手に入れるために、ゼブラヘッドは行動を起こすと思います」

　ザワついていた部員たちは、みな静かになっていた。

「で、今その研究施設近くに庶務課の人たちをたくさん待機させています。ゼブラヘッドが施設を制圧したら、その直後に踏み込み、最初から送り込んでいた改造人間も変身させて……」

「……一気に……」

　全員の視線が小森に集まっていた。もうみんな予想はついている。この男がやっていることがどういうことなのか、ということを。

　小森はそのまま、いつもどおりの声で、続けた。

「叩《たた》き潰《つぶ》します」

「……っ」

　そう言い放った小森の表情に百戦錬磨のはずの泉ともあろう男が、ゾクリとさせられてしまった。

「……」

　沈黙がオフィス内を包む。

　最終的にゼブラヘッドを潰して吸収すれば結果として新型兵器も手に入り、研究施設も押さえることができる。しかも費用をほとんどかけずに。それは誰の目にも明らかだった。

「お前……」

沈黙を破ったのは、部員のなかで寧人の次に若い、杉山という男だった。

「やるじゃねぇか！　しかしお前、人畜無害な顔して外道すぎるだろ！」

次々に部員たちが声をあげていく。

「庶務課上がり、こえぇ」

「悪魔かよお前」

営業部はもともと血気さかんな者が多い。彼らは少しだけ引いたようでもあったが、それでも次々と小森に荒っぽい褒め言葉を贈っていた。

小森が取った策は知略、というほどのことではない。ここにいる者たち皆、知恵も腕も立つ。彼らならもっと別の方法や策で小森と同じ結果を出すことはできるだろう。だから彼らが驚いているのは小森の知恵に、ではない。

輸送元の取引先を襲わせ、偽の情報で戦いを扇動し、そして最後には圧倒的な力でもって蹂躙する。目的のためには手段を選ばす非道な方法を冷酷に実行する。それも一切の躊《ちゅう》躇《ちょ》も容赦も無しだ。

悪意に満ちたこの手段は仮に思いついたとしてもよほどの精神力がなければ実行はできないことだ。部員たちが驚いているのは、小森の見かけからは想像もつかない苛烈《かれつ》な悪意に対してなのだろう。

なるほど。これが一般公募で見せたというコイツのたった一つの素質、というわけか。

泉がそう思ったのと同時に、オフィスにアニス・ジャイルズが入ってきた。なにやらウキウキと嬉しそうな顔だ。どうやら息せき切って走ってきたようだった。

「ネイト！　あのね！　あのね！」

小森の名を呼び、トテトテと近づくアニスはなにやら報告を持ってきたようだ。もちろん、聞かなくても想像はつく。案の定、ゼブラヘッドは制圧されメタリカに組み込まれることになったらしい。例のナノマシン研究施設も研究員ごとまるまるメタリカの支配下においた、とのことだ。

部員たちは歓声をあげた。

「それで、動員された庶務課の人たちは？」

小森は成功を喜ぶ前に、そこを気にしていた。

「うん！　ネイトがちゃんと準備してたから、怪我《けが》してる人も軽傷くらいかなぁ」

アニスの言葉を受け、心からホッとしたような表情を浮かべる小森。その瞳にはさきほど見えた黒い何かはもう見て取れなかった。

おかしなヤツだ。

「じゃあお前の初仕事は無事終了だな。お疲れさん。よし、今夜はぱーっといくぞ」

第二営業部には、新入りの歓迎会は初仕事を無事終えたときにやるものだという伝統がある。金は代々の部長が持つことになっているのが少々痛くはあるが、今日のところはよしとしてやろう。

「え？　俺も行っていいんですか？」

「当たり前だろ。お前の歓迎会だぞ」

ボケたリアクションを見せる小森に、部員たちは失笑した。

小森寧人。本当におかしな、だが面白いやつだ。泉は新しい部下をそのように認識し、少しだけだが、この部下の今後が楽しみに思えてきた。

※※

寧人は営業部に異動になってから初めて酒を飲んでいた。予想もしていなかったのだが、歓迎会、という場を設けてくれたことに、寧人は素直に感謝していた。

営業部に来て初めての仕事を無事こなすことができて本当にホッとしていたし、それで営業部のみんなに少しだけだが認められた気がして嬉しかった。

今夜飲むビールはいつもより美味しく感じるし、このピザもやたら旨《うま》い。それは多分、営業部行きつけのこのイタリアンダイニングがいい店であることだけが理由ではないのだろう。

「ってなわけなんだよなー。わかるかー？　小森」

「はい。杉山さんも色々あったんですね」

「小森くん。僕の名前覚えたか？」

「クラークさんですよね」

どちらかというと人見知りするほうだし、さほどコミュニケーション能力が高くない寧人なので、おどおどと、ではあるが徐々にみんなと話ができるようになっていた。

営業部のみんなとこうして会話をするのはほとんど初めてのことだったが、色々と興味深いし面白い。

悪の組織メタリカ、その本社にいるだけあり、誰もが優秀ではあるがクセのある人物のようだった。元ギャングだったり、軍人だったり、テロリストもいれば官僚もいる。唯一共通しているのは、それぞれみんな、現在の世界について疑問や不満を持っている、ということだろうか。

それは寧人も同じだ。

二二世紀、いまだにスラムはあるのに、格差社会という言葉が消えた世界。人類とさほど変わらない種族であるサバスがいないことになっている世界。独自の宗教観を持つことがほぼ許されていない世界。それは、どこか不自然だと、寧人も思っていた。

「小森。そういえばお前は、どうしてメタリカに入ったんだ？　目標とかあるのか？」

寧人がそんなことを考えていると、少し酒に酔った泉がそう話しかけてきた。

「あ！　それ！　わたしもネイトに聞きたかったんだ！」

隣に座っていたアニスもそれに乗っかり、ぐぐっと近づいてくる。

「……最初は、たまたま求人広告を見つけて……それで……」

「うんうん。それで？」

アニスがなぜか緊張の面持ちでこちらをじっと見ている。

「……それで」

「……俺は……」

寧人の言葉は突然、場に入ってきた人の声でかき消された。

「遅くなりましたー。水野、到着ですよー」

男だらけだった席に、急にやってきたのは美人の女性だった。寧人もどこかで見たことがある。

「お、小森くん！　歓迎会開いてもらえてよかったね。多分、第二営業部配属の新人のなかで最速なんじゃないの？」

女性は寧人に視線をやり、色っぽいウインクを投げかけてきた。それでやっと気がつく。

「あ、えっと。総務の……入社試験のときの……」

あの入社試験と入社式のときに寧人たち新入社員を案内してくれた人だ。今日はあのときと違い眼鏡をしていない。

「水野さん……ですよね。えっと、歓迎会が最速って……？」

「あら、知らなかったの？　第二営業部はね、新人がちゃんと仕事をこなした後でしか歓迎会をやらないっていうめんどくさい伝統があるのよ。小森くんすごいじゃない！」

「そ、そうなんですか」

寧人は水野の言葉にこの場の意味をあらためて理解し、今まで感じたことのない温かい感情が胸に広がっていくのを感じた。

「ま、そういうことだ。で、飲み会に男ばっかりってのもなんだしなー。たまに他から誘ったりするんだよ。ウチは」

寧人の次に若手の営業部員である元テロリスト杉山がそう解説する。

「そうそう。カワイソーだからよく来てあげてるのよ？　わたしが」

「タダ酒が飲めるからだろーがお前は」

軽口を叩きあう杉山と水野。二人は同期入社なのだそうで、割と親しいようだ。

「うるさいわねー。今日は他に可愛い子も連れてきてあげたのよ？　感謝しなさいよね」

じゃーん、と言わんばかりの大げさな身振りの水野の後ろから申し訳なさそうにおずおずと女の子が入ってきた。

「も、もう。水野さん、やめてください……あの、お疲れさまです」

今度はさすがに寧人にもすぐにわかる。入ってきたのは同期入社の黛真紀だった。水野に変な紹介をされたせいか顔が真っ赤だ。

「うおおおおっ！」

何人かの営業部員が歓声をあげた。どうやらやっぱり真紀はメタリカ本社内で人気があるらしい。わからないでもない。彼女はとても丁寧で穏やかな女の子だし、とても頭がいいはずなのにどこか子犬を思わせる雰囲気も魅力的だと寧人も思っている。

そんな彼女たちの登場に、しばらく場が混乱したが、水野がテキパキとそれを制して仕切りだし、席に着いた。

真紀が座ったのは寧人の右隣の席だ。

「……………こんばんは」

「こ、こんばんは」

真紀との間に、沈黙がおりる。どう接したらいいものなのか、よくわからない。

「えーっと……。すいません。なんか、突然来ちゃって……。水野さん、強引だから」

真紀はうつむいているが、全然そんな必要はないだろう。

「いや、みんな喜んでるみたいだし……」

俺も嬉しいし、とは続けなかった。

「つんつん」

左の席にいたアニスが声に出しつつ、腕をつついてくる。

「あ、そうか。ごめん。真紀さん、えっと、この子は営業部で俺のアシスタントをしてる……」

「アニスだヨ！　ないすとぅーみーちゅー♪」

アニスの自己紹介は笑ってしまいそうになるほど元気だった。

「うん。よろしくね。えっと、わたしは寧人くんの同期入社の黛真紀です」

真紀はやっぱりとても礼儀正しく自己紹介をした。

そしてそのまま二人は寧人をはさんで楽しげに会話を続けた。気がつけばマキ、アニスちゃんと呼び合ってもいる。タイプ的にかなり違うように見えるのだが、意外と話が合うのかもしれない。女の子同士の会話に入るのもどうかと思ったので、寧人は黙ってビールを飲みつつ、それを聞いていることにした。

よく喋るなぁ、女の子は、などとボンヤリ思う。

「あ、ごめんなさい！」

真紀がそんな寧人に気がつき、謝ってくれたのだが、別に全然かまわない。むしろ寧人は二人を見ていて楽しかったくらいだ。

「いや、いいよ」

「あのね。ネイトがすごかったんだよ！」

アニスが寧人のやった仕事について、大きなジェスチャーを交えて真紀に説明しだした。内容的にはかなり美化と誇張が入っているような気がして、恥ずかしい。

「そうなんですね！　寧人くん、やりましたね！」

それを真に受けた真紀はなにやら興奮した表情で祝福をしてくれている。心無しか瞳がキラキラしているようにも見えた。

「いや、そんなにたいしたことしたわけじゃ……」

そう言ってくれて嬉しいことは嬉しいのだが、いたたまれない気持ちにもなったので、寧人は言葉を濁した。

だが真紀は首を横にふるふると振っている。

「そんなことないです。寧人くん、頑張ってたじゃないですか。……すごいです」

真紀はそう言ったあと、自分の言葉に気がついたのか真っ赤になっていたが、寧人の方は時が一瞬止まってしまった。

「え、あの……それは」

「そうでしょー？　さすがわたしのダ……」

狼狽しているうちにアニスがとんでもないことを言い出しそうだったので、寧人はあわてて大声で叫びそれを遮った。

「ビールおかわりください！」

あまりにも大きな声だったので、一瞬場が止まり、直後にみんなに笑われた。お前どんだけ酒飲みたいんだよ、といじられる結果となってしまった。

営業部に来て初めての飲み会はこんな風に過ぎていき、寧人はそれを戸惑いながら楽しみつつ、同時に色々なことを考えた。

こんな風に飲んでいる俺たちは悪の組織の一員なわけで、初仕事というのも悪事だ。普通に考えればとても褒められるようなことではない。だからこの飲み会も奇妙といえば奇妙だ。異常な世界の出来事だともいえるだろう。

でも寧人には達成感のようなものが感じられてもいるし、これからも頑張ろうと思えた。こんなのは本当に最初の一歩に過ぎなくて、目指すところはまだまだ果てしなく遠い。これから先には想像もつかないような世界が広がっているのだろう。それはわかっている。

不安に思うこともある。だけど、俺はきっと少しだけでも進むことができた。

寧人は歓迎会が終わり、店を出るころにはそんな風に思うことができた。

「ねーねー！　ネイト！　一緒に帰ろ？」

営業部の者たちや水野はほとんど酔っていたが、意外にも飲酒年齢を厳守していたアニスは素面《しらふ》であるはずだ。なのにそのテンションは他の人よりもむしろ高いようだった。

寧人の裾《すそ》をつかみ、なにやらニコニコした表情でそう話しかけてくる。

「え……、あー……、駅に行くのか？」

時計を見るとまだ一〇時、終電までは余裕だ。そしてタクシー代を払うほど生活に余裕はないので、寧人はそう答えた。

「駅？　あ、デンシャだね！　満員なんだよね？　乗りたい！」

アニスは何が面白いのか満員電車に乗りたいらしい。

「あー、そうだな。じゃあ……」

ふと真紀も近くに寄ってきた。

「あの、わたしもうお暇《いとま》するので、ご一緒してもいいですか？」

おおう、と寧人は思った。真紀は同期入社ということもあり、わりかし親しくさせてもらっているような気がする。たしか前にもこういうことがあったが、どうやら真紀にとっては自分はタイミングがあえば一緒に帰ってもよい人らしい。

「え!?」

少し酔っていることもあり、寧人はウキウキしてしまった。二人の美少女と一緒に駅まで行くというのは、自分にとってかなりレアな経験になるだろう。まあ、実際には単なる職場の同僚なわけだが、それはそれで大変結構なことだ。

「あ、じゃあ……」

「小森！　二次会行くぞ！　この近くにいいキャバがあんだよ！」

帰りましょう、と言いかけた寧人だったが、センパイ社員の杉山に首のあたりをグイッとつかまれてしまい、無理だった。

「え、あ、キャ、キャバって、キャバクラですか杉山さん!?」

「おう！　部長が金置いて帰ったからな！　今日は行くぜー！」

ベロベロになりつつはしゃいでいる杉山。見れば何人かは乗り気らしい。

ちなみに泉はすでに帰っているが、部下のために二次会の軍資金を置いてさっと帰るというところがなんとも彼らしいような気がする。

「キャバクラですかー……」

当たり前なのだが、寧人はそんなところには行ったことがない。どういうことをする場所なのかもよく知らない。

「きゃばくらってなに？　楽しいところ？」

「……寧人くん、そんなところに行くんですか……？」

意味もわからず目をきょとんとさせているアニスと、今まで見たことのない冷たい表情をしている真紀。

寧人からしてみると、キャバクラには興味がないではないが、今日は真紀たちと帰ったほうがよほど楽しそうな気がする。が。

「んじゃ決まりだな！　あー、黛ちゃんとアニスちゃんはもう遅いからね、帰ったほうがいいよ。んじゃ行くぜ小森！　今日はお前の歓迎会だからな！　俺たちに任せとけ！　夜は長いぜ！　キャバクラのあとはさらにアレなところに！」

首根っこをつかまれ、ずるずると引きずられる寧人。逆らうことはできそうにもなかった。

アニスは「えーっ!?」という表情を見せたあとなにやらふくれているし、真紀さんのジトッとした視線がちょっと怖いのだが、さすがに帰れる雰囲気ではない。

「あぁ……！　ごめん！　今日はありがとう！」

違うんだ！　違うんだ！　とは思いつつも、強引にタクシーに放り込まれる寧人にはそれだけ言うのが精一杯だった。

二人はあっけにとられたような表情を見せつつ手を振ってくれたが、このあと彼女たち二人が駅まで一緒に帰る途中で何を話すかと思うとやや怖い。

「……はぁ……」

ため息をつきつつ横を見ると、杉山は楽しげな表情だ。歓迎会、ということで気を使ってくれているのかもしれない。

「ま、いいか……」

ちょっとタイミングはよくなかったけど、こんな風に職場の仲間とバカなことをするのも悪くはないな。寧人はちょっとだけそう思った。

でも途中で隙《すき》を見て帰ろう。そうも思った。

※※

超科学研究所、ハリスン。同研究施設は二つの理由から世界的に有名である。

一つ目の理由となるのは、ハリスンが特殊なエネルギーを発生させる結晶体、通称『ビートル・クリスタル』の開発に成功したことが世界的なニュースになったことだ。

同クリスタルはごく簡単に言えば、別次元からエネルギーを取り込み、現実世界に出力する作用を持っている。この結晶体を作り出したことは、すでに限界まで来てしまっているといわれていた二二世紀の科学の世界において偉業とされていた。

だが、科学の世界というのは往々にして一般の人々からは距離があるものだ。

資源の兼ね合いや技術的問題から、いまだ一般的に実用化されていないビートル・クリスタルの存在は普通であれば一般人に広く知られることはなく、せいぜい一時ニュースで流れるだけの話題で終わるはずのものであっただろう。

だから、ハリスンがこれほどまでに世界的に知られている最大の理由はもう一つのほうだった。

それはビートル・クリスタルの運用法に由来する。

超高出力エネルギー源であるビートル・クリスタルの運用には様々な可能性があったが、ハリスンが真っ先にモデルケースとして試作したのは、『スーツ』だった。

そしてこの『スーツ』のほうはセンセーショナルな存在として報道され、しかもその後、誰にでもわかりやすい社会的成果を上げ続けた。

結果としてスーツを生み出したハリスンは現在のような誰もが知る研究施設となったのだった。

この『スーツ』の制作を提案し、そしてテストタイプの完成に大きく貢献した一人の男がいる。名を、赤星譲司《あかほしじょうじ》という。

毎日のことではあるが、譲司は今日も研究施設のテストルームで、スーツの完成度を高める実験に精を出していた。

「よし、次はもう少し出力を上げてみよう。一八万まで上昇、……そのまま固定。この状態で空気圧を可能域限界まであげる」

強化ガラスの向こうには様々な実験観測機具が取り付けられた『スーツ』が見える。青をベースとしたカラーが映えるデザインや頭部のツノ状のパーツは赤星が決めたものではないが、お気に入りのデザインだった。二メートル以上ある大きさはもう少しダウンサイジングさせたいものだが、今の技術ではここが限界点でもある。

「ヘイ、ジョージ、大丈夫かい？　そんなに出力上げて」

研究員の仲間であるジョンは不安げな声をあげたが、赤星は彼を安心させるべく笑みを浮かべた。

「大丈夫さ。僕の想定危険域よりははるかに低いレベルだよ。信じよう。僕たちの技術を」

ジョンは少し心配性だが、赤星にも彼の気持ちがわからないでもない。なにせこのスーツは、今となっては普通に暮らす人々の希望の星の一つに数えられる存在となっているのだから。

譲司は蛮勇《ばんゆう》という言葉は自分からかなり遠いものだと思っている。基本的には慎重派だし、小市民だとの自覚もある。

しかし赤星がジョンと違うのは、このスーツに対する絶対の自信があることだ。それはこれまで試行錯誤を繰り返しけして諦《あきら》めずに重ねてきた努力、そしてそれに伴う莫大《ばくだい》なデータから生まれるものだ。

だから、レベルの高い実験にもしり込みすることはない。

「テスト・スタート」

クリスタルから『スーツ』へのエネルギー伝導率を高め、同時に室内の気圧を高くしていく。

仮にテストルームに軍用車両を置いてあったとしたら、あっという間に原形をとどめないほどに潰れてしまうであろう圧力が発生しているはずだ。

だが『スーツ』はビクともしない。エネルギー転換装甲が十分に機能している証拠だ。

「………な。大丈夫だろ」

胸をなでおろすジョンに微笑《ほほえ》みかけつつ、譲司は実験数値を記録した。

「心臓に悪いぜジョージ」

「じゃあこのまま装着時の稼動実験もしてみよう」

「おいおい。いくらなんでもそれは危険すぎるぜ」

あわてた様子で止めに入るジョン、だが譲司も別に自殺したいわけではない。

「心配するなよ。八〇パーセントまで圧力を下げる。そのくらいならいけるよ」

「八〇って、お前、あんまり変わらないだろ」

「違うよ。八〇は八〇、一〇〇は一〇〇だ。僕たちは科学者だろ？」

譲司はそう答えると次のテストの準備を速やかに済ませることにした。

これを装着するのはもう何度目だろう。それほどの回数を譲司はこなしてきた。

だが、それで心が緩むことはない。それは科学者としてあってはならない姿勢だ。だから機動前には毎回必ず所定の工程を経て、チェックも厳重に行う。

「これより、装着工程に入る」

チェックを終えるとアーマーを展開させ、譲司がそのスペースに入る。

一度展開したアーマーは即座にクローズされ、搭載されたシステムは装着者が譲司であることを認識するシグナルを発する。

「脚部アーマー、固定。フィスト、駆動確認。スラスター出力、安定」

一つ一つのパーツやシステムを確認していく譲司は、このたびにいつも思うことがあった。

「クリスタルエネルギー伝導率、三〇％。『ジャスティス・ハンマー』、セイフティロック確認」

提案したときは、まさか自分がテストタイプの装着員になるなんて、思ってもいなかった。

ただ、この『スーツ』は必ず実現させせると思い続けてきた。

科学は、人を幸せにするためにあるものだ。それは少年の日から譲司が信じてきたことだ。

譲司は今の世界が好きだ。歴史にはさほど明るくはないが、これほど発展した現代社会は多くの人が幸せに生きている世界だ。自分もそれに貢献したいと思っていた。

科学者になるまでは結構苦労した。かなり大変だった。世間では僕を若き天才科学者だと言ってくれたりもするが、それは違う。僕はただの努力家だ。

「モーションデータ、ダウンロード。アクションモニタ、視覚同調。システム、オールグリーン」

科学者になって、ビートル・クリスタルの生成に成功した。その活用法はいくつも考えられたが、譲司が提案したのはこの『スーツ』だ。

自然災害は避けることができないし、改造人間や超能力者、あるいは魔獣なんていうものがこの世界にはいる。そういう存在は大多数の幸せに生きている人々を脅かしている。なら、この現代において人を幸せにするために科学が、僕ができることはなにか？

世界には超人的な力をもったロックスと呼ばれるヒーローがいて、彼らはみんなの希望だ。なら、その希望を作り出すことが僕の夢だ。だから僕は。

「……ビートルスーツ、レディ。これより機動テストに入る」

この『ビートルスーツ』を纏《まと》い、研究を完成させてみせる。そして一握りの存在である超人や英雄に頼ることなく一般的なガーディアンでも戦うことができるスーツを造り出してみせる。

テストが開始されると再び圧力がかかった。

「……くっ」

多少は重さを感じるが動けないほどではない。

テストタイプに比べれば装着者への負担は小さくなるよう開発を進めているし、それは成功している。まだ完全とは言えないが、誰でも超人になれることをコンセプトとするビートルスーツは多少の圧力で動きを止めることはない。

まして装着者である譲司は効率的な動作確認をするために筋力や神経系のトレーニングを積んでいるし、スーツのあらゆる機能を誰よりも理解しており瞬時に扱うこともできる。

何も問題はない。

「ジョン、観測機は回っているか?」

「OKだジョージ。一通りのプログラムをこなしてみてくれ」

「了解」

駆動音を立てて、ビートルスーツがその性能を発揮する。オートバランサーの助けを得つつ、必要な部分はマニュアルでの操作も行い、譲司は駆け抜ける。

背部のスラスターを噴かし、ホバリングによる高速で動く。

次々と出てくるテスト用の障害物に対して、出力をミニマムにしたビームを放ち破壊する。

腕部のアーマーからレーザーブレードを展開させ、光の剣舞《けんぶ》を披露する。

「ひゅー! いつ見てもグレイトだぜ。ジョージ」

スピーカーからはジョンの声が聞こえてくる。

それ自体は嬉しいが、まだまだこれでは十分ではない。このスーツにはまだ先がある。

もっと強く。もっと速く。そして安全性やコストパフォーマンスも高める必要がある。

それができたとき、ビートルスーツは量産化が検討されるはずだ。

ビートルスーツを纏った譲司はすでに何度も実戦を経験している。量産化されていない試作機ではあるが、様々な災害や悪の組織による脅威に対応することが可能だと実証されているため、超法規的に運用が認められているのだ。

魔獣とも戦った。火災現場からの救助活動も行った。テロリストの大量無差別殺人を止めたこともある。そしてそれは世間一般にも知られている。

もちろんこうした活動はテストの意味もあるし、社会的に認められるための広報活動の一環でもある。だがそれ以上に、科学の力で人を幸せにする、という譲司の信念にも合致している。だからこそ、一研究者に過ぎない譲司が、本当は天才なんかじゃない小市民の自分が戦うことができた。

「これで……ラストだ！」

最後の障害物をスラスターで加速させた拳の一撃で破壊し、テストを終える。

「……はぁ……はぁ……」

「お疲れ。いい調子だったぜ。こりゃ見通し明るいな」

テストルームから出た譲司はジョンがタオルを差し出してきたのに感謝し、それを受け取る。

「……ふぅ。サンキュー。このまま行けば、数年後には一般化されたビートルスーツが英雄《ロックス》の代わりになるかな？」

未来への希望を込めて、譲司は一番古く仲のいい研究仲間のジョンに夢を語った。

開発者の一人である自分自身が装着員まで務めているのは、研究を進める上でもビートルスーツの社会的認知度を上げる上でもベストだと判断したからなのだ。

「は？　おいおい。馬鹿なこと言うなよブラザー」

だが、ジョンは目を丸くして首を振り、こう答えた。

「みんな知ってるぜ？　ジョージ・アカホシが造り出したビートルは……」

ニカッと笑い、彼はこう続けた。

「もうとっくの昔に、英雄《ロックス》さ」

※※

テストを終了させた譲司とジョンは、研究施設の食堂で昼食をとっていた。この研究所はある理由から人里離れた樹海に存在しており、その位置も秘密とされている。それ自体は別にかまわないのだが、そうなると毎日の食事場所が限定されるのが悩みの種ではあった。

「ふー。いい加減、ここのバーガーは飽きたぜ」

米国出身のジョンは和食があまり好きではない。なのでメニューまで限定される。譲司からしてみると、ジョンの愚痴のほうがもう飽き飽きだった。

だったらたまにはカツ丼でも食べろよ、譲司がそう口に出そうとしたそのときだった。

「ここにいたんですね！　主任！」

焦った様子で食堂に飛び込んできたのは、研究所の後輩だった。

様子が尋常ではない。

「どうした？　なにかあったのか？」

ビートルスーツには特に問題はないはずだ。ということはそれ関連ではないということになる。譲司には予想がつかなかった。

「……『マシーン』が、襲撃を受けたそうです」

後輩が伝えた事実は譲司にショックを与えた。

マシーンというのは都内に存在しているナノマシン研究施設だ。共同で研究をしているわけではないが、その技術には譲司も注目していた。ビートル・クリスタルの運用に新しい要素をもたらす可能性があると考え、最近ではメッセージのやりとりも行っていたのだ。

その『マシーン』が、襲撃を受けたというのか？

「どういうことだ？　いったい、なぜ」

後輩があわてながらも教えてくれた情報によれば、マシーンは、ゼブラヘッドとかいう若者で構成された新興の悪の組織によって攻撃を受けたらしい。理由は不明だが、施設は徹底的に破壊され、研究員たちも消えてしまったらしい。ハリスンとは違い、身を守るための設備もなかったのであろうから当たり前だ。

そして不可解なのは、その襲撃を行ったゼブラヘッドとかいう連中も数日たたないうちに消えてしまった、ということだ。

「……こりゃ、まいったな。やっぱり、施設を移動して位置情報を隠しておいて正解だった、ってことか」

ジョンの言い分ももっともだ。なんの前触れもなく突然攻撃を受ける、こういうことが現実におこりうるのだから。

「……くそ。僕が、もっと早く……彼らと……」

譲司はテーブルに拳を叩きつけた。

なぜこんなことをする。この平和な世界を乱すやつがいる。それを守ろうと、より多くの人を幸福にしようとする罪のない科学者たちを攻撃する。

譲司にはわからなかった。

※※

寒い。それは家に暖房がないからだ。

寒かったから、ゴミ捨て場から拾ってきた旧世代の灯油ストーブを使ってみた。

通報された。

火を使って暖をとることは犯罪だからだ。

何もなかった。国民の九八％以上に支給されるはずの携帯端末もない。それどころか個人識別番号すら第三種になっていて、ほぼ何もできないに等しい。

外に行けば、周囲の視線が痛い。

少し大人になった。

学校は辞めている。行けなくなったからだ。

働き口なんていうものはない。それはスラム近くに住んでいるから。父親が犯罪者だから。

遠い国にいるらしい機械を嫌っていた人たちや、自分たちだけの神様を信じている人と同じように、俺にはなにもない。

母親も死んだ。

母親の死の要因になった政治家は、今日も元気に生きている。

多分その政治家は可哀想な子どもに慰謝料を与える結果となって、むしろいいことをしたつもりなんだろう。

世界は、そういう風にできていて、俺は何もできない無力な子どもだ。

だから多分、ずっとこうして生きて、そしてそのうち死ぬんだろう。

※※

「……はっ！」

アパートの硬いベッドで目覚めた寧人。どうもうなされていたようだ。

「………夢か。最近あんまりなかったんだけどな」

今回はダイジェスト版だった。あらためて考えると本当にひどい人生だ。

「あ、やばい。遅刻する」

だが、今の寧人はそんな過去を気にしている余裕はない。今日も出勤する。世界有数の悪の組織『メタリカ』へと。

「おはようございます」

社会人生活にも随分慣れてきたものだ。普通に挨拶もできるようになった。

「おう。おはよう」

「……ああ」

「今日も頑張ろうぜ」

同僚たちはそれぞれの声のかけ方をしてくれる。

初仕事、そして異様に盛り上がった荒っぽい歓迎会を通して、寧人も営業部の一員として最近は認められているような気がしていた。

仲間、という感覚が新鮮な寧人にとって、それはとても嬉しいことだった。

「ネーイトっ！　おはよ♪　今日は一一時から課報課の報告会があるよ」

なかでも際立つのは自分のアシスタントであるアニスだ。彼女は寧人の庶務課時代最後の活躍を極大解釈しているせいで自分に好意を持っているらしいということは、さすがにもうよくわかっている。

それ自体は少し嬉しい。いやかなり嬉しい。毎日明るく可愛らしい声が聞けるのは素晴らしいことだ。これで彼女が普通に街中で知り合った女の子で、ついでにお父さんが普通の会社員ならなおいい。

「……おはよ。いつもありがとう」

「へへーっ。どういたしまして。うふふ」

なにやら今日はいつもよりさらに機嫌がいいようだった。理由を聞きたい気もしたが、もう始業時間だ。寧人は自分の仕事に取り掛かることにした。

営業部の仕事は思ったよりもデスクワークが多い。資料や報告書、あるいは企画部からの戦略提案を見て判断を下したり、各部署への依頼書をまとめたりする。今のところ、まだ一度も自分が前線に出たことはなかった。

寧人はデスクワークなどしたことはなかったので、最初はかなり苦労した。否《いな》、今でも苦労している。この前は営業部での初仕事をなんとか成功させることができたが、それにしたって提案書や稟議書を作るのも相当苦労した。

今日もデスクワークが山盛りだ。

早速取り掛かろうとしたが、始業後すぐに部長の泉に呼び出されてしまった。部長室に入り、ソファに腰掛ける。

「何かありましたか？」

「ああ。ちょっとお前に聞きたいことがある。それから、新しい案件についての相談もだ」

泉の顔はいつもより少し険しく見えた。

「はい」

「昨日お前が出したプランだが、これはどういう意図だ？　企画部が提出したものだと、C23地区のガーディアン部隊の壊滅が目標のはずだが、お前のプランでは少し離れたエリアへの攻撃を提案しているな。説明してくれ」

仕事の意図を聞いてくる泉。もしかしたら、俺を試しているのかもしれない、寧人はそう感じた。

「はい。その件ですか……。C23地区の拠点は守備が堅く、難攻不落です。ですが、企画部の戦略のとおり、落とすべき拠点かと思います」

「ではなぜ？」

「C23地区拠点の守備力を考えれば、普通に攻めてはこちらに被害が出そうです。なので、近くの土地を攻撃します。建物を破壊して、住民を威嚇します。住民への被害は最小限にしますが、派手に暴れます。そうすれば必ずＣ２３地区のガーディアンは救援に来るでしょう。そのときに倒します」

細かく言えばこの作戦には様々な準備や手順があるのだが、ざっくり説明するとこういうことだ。

「……彼らが救援に来なかった場合は？」

「来ると思いますよ。……でも来なかった場合はもちろん攻撃を続けてそのエリアを蹂躙します。……一般市民の危機を見過ごすようなガーディアンに価値はありません。俺たちが手を下すまでもなく、市民の声によって規模が縮小されるでしょう。だから結果は同じです」

「……なるほど。だが、この作戦のために、無関係なエリアを攻撃するのか？」

寧人は少し泉の質問の意図を考えた。

多分、泉が言いたいのは『自分たちの目的のためにそれほど非道なことをする覚悟があるか？』ということだろう。

「……それは」

寧人にしても、積極的にそんなことをしたいわけではない。罪悪感だってある。しかし、一方ではこうも思う。

俺たちは悪の組織なんだ。目的のためにその道に入ったんだ。普通の人ができないことを、悪という手段で実現する道へ。

だからやるんだ。それが間違っていたとしても、悲しかったとしても。迷うことなど……してはいけないのだ。

寧人は自分にたいした能力がないことは誰よりもよくわかっている。それでも進むと決めた。だから最初に成功させた営業部での仕事でもあんな手段をとった。そうするしかできなかったからだ。

「ええ、攻撃します」

だから、寧人はつとめて普通に、淡々と答えた。内心で思っている感情を見せるべきではないと思ってもいた。

「非道だな。……まあ、目的のためだ。許されるか。よしわかった」

「……はい」

泉は目を閉じたまま寧人の答えを了承した。それ自体は自分にとっては良いことだと寧人も思う。

しかし、泉は間違ったことを言った。

許されるはずがない。悪いことは悪いことで、壊れるものはある。だからその罪は罪としてあり、消えることはけしてありえない。だから、許されるなんて考えるべきではないような気がする。大事なことは、それでも躊躇はしない、ということだ。

寧人はそう思っているが、あえて口にはしなかった。

※※

寧人からの報告を聞いた泉は少しだけ困惑しつつも、どこか納得していた。

この数週間、泉は初仕事からしばらく、小森寧人の仕事ぶりを見ていた。

特殊な経歴をもつ寧人を見極めようとしていたからだ。

そうしたなかで、わかってきたことがある。

こいつの判断は、これまでの部下とは違う。

悪を成すのに一切のためらいがない。常軌を逸している。

泉ならば、同じ結論を出したとしても、悩むし、あそこまで断固とは言い切れない。

だがこいつは違う。

だからこそ寧人は仕事が早く、成果も大きい。庶務課から上がってきたという異色の経歴にも納得できるものがあった。

なぜなのかはわからないが、こいつには悪を成す天性のようなものがある。

それは才能と言っていいような美しいものではないのかもしれない。むしろ蔑《さげす》むべきことなのかもしれない。

しかし、それはメタリカという組織にとっては、輝く力なのだろう。

「……部長？　どうかしましたか？」

少し黙りこくってしまったので、寧人が心配そうにこちらを窺《うかが》っていた。

「ああ、すまん。それで、次の案件だ」

寧人を呼んだ本命の案件はここからだ。

泉は気を入れ直し、内容を告げることにした。

「先日制圧したナノマシン研究施設マシーンだが、メタリカの支配下においた上で別の場所で活動させていることは知っているな？」

「はい」

厳密に言えば、研究所を潰したのはゼブラヘッドであり、メタリカはそのゼブラヘッドを制圧したうえで同研究所を支配しているのだが、この際それは気にしない。

「その研究所の元職員から、少し面白い情報が入ったようだ」

面白い情報、それはあのビートルを生み出し、現在も運用している研究施設「ハリスン」についてのものだった。今のところ、営業部では泉以外は知らない情報である。

どうやらマシーンはハリスンとある程度のコネクションがあったらしい。

未確認ではあるものの、連絡用の専用コードすら存在していたようだ。

泉はその内容をそのまま寧人に伝えた。

「ハリスン……。あのビートルの、ですか？」

寧人が驚きの声をあげる。

当然の反応だろう。ハリスンが作り上げた科学の超人、ビートルの名を知らぬ者はいない。まして、ディランとの戦闘を経験した寧人ならばなおさらのことだろう。

メタリカは直接ビートルと戦ったことは今のところないが、それはただの偶然であり、メタリカに所属する者であれば基本的には『敵』として認識しているはずだ。

「そうだ。ビートルが活動を開始してからは国やガーディアンの協力のもと、研究所の情報が秘匿されてきたことは知っているな？　今回の情報はハリスンが現在のような状態になってから初めて入った貴重な糸口だといえる」

ビートルは強い。それはメタリカも認めている。

そして、ビートルには他のロックスとは違う点があり、その点をもってメタリカはビートルの存在を警戒し続けていた。

ビートルの特異性、それはそのあり方そのものにある。

ロックスは強い、だがその強さはあくまでも限定的なものだ。超人的な強さを持ち正義のために戦う彼らだが、その正体は漠然としているものが多い。なぜ強いのか、なんのために戦っているのか、そもそも誰なのか。

だから、いかにロックスが強くてもその力は限定的なものであり、その強さは他者が再現することはできないものばかりだ。

だがビートルは違う。ハリスンという超科学研究所は合法的な団体であり、ビートルの強さは科学によって作られている。だから理屈の上では再現することが可能なものであり、量産されることも考えられる。

もちろん、ビートルはいまだ試作機であり、ハリスンは実戦テストをしつつその完成に努めている過程の段階に過ぎない。装着員の情報すら明かされてはいない。

ハリスンはその過程の途中で技術を危険な勢力に奪われないように研究施設の詳細を隠しているが、もしこれが完成したのならば、間違いなくそれはガーディアンによって広く運用されることになり、そしてメタリカの脅威になるだろう。

そうした事情に思いが至ったのか、寧人は神妙な面持ちで口を開いた。

「……ハリスンを、制圧するんですか？」

寧人はやや重たい表情だった。

「いや、今はそういう段階ってわけじゃない。企画部からの戦略案もまだ下りてきていないしな。そもそも連絡用のコードが見つかっただけだ。こちらからメッセージを送ることはできるようだが、高度なプロテクトがかかっていて位置を探知するまではまだできないようだしな」

さすがはビートルを生んだ施設だけあり、そうやすやすと尻尾をつかませてはくれない。泉は少しばかりその点に感心しつつ、その上で思いついたことがあった。

「……じゃあ、いったい……？」

泉の意図を図りかね、寧人は困惑した表情を浮かべている。

それももっともだ。

泉自身、こんなことを新入りの寧人に言い出すのは少し迷ったものだ。だが、それでも試してみたくなったのだ。最悪の場合、自分が責任をとってやってもいい。

どうせ誰がやっても万に一つ、という可能性は変わらないのだ。ならば、このおかしな男がどう動くのか見てみたい。泉はそう思った自分の心のままに、寧人に次の言葉を伝えた。

「ハリスンへの連絡用コードをお前に預ける」

手に入れたファクターを前線で生かすのは営業部の役割だ。この件はかなり重要度が高い、だがだからこそ、コイツにやらせてみたい。ディランとの交戦経験があるから、ではない。営業部の一員として働いてきたコイツだからこそ、やらせてみたい。泉はそう思っていた。

「……え？」

寧人はあっけに取られて口をあけていた。この辺はまだまだ子どものようでもある。

「別にそれを使ってなにをどうしろ、とまでは言わん。少しでも情報をつかめればそれはそれでかまわん。思ったとおりにやってみろ」

寧人は言われたことを理解するのに数秒を要したが、おずおずと口を開いてきた。

「どうして、俺、なんですか？」

戸惑っているが、いちいち親切丁寧にこれに答えてやるほど泉はいい人ではない。

「俺は、初めて行ったバーでバーテンダーの実力がわからないときは、とりあえずマティーニを頼む」

「マティーニ？　すいません。全然意味がわからないです」

寧人はぽかんとしている。そういえばコイツは酒の席では焼酎《しょうちゅう》ばかり飲んでいた。

「あー……んんっ！　まあ、深く考えるな」

我ながらわかりにくい上にキザったらしい比喩を使ってしまった。泉はそう思い、強引に話を切り上げることにした。

「以上だ。わかったら行け」

「……はい」

寧人は納得したのかしていないのかは知らないが、とりあえず了承して部長室のドアに向かっていく。そして、その途中で振り返り、なにやら口ごもりつつ言ってきた。

「あの……」

「どうかしたか？」

寧人は泉の言葉に対して、少し間をあけて、こう続けた。

「ビートルは……俺たちの敵なんですか？」

そう言った寧人の顔は、どこか悲しげだった。

泉は、その質問には答えなかった。

※※

ビートルを擁《よう》する研究施設、ハリスンへの連絡用コードを預けられた寧人だったが、その日すぐにこの案件に着手する気にはなれなかった。

その理由としては、他の仕事を片付けてから集中して臨みたいということもあったが、寧人自身がこの仕事に対して、つまりはビートルに対しての自分の気持ちを整理しきれていなかったからということのほうが大きい。

この俺に、あのビートルをどうこうしろ、というのか。それを思うとどうもいつものように即座に決断をすることができずデスクに座ったまま午後の大半を無駄にしてしまった。

おかげでアニスにも心配されてしまっていた。

もう営業部全員が知っていることだが、彼女はああ見えて、また、悪の組織の令嬢であるにもかかわらずよく気がつくいい子だ。今回のことも寧人がビートルのことについて考えていることをすぐに察していた。

「何かわたしにできることあるかなぁ?」

そう言ってもらったので一つだけ頼みごとをしてみた。

きっとアニスにはなんの意味があるのかよくわからなかったはずだが、それでも元気な笑顔で応じてくれた。

頼みごとをしてから三〇分ほど時間がたっただろうか、アニスがなにやら嬉しそうにこちらに駆け寄ってくるのが見えた。

「ネイト! さっき言ってた本、見つかったヨ。すごく古い本だけど、都内の本屋さんに一冊だけあるんだって。さっき連絡しといたから取り置きしてくれるよ」

「え? もう見つかったの?」

アニスにとってはなんの意味もない本のはずなのだが、それが見つかったことをとても喜んでいるようだった。それにしても、紙の本が珍しくなった現代においてこのわずかな時間にそれを探し当てられるのはさすがだ。

「え、えーっと……」

自分で頼みごとをしていてなんなのだが、寧人は一瞬反応に困ってしまった。

「えへへ。すごいでしょ! ほめてほめて」

まったく照れる様子もなく、彼女はストレートに感情をぶつけてくる。

「えっと、そうだな。うん。すごい。ありがとう。アニス」

「やった♪　ネイトに褒められた！　わーい！」

いやお前が褒めろと言ったんじゃないか、と思わないでもなかったが、そう言ってポニーテールをヒョコヒョコと弾ませてはしゃいでいるアニスを見るとなんだかどうでもいいというか、むしろ寧人のほうも少し嬉しくなってしまった。

「ははは。いや、ホントにありがとな。アニス」

「ドーイタシマシテ！」

アニスが見つけてくれたその本は、寧人が随分昔に読んだことがあるものだった。

タイトルや著者名なんかは覚えていない。というか、スラムのゴミ捨て場に落ちていたのを拾ったものだったので、そもそもカバーなんかが最初から破れていたのだ。二、三回読んだころくらいに住んでいた家がガーディアンに差し押さえられてしまったので、どこにいったのかわからなくなってしまった本だった。

ただ内容はボンヤリとだがいまだに覚えている。子どもには難しい内容だったように記憶しているが、他にやることもなかったのでじっくり読んでいたんだろう。そしてそれはひどい生活をしていた少年時代の寧人にとってとても印象深い内容だったのだ。

漠然とした内容しかわからなかった本を探してきたアニスは本当にすごいと思う。これもクリムゾン令嬢の受けた英才教育のたまものなのだろうか。

「わたしが買ってくる？」

「いや、いいよ。俺が自分で行ってくる。本屋の場所とタイトルだけ教えてくれるか？」

そろそろ終業時間だし、外は少し寒いしな。そう思った寧人は気分転換もかねて自分で本屋まで行くことにした。

アニスから聞いた本のタイトルは『二一世紀の終わりと人の知恵』。

あー、たしかにそんな感じの内容だったな、と寧人は一人納得した。

別に直接的な関係はない。だけど、ビートルのことが仕事の案件として下りてきたとき、寧人の頭に最初に思い浮かんでいたのはこの本だった。多分、泉の指示を受けてなんとなく悲しい気持ちになったのはそれが原因なんだろうな、と思っている。

※※

目的の本屋は電車で四駅とそう遠くはなかった。スラムギリギリに位置するそのエリアはどことなくうらぶれており、街全体が薄暗い。まるで、時代に取り残されてしまった場所のようだ。電子書籍全盛の時代であることを踏まえて考えても、寂しすぎる場所だ。

少し歩くと小さな建物が見えてきて、中に入る地下への階段が続いていた。そこは非合法な酒場かなにかのようで、とても本屋であるようには見えないが、アニスに教えてもらった場所はたしかにここだ。

「いらっしゃいませ」

重い手動ドアを押し開けると、やはり暗い老人の声が聞こえてきた。店内を見渡してみると、たくさんの本が並んでいる。外観のイメージとは異なり、たしかに本屋ではあるらしい。

「……」

別にすぐにレジに行って目的の本だけを買ってもよかったのだが、本屋に来るのはとても久しぶりだったので、なんとなく見てまわりたくなったのだ。

『宗教』『歴史』『哲学』、コーナーが分けられて本棚が設置されているようだった。

「……あれ？」

本棚に並ぶラインナップも、何かこの本屋は普通と違う。

だが、何が違うのかすぐにはわからない。

「……あ。これって」

その違和感の正体に寧人が気がついたのは『童話』のコーナーに差し掛かったときだった。

桃太郎、と表紙に書かれた本があったのだ。

この物語の本を見るのは初めてだったし、こういう物語が存在することも最近まで知らなかったが、どんな内容なのかは知っている。庶務課時代に先輩の間中さんが教えてくれたからだ。

たしかこの物語の本は二〇年以上前に発売禁止となり、学校現場などで子どもに教えるのも禁止されているはずだ。なぜそんな本が普通に置いてあるのだろう。

思わず手に取ってそれをマジマジと見てみると、発行年月日がなんと二世紀前であることがわかった。

あわててさきほどからなんとなく違和感を覚えていた他の棚の本も手に取ってみる。それらはいずれも随分古い時代に発売されたもののようで、一度も聞いたことのないような宗教についての本や歴史的事実が書かれていた。

違和感を覚えるはずだ。この本屋の商品には、もう一般的ではないものが紛《まぎ》れ込んでいる。

そうか。ここは、そういう本屋というわけか。寧人はそう理解した。

そういえば随分古い本だったし、もしかしたら俺が買いに来た本もその一つなのだろうか。

「あ……、これだ」

探していた本はすぐに見つかった。『二一世紀の終わりと人の知恵』、多分これで間違いない。寧人はレジに向かう前にその本を少しだけめくってみた。

序章にはこんなことが書いてある。

《今からほんの五〇年くらい昔は、電波が届かない場所が地球上にたくさん存在したことを知っているだろうか？　車が走っているところを一生見ない人や、コンピュータが存在することを知らない人がいたという事実はどうだろう？　その時代には、世界共通の個人識別番号制度も導入されていなかったし、畑という場所で毎日働いている人もいた》

ああ、そうだ。たしかに読んだ記憶がある。寧人は少年時代の遠い記憶をおぼろげに思い出した。

この序章で書いてある内容は学校で習ってもいたし、知識としては寧人も知っている。でも正直、現実感がない話だと思う。きっと最初にこれを読んだ子どもの頃もそう思ったはずだ。たった五〇年前のことなんてとても思えない。

今では衛星を中継して全世界がネットワークでつながっているし、地球環境への影響がごく小さいエコカーを誰もが普通に使っている。バイオプラントで作られた野菜を美味しく食べている。それを思えばびっくりするくらい昔とは違う。

《当時、世界には数多くの宗教と思想が存在した。現在みられるようなごく一部の狂信者によるものではなく、それは一般的なことだった》

ナントカ教、ホニャララ主義、寧人が一度も耳にしたことのないものばかりだった。

現代世界では、サバスやアンスラックスといったごく一部の人々以外はみな一定水準の科学技術や考え方を共有して生きている。それは、功利主義、という考えに基づくものだそうだ。

この本には、そうしたことが書いてあった。色々なものが生まれて、色々なものが消えた二一世紀という時代。現代を生きる寧人からすれば前世紀の出来事を、冷静に見つめている。

「お客さん、あんた、取り置きの電話をした人だろう？　立ち読みは遠慮してもらえるかね」

不意にしゃがれた老人の声に注意を受けた。ああ、そうだ、買いに来たんだった、ということを思い出した寧人は本を片手にレジへと向かうことにした。

※※

寧人は自分の住まいのワンルームマンションでその本を読み終えた。

「……そうだよなぁ……」

思わず独り言が口をつく。これを読んだ子どものときの気持ちがありありと蘇《よみがえ》ってくる。

俺は、本質的にはあのころから変わってないみたいだ。なんて思う。

あらためて読み返してみても、その本から寧人が感じるのは二つの思いだった。

一つ目は、希望。

二一世紀末に書かれたその本には、発展する科学技術や人類共通の理念が世界を豊かに変えていったし、それはこれからも続くだろうと書かれている。

本を読んだ少年時代の当時、スラムすれすれのエリアで暮らしていた寧人にとっては夢のような内容だった。

快適に過ごせる空間、誰とでも瞬時につながれるネットワーク、人々の暮らしを守るテクノロジー。

この世界には頭のいい人たちがいて、そういう人たちが頑張って世界を豊かにしていっている。

すごい、カッコイイ。素直にそう思ったし憧れた。そういう豊かな世界の恩恵のすべてを受けられる場所にいなかったからこそ余計にそう思うのだろう。

でも一方でこの本からは別のことも感じられた。

なんとなく嫌だった。

子ども時代はなんとなく、と思っただけだったが今読んでみるとどうして当時の自分がそう思ったかよくわかる。

この無くなってしまった宗教を信じていた人たちはどうなったのだろう。毎日畑に出て働くのが好きだった人たちは今なにをしていてどう思っているんだろう。個人識別番号制度は導入時に世論が反発して揉《も》めたらしいけど今はまるでそんなこと当たり前みたいになっている。なんでだろう。

どうして、俺が考えているようなこういうことを誰も思わないのだろう。そういうことが気持ち悪くて嫌だったんだ。

少し考えて理由がわかった。

寧人はいわゆる『普通』の社会には生きていなかった。

俺は底辺にいて、学校も途中で辞めた。普通の世界の外にいた。だからこういう気持ちをずっと持っているんだ。そうじゃなければみんなと同じように『だってそれはそういうものだから、当たり前だから』と思っていたはずだ。でも俺は違った。そして多分、俺がメタリカに入ったのはこのことに起因している。

「ビートルを作ったやつはどう思うのかな……」

寧人が新しい仕事の案件を受けてこの本のことを思い出したのは、ビートルから連想したためだ。

発展した科学を用いて人々のために戦うヒーロー、ビートル。

寧人はロックスに憧れていたが、なかでも数年前に活動を開始したビートルを特別に思っていた。それは多分、この本に書かれている希望の象徴のような存在だからだ。

発展した科学の力を用いて、今ある世界を守るのがビートルだ。しかも他のロックスのように超自然的な力を振るう謎の存在ではない。個人情報の公開こそされていないが、一人の科学者が仲間と協力して作り上げた力だそうだ。

ビートルはその力で災害から人々を守り、世を乱す悪党と戦っている。

世の中にはなんてすごいヤツがいるんだろう。心からそう思っていたし尊敬していた。それは悪の道に入った今でも、矛盾していると思いながらも変わらない。だから、そんなビートルにメタリカとして係わらなければいけないことが少し悲しく感じたのだと思う。

しかし、今の自分はメタリカの一員であり目指すものがある。そのために走ると決めたはずだ。それを場合によって使い分けるのはダメだ。

そして今やるべきことはビートルを有するハリスンに接触することだ。

泉は情報を取れればいいと言ったが、メタリカとしてはビートルの脅威を消すことができればそれがベストのはずだ。それを自分が成し遂げることができたのなら、頂点への道を一歩進める。

「……ふーっ……」

寧人は深く息を吐き、とりあえずどうするかを決めた。

まずはハリスンにコンタクトを取ることだ。大体《だいたい》所在地すらわかっていないのだから、すぐに武力でどうこうというような話ではない。

いずれにしろ、相手の出方や情報をつかまなくては勝つことはできない。

寧人はそう思い直すと連絡用コードの使い方を決め、そしてそのための下準備を始めた。

大事なことは二つ。ハリスンに所属する者の人間性を知ること、そしてビートルの戦いをこの目で見る機会をつくることだ。

※※

ビートルスーツの装着員である譲司だが、なにも一日中スーツの調整やトレーニングをしているわけではない。その日の成果をレポートアップするためにデスクワークをすることもある。

そうした作業中に、そのメッセージは届いた。

「……なっ!?」

譲司は思わず驚きの声をあげてしまった。

なぜ、このコードでのメッセージが着信する?

これはゼブラヘッドとかいう連中に攻撃されて壊滅したはずの研究施設『マシーン』からの専用コードだ。そしてそのゼブラヘッドという組織が今どうなっているのかはわからない。

消息不明になっているマシーンの研究員からメッセージが来るというのは、いったいどういうことなのか。

「どうしたんだジョージ？　何か問題でも？」

ジョンが不思議そうにこちらを見ている。自分がこういう声をあげたのが珍しいのだろう。

「ジョン、これを見てくれ」

譲司は事態を説明し、研究所所長にも確認を取った上でメッセージを開いた。セキュリティはほぼ完璧だ。なんらかのウイルスであったとしても十分に対応はできるとの判断だった。

「……どういうことだ？」

メッセージには、自分が研究施設マシーンの生き残りであること、そして何とか確保することができた研究のデータをハリスンに渡したいこと、そのためにハリスンの人間と直接接触したいことが書かれていた。

「……不自然だぜ」

ジョンや他の研究員はみな声をそろえてそう言っている。

当たり前だ。譲司も同じように思う。

悪の組織に攻撃された研究所でただ一人の生き残り、というのがまず疑わしい。仮にそうであるのならばなぜガーディアンの保護を受けようとしないのか？

そして直接の接触を求めているところも裏があるように思える。

「どうするんですか？　赤星主任」

譲司は少し考えたが、無視するわけにはいかないと判断した。そもそもマシーンの研究データはこちらが求めていたものでもある。そして、もしこのメッセージが本物だと仮定するならば、確かにハリスンにデータを渡すには直接コンタクトを取るしかない。ハリスンの位置情報は秘匿されており、この連絡用コードではセキュリティ上の都合から一定以上の情報を送れないからだ。

譲司は自分の考えを伝えた。

「何か大事なことなのかもしれないし、事情があって僕たち以外と接触するのを避けていることも考えられる。だからコンタクトは取る方向で考えよう。時間も場所もこっちが指定すればいいし、ガーディアンに連絡して周辺を警戒してもらえばリスクは少ないはずだ」

ビートルを擁するハリスンに対し、ガーディアンは協力的だ。そのくらいはしてくれるだろう。また位置を秘匿しているハリスンでコンタクトを取るわけにはいかない。

できれば日中の市街地など、安全性を確保でき、かつこのメッセージの人物が容易にやってこられる場所が望ましいだろう。そして念のためにもう一つ。

「この人物とは僕が会おう」

譲司はそれだけはすぐに決めていた。

「なっ、バカ言うなよ。お前はビートルの装着員なんだぞ！　もし何かあったらどうするつもりだ？」

ジョンは焦った声をあげるが、そんなことは譲司だって承知の上だ。

「だからこそだよ。何かあったときに一番対応が効くのは僕だ。ビートルスーツは近くに運び込んでおいて、遠隔機動装置を持っておけばいい」

可能性としては低いが、このメッセージの主はハリスンの研究員に危害を加える、具体的には拉致などを仕掛けることが考えられる。理由としてはこちらの情報をつかむため、などだ。

そうした事態を避けるためにガーディアンに協力を仰ぐが、もしガーディアンで対応できないようなことがあれば、そのときはビートルの力を使うしかない。

「で、でもよぉ」

「大丈夫さ。大体、開発者の一人ってことはともかく、僕がビートルの装着員だってことは公表されていないんだよ？　いきなり襲い掛かってきたりはしないさ」

みんなは心配しているが、譲司は意見を曲げるつもりはなかった。

もしも、本当にこのメッセージがマシーンの生き残りの研究員からであるのなら、絶対に会わなければならない。

それはデータのためだけではない。その人物を保護する必要からだ。社会に貢献できる研究を続けていた人を、同じ研究者として無碍《むげ》にはしたくない。

それにもし何らかの裏があった場合、このメッセージを送ってきた人物はマシーンの壊滅に関与している者だという可能性が高い。

これも無視することはできない。

今まで何度か実戦の場を経験しているとはいえ、譲司にとってはこれまでなかった危険を伴う行動だ。

正直に言うと怖い。しかしそれでもやらなくてはならない。それは科学者として、そして英雄と呼ばれる存在になった者としての使命なのだ、譲司はそう思っていた。

「……ったく。お前、見かけのわりにはホント頑固だよな。仕方ない。でも、お前一人では行かせないぜ。ビートルの運用にはスタッフも必要だろ。何人かは同行して、少し離れた位置で見守らせてもらうからな。もちろん俺もだ」

ジョンは呆《あき》れたような顔をしてそう呟き、研究所の仲間たちもそれに同意した。

彼らもまた、譲司と同じだ。世界に貢献する科学者としての矜持《きょうじ》を持ち、ビートルと共に戦う者たち。それがわかっていたから、譲司は今回の決定をしたのだった。

※※

ハリスンからのレスポンスは寧人の予想よりも早かった。即日こちらとコンタクトを取ることを了承し、時間や場所を指定してきたのだ。

彼らが指定してきたのは、日中の緑地公園である。ガーディアンの基地にも近く、仮に戦闘が発生したとしても市民の避難さえ済ませれば被害が最小に抑えられるポイントだった。このことから二つのことがわかる。

ハリスンはこちらのメッセージを信頼していないということ、そしてそれを踏まえた上で戦闘まで想定して最適な選択を取ることができる組織であるということ。さすがはあのビートルを運用しているだけのことはある。ただの科学研究所とは違うというわけだ。ガーディアンが周辺に展開していることは間違いない。

寧人は少し感心しつつ、その日の午前中に必要な準備を済ませた。そして指定された緑地公園に向かう。

もちろん、寧人のほうも無防備に現場に赴くほどバカではない。周辺には市民や清掃員の擬態をしている庶務課戦闘員を配置してあるし、武装車両も待機させておく。

やや離れた場所に待機しているアニスに指示を送れば一斉に攻撃をしかけることも可能な状態だ。

「ネイト、本当に大丈夫？　もしビートルが出てきたら、危ないよ」

ありがたいことにアニスは直前までそう心配していた。そして正直に言えば寧人も不安ではある。

もし戦闘になった場合、自分の命の保障はないのだから当たり前だ。

だが、同時にこれは必要なことだとも認識しているし、自分なりの考えもあった。

メッセージを送った上で直接対面するというのは考え無しの無謀に見えるかもしれないが実は違う。

戦うには相手を知らなくてはならない。それには直接会うのが一番だと思う。

『どんな手を使ってでも勝つ』『卑怯《ひきょう》でも外道でも、容赦はしない』、これは庶務課時代に今は亡き恩人である間中から教えられたことで、寧人が目指す戦い方だ。非道な策を打つ上では相手の情報を知っておくことが不可欠だ。

それに、こちらが仕掛けなければ多分戦闘にはならない。周辺の市民に被害を出したくない、という思いが強いのは間違いなくハリスンのほうだからだ。

そしてこのコンタクトにはもう一つ、大事な意味がある。午前中にしたことはそのための下準備だった。おそらくは上手くいくと思っているが、確信があるわけではない。

寧人は緊張と不安を感じつつも、それをけして悟られることがないように努め、緑地公園内の指定ポイント、噴水前の広場に向かった。

心臓はバクバクいっているし汗も冷たく感じる。ダメだ。冷静になれ。俺は悪人なんだ。

そしてこれは悪として昇っていくためのステップなんだ。落ち着け。

寧人は一度深呼吸をして、広場を見渡した。

「……あいつ、か」

広場にはたくさんの人がいる。バドミントンで遊んでいる家族連れ、将棋を指している初老の男性、アイスクリームを食べているカップル。そんななかに混じってベンチに腰掛けている男がいた。スラリとした長身にまとった白衣、寧人よりは二つ三つ年上だろうと思われる。

聡明《そうめい》そうな顔つきからも彼がハリスン研究員であることが感じられた。

寧人は男にゆっくりと近づいた。

「こんにちは。ハリスンの方ですよね？」

男のほうも寧人に気がつき、立ち上がってこちらを見た。隠してはいるが警戒の色が見て取れる表情だった。

「ああ。僕はハリスン所属、赤星譲司。メッセージを送ってきたのは、君かい？」

当然この男はこちらを疑っているだろう、赤星譲司という名前は多分偽名だろうし、そもそも本当はガーディアンの戦闘員で、科学者然とした雰囲気は偽装の可能性もある。だがそれはそれでかまわない。赤星と名乗るこの男の背後にハリスンがあるのは間違いないからだ。

「はい。僕は小森寧人と言います。……えっと、座りませんか？」

どうせ赤星もこっちが本名を言うとは思っていないだろう。ならイチイチ偽名を使うのも面倒だ。寧人はそう考えて答えた。

「そうしようか」

二人は儀式のように言葉をかわし、ベンチに腰掛けた。

二人の周辺にはキラキラと輝く噴水や、楽しげに過ごす人々といった平和そのものの風景が広がっている。が、隠れているだけでそこらじゅう武装したメタリカ戦闘員、そしておそらくはガーディアンだらけなのだ。

それを知っている寧人にはこの日常風景がまるで張り詰めた糸であるように感じられた。

「……小森くん、でいいのかな。それで？　君がマシーンの生き残り、というのは本当かい？」

赤星は率直に聞いてきた。

さて、どう答えたものか。寧人が思案しかけたが、さらに赤星は言葉を続けてきた。

「もし、そうだと言うのなら、いくつか質問をさせてもらう。君が本当にマシーンの研究員だったのなら当然答えられるはずの、専門的なことをね」

赤星の視線は鋭い。寧人はこの接触に備えてマシーンの研究の概要程度は予習していたが、科学者に専門的なところまで突っ込まれたらボロが出るのは避けられないだろう。

ハリスン所属かどうかは知らないが、この赤星という男は本当に専門的な科学の知識を持っているのだろう。今の言葉からはその自信が感じられた。

この場に出向いてきた行動、そして専門的な科学の知識を持っているという事実。ガーディアンなのか研究員なのかは知らないが、少なくとも赤星はハリスン内においてある程度の発言力を持つ人物である可能性が高い。それは彼の持つ雰囲気とも合致しているように思えた。

この場に出向くのは相手からすれば危険を伴う行為のはずなのに、赤星には恐怖の色は見えない。それどころか即座にこちらを探る質問をしてきた彼は胆力《たんりょく》もあり、かつ聡明な人物なのだろう。

仕方がないな。寧人はそう判断した。

「まさか。俺が科学者に見えますか？」

寧人が答えると、男は右手をかざした。多分これは「待て」の合図だろう。なるほど今の会話は周辺に展開しているガーディアンやハリスンの研究員には全部筒抜けというわけだ。

「……わからないな。なら君は何者なんだい？」

冷静な男だ。赤星のほうもこちらから情報をつかもうとしている。それは壊滅したマシーンのためか、それともビートルにとって脅威となりうる存在への備えのためか。

「そうですね。たまたま連絡用コードを入手したある組織の下っ端ですよ」

鼓動《こどう》がうるさい。俺は今、怖がっている。

寧人はそう自覚しつつ、だが極めて平静な顔で答えた。

まだだ。逃げるわけにはいかない。聞かなくてはいけないことがある。それに例の件がまだだ。時間も稼がなくては。

※※

譲司は同じベンチに腰掛けている男、小森寧人を計りかねていた。細身で小柄、穏やかな表情を浮かべている彼は科学者には見えない。が、悪人にも見えない。どちらかといえば、優しく気弱そうに見える。

だが状況と彼の言葉から判断するに、彼がマシーンの壊滅になんらかの形で関与しているのは間違いないのだろう。

「ある組織？　それはゼブラヘッドとかいうところかな？」

「違いますよ。あそこはもうない」

寧人は淡々とした語り口だった。

「答えるつもりはない、ってことかな。じゃあ、いったい君の目的はなんなんだい？　ハリスンと接触した理由は？　まさかここで僕を取り押さえて情報をつかもうというんじゃないよね」

もし彼がそう考えているのならそれは甘い。ガーディアンが周辺を警戒していることもあるが、この僕自身がそれをさせない。仮に寧人のほうも戦力を配置しているとしてもだ。

譲司はビートル装着員として過酷なトレーニングを積んできた。今ここで寧人が武器を取り出して攻撃してきたとしても対応できる自信がある。近くではジョンたちハリスンの仲間がすぐにでもビートルスーツを機動させることができるし、即装着することができる。

「いえいえ。攻撃するつもりなんてないですよ。自慢じゃないですけど、俺はあんまり戦闘能力に自信があるほうじゃないんで。……そうですね。ちょっと話がしたかっただけですよ」

「話？　それだけのために、わざわざこんなことを？」

寧人が悪に類する組織の一員である可能性は極めて高い。そしてそれは周辺のガーディアンもわかっている。いわば彼はかなり危険な状態にあるといえる。そこまでしていったい何を話すというのだろうか。

「そうですね。えーっと、一応、あなたがハリスンに所属している、という話が本当だとして話します」

寧人はこちらがハリスン研究員であることを疑っているのだろう。それは当たり前だ。

ましてビートル装着員である譲司がこの場に来ているなどと思ってもいないはずだ。

「ああ、それは信じてくれていいよ」

「俺の組織に降《くだ》りませんか。もちろんビートルも一緒に」

二人が腰掛けるベンチは人々の憩いの場である緑地公園の中心であり、周辺には平和な光景が広がっている。そんななか寧人がポツリと放った言葉はあまりにも違和感があるものだった。

だが、彼の口調は極めて真剣そのものであり、そこが異常に感じられた。

「……僕が了承すると思うのかい？　小森くん、君は組織のことも目的もなにも明かしていないが、合法的なものではないんだろう？　そもそもハリスンはどこかの組織に加担するつもりはない」

譲司もまた冷静に答えた。彼が何を言おうとこの答えは変わらない。強い思いからの言葉だった。

「そうですか。それはなぜですか？」

ベンチに腰掛けた寧人は視線をこちらにあわさず、前を向いてバドミントンをしている子どもを眺めながらそう聞いてきた。

「なぜ？　当たり前だよ。科学技術というのは世界の平和と幸福に貢献すべきものだからさ。僕らには力を持つ者としての義務がある」

これは譲司が仲間とともに信じてきた信念である。この強い気持ちがあったから努力してこられた。ビートルを作り上げ、そして戦うことができた。だから譲司は力強く答えた。

「……なるほど。だからビートルは戦うんですか？」

「ああ。そうだよ」

寧人は一度考え込むように目を閉じ、さらに質問を続けた。

「……世界中には色んな悪の組織がいて、改造人間もいれば超兵器もある。ビートルだって無敵ってわけじゃないから、戦いには危険がつきものです。それでもハリスンは戦うんですか？」

寧人の質問は譲司自身、過去に何度も自問自答したことだ。危険にさらされることはあるし、トレーニングや戦いはつらいことのほうが多い。辞めてしまおうと思ったことだってある。だが、そのたびに乗り越えてきた。それは信念のためだ。

科学は人を幸せにするものだ。そして現代の世界では、不当に世を乱す悪から人々を守る力としてあるべきだ。

そして力を持つものには責任がある。過去の歴史を紐解《ひもと》けば、核融合やダイナマイトなど、科学的な発見が悲劇につながった例は少なくない。

ビートルの力を正しくない誰かに利用させるわけにはいかない。だから譲司は寧人の問いかけに力強く答えた。

「もちろんさ」

「死ぬかもしれませんよ。それでも、ですか？」

寧人の言葉は脅しというニュアンスではなかった。ただ、事実を告げているだけだ。だがそんなことは自分も、そしてジョンも、みんなも承知の上だ。

「ああ。これは僕だけの思いじゃない。ビートルを作った僕らみんなの信念だ」

寧人は譲司の言葉を受け、納得したような表情を浮かべた。

「……とても正しいことだと思います。実は俺は、あなたが何者なのか確信を持っていませんでしたし、この場に対応するために動員されたガーディアンかとも思っていましたが、よくわかりましたよ。あなたは、本当にハリスンに所属する科学者なんですね」

譲司の言葉を『正しいことだと思う』と言った寧人の言葉からは真摯《しんし》な気持ちが感じられた。きっと彼は本当にそう思っている。

状況を考えれば、どこかの非合法組織の一員である彼がそんなことを思うのは不自然なのだが、譲司にはそう感じられたし、そんな寧人に好感すら覚えた。

「さっき俺が言ったことは忘れてください。あなたのような人がいるからには、ハリスンが悪の組織に降《くだ》ることはないんでしょう」

寧人の話はそれで終わりのようだった。いったい彼は何者なのか、譲司には判断がつかない。

「小森くん、君は……」

譲司が寧人に言葉をかけようとしたそのときだった。耳に装着している小型通信機に連絡が入った。

〈聞こえるかジョージ。そのエリアの近くでちょっとやっかいなことが起きているらしい〉

ジョンから入ったその通信で伝えられた情報は、ガーディアンからの救援要請だった。

特殊兵器によって武装したテロリストが要人を拉致し逃走しているらしい。

このようなテロリストはレーザーや高周波ブレードといった高性能な武装を保有しているケースがあり、ガーディアンでは対応できないことが多いのだ。

今、ビートルスーツは事件現場に近いこのエリアで出動可能な状態であり装着員である自分もいる。それはガーディアンも把握していることなので、救援要請があったのだろう。

「どうかしましたか？」

急に黙ってしまった譲司に寧人が声をかけてきた。

この場に自分とビートルスーツがあるのは、寧人の呼びかけに応じたためだ。その近くで高性能兵器による事件が起きた。

タイミングが良すぎる。小森寧人の差し金だろうか。しかしそんなことをして何の得がある？

拉致事件が防がれる確率が上がるだけではないのか。

「……俺はそろそろ失礼します」

小森寧人はベンチから立ち上がった。このまま彼を行かせてもいいのだろうか。譲司は一瞬ためらったが、すぐに行動には移せなかった。寧人もそんな譲司の内心に気がついているのか、背を向けたまま告げてきた。

「わかっていると思いますけど、俺のほうも戦力をその辺に配置しています。戦うというのならやってもいいですけど、しないほうがいいし意味がない。あなたなら理解できますよね」

小森寧人の言葉は静かだったが、鋭かった。

もし、ここで寧人を止めたり攻撃したりすればこの緑地公園は戦場になる。一般の人々を避難させることはできるだろうが、戦いがどれだけの規模になるのかは予測がつかないし、被害をゼロにできる保障もない。

そして別件でガーディアンから救援要請が入っており、すぐに急行したほうがよさそうな状況のようでもある。

また、そもそも今の状況で戦ってまで寧人を押さえる必要性があるのか、という点もある。彼はただ話をしにきただけなのだ。あくまで素性を明かすつもりはないようだし、こちらに情報が漏れないような措置を取っているのだろう。何者なのかは気になるが、ビートルとして攻撃対象に設定するには根拠が薄すぎる。まさか捕らえて拷問するわけにもいかないだろう。

譲司は様々なことを検討し、小森寧人を見送ることにした。

「……そうだね。たしかに」

「ありがとうございます。話ができてよかったです。ビートル装着者の人にもよろしく伝えてください」

彼は一度だけ振り返ると譲司の顔を見て頭を下げた。

「ああ。伝えておくよ。小森くん、僕も君と話せてよかった。君が何者なのかはわからないけど、また会うことがあったら今度は物騒じゃない話をしたい」

譲司もそう答えた。おそらく悪の組織に属しているのだろう若い彼だ。いったい何者だったのか、なんのために自分と接触したのか、という疑念は残る。だが不思議なことに嫌悪感や敵対心は生まれなかった。

「……今は、それよりも」

そのまま寧人に背を向け歩き出した。新たな事態の対処へと気持ちを切り替える。

ビートルの力が必要な事態が起きている。なら僕は行く。

※※

寧人は赤星との接触を終えたあとすぐに、とあるビルの屋上に移動していた。こんなことにヘリを使えるのはさすがメタリカ営業部だとは思いつつも、さきほどの赤星とのコンタクトを思い出すと体が震えてくる。

「え？　そうなの？　ネイト、さっきあんなに冷静でヨユーなカンジだったのに？」

傍《かたわ》らではさきほど合流したアニスがきょとんとしている。

「あれは、無理してそうしてただけだよ。赤星さんとかガーディアンが襲ってきたらどうしようかと思ってた」

アニスはわかっていない。根本的に俺は臆病者なのだ。ガーディアンは公的な存在でありハリスンも基本的には平和的な組織で、防衛以外の戦いに積極的でないことはわかっていたが、それでも怖いものは怖い。赤星はとても誠実そうで理知的な男だったが、奥のほうには断固とした強さのようなものが感じられた。もし彼が本気でこちらと敵対していたら無事では済まなかったかもしれない。

そういうわけなので、寧人は隠してはいたものの、あのときは普通に怯《おび》えていた。

また、あえてそれをアニスに素直に伝えた。この子は俺に関してとても好意的ではあるが、多大な勘違いをしている。好意を向けられるのはありがたいことでもあるのだが、誤解は早めに解いておいたほうがよさそうだとの判断からだった。

しかし、アニスの反応は予想とは違っていた。

「そーなんだ！　ネイト、すごいね♪」

「なにが？」

「だって、わたし、全然わかんなかったヨ？　本当に全然怖がってないより、怖いのを全部隠してるほうがすごいと思うな」

なにやらアニスは嬉しそうにはしゃいでいる。寧人にはよく意味がわからなかった。

まあたしかに、結果としては良かった。赤星と接触して言葉を交わしたことで、自分のなかで納得できたことがあったからだ。

「そいえば、ネイトの狙いは上手くいきそうなの？」

少し黙ってしまった寧人をアニスが上目遣いに見つめてきた。

「……まあ、一応」

あの赤星という男はおそらくは本当にハリスンの研究員なのだろう。ハリスンに所属する人間がどういった考えを持っているのか知りたい、というのがコンタクトを取った一つ目の目的であったが、それは問題なく果たすことができた。

そしてもう一つ。ビートルが戦う現場をこの目で見る、という目的は去り際の赤星を考えればまもなく達成できるだろう。

「あ！　ねぇ、そろそろ時間だよ」

アニスの言葉を受け、寧人はビルの下を走る車道に視線をやった。

もう間もなく、さっき連絡があったとおりにこの下をテロリストの乗った特殊車両が通るはずだ。拉致した要人も一緒だろう。おそらく交渉のカードとして使うために、だ。

そうなるように仕向けていた。

このテロリストは全盛期にはそれなりに大きな悪の組織だった『イエローカード』の残党だが今ではたいした勢力ではない。

彼らにとって都合の悪い政策を掲げる政治家の情報を流し、資金を用意してやればある程度こちらの思うとおりに動かすことができる。イエローカードの残党には短絡的な行動に出る者がいるということは営業部の研修でも学んだとおりだ。

そして、そんな彼らを扇動して事件を起こすかたわら、ガーディアンにも情報を流している。この準備に午前中いっぱいかかったが、間に合ったようだ。

「ネイト、見て！」

アニスは右手でこちらの腕をとり、左手で下方を指さした。不意にアニスが近づいてきたせいで、いい香りがしたため、少しあわててしまいそうになったが、なんとか抑える。

今はそんな場合ではない。

アニスが指さした先に遠望用のグラスモニタを向ける。そこには装甲と武装がほどこされたトレーラーとそれを取り囲むように走る戦闘用ホバーバイクの姿が見えた。

トレーラーもホバーバイクも高性能であることが見て取れる。なるほど『イエローカード』装備はなかなか充実しているようだ。やはり並のガーディアンの手にはあまるらしく、イエローカードの残党たちはガーディアンの掃射攻撃を軽々とかいくぐり、バリケードをやすやすと強行突破していく。

だが、彼らには申し訳ないがその疾走はもうじき止まるし、その計画を完遂することはできないだろう。なぜなら。

「……来たか」

そこには、ハイテクの結晶があった。テロリストの強行部隊の後方に迫り来る青い影。寧人のもつグラスモニタ越しにもその迫力が伝わってくる。

必ず来ると思っていた。万が一に備えてビートルスーツは用意しているだろう、そして目前の悪事を見過ごしはしないだろう。そう考えたから、寧人はこの状況を用意したのだ。『イエローカード』には申し訳ないが、ビートルの戦力を図るために、扇動させてもらった、ということだ。

「あれが……ビートルか」

透明な羽状のパーツを広げ、スラスターを噴かし、ホバークラフトのように移動するそれは、見た目のイメージよりもはるかに速い。直線走行ならレーシングマシンのそれに匹敵する速度だ。

ロックスのなかではスピードが遅いほうだと聞いていたが、それはあくまでも超人の範囲の話なのだと思い知らされる。

青のボディカラーを持つビートルは、ひと目でそれが機械的なアーマーであることが理解できた。全長は二三〇センチほどだろうか。特徴的なのはカブトムシを思わせるツノ状のパーツと胸に装着しているクリスタル。各部位が青く発光しているのはクリスタルからエネルギーが供給されているからなのだろう。

重量感のある太い腕部、肩の部分にあるのはキャノンの発射口であるように見える。どう考えても総重量は数百キロには及ぶであろう巨体であるにもかかわらずすさまじい速度で駆け抜けるビートルは、どこから見ても超常の力を持つ存在であった。

驚くべきことは、あの機械のアーマーを人間が装着しているということだ。

「！　やつら、ヤル気か……？」

追跡者の存在に気がついたのかイエローカードの残党たちは車両に搭載されていたビーム・マシンガンを後方に向けて連射した。

しかし、その攻撃がビートルの機動を妨げることはなかった。ビートルの装甲部分の青い光がその輝きを増し、すべての弾を弾《はじ》き飛ばしているのだ。

マシンガンが効果無しと悟ったのか、イエローカード残党は次々と武装を変えてビートルを攻撃し始めた。

だが、いずれもビートルには通じない。

ビートルは高速のホバー走行と低空飛行であらゆる攻撃の直撃を避け、わずかに避けきれなかった攻撃についても防御が完璧に近い。

捕獲用ビームネットは刃状に形成したレーザーブレードで切断する。

対戦車用ロケットランチャーはツノ状のパーツから展開されたバリアフィールドで無効化する。

覚悟を決めて特攻してくるホバーバイクを大型の腕部で殴り飛ばして破壊した上で、ライダーを無傷で確保する。

「ビートル、すごいね」

傍らで見ているアニスが驚嘆《きょうたん》の声をあげた。寧人もまったく同意見だ。

エネルギー転換式の装甲や武装、そして高速移動などは事前情報としては知っていた。

だが実際に見るのとでは大違いだ。

アーマーの性能だけの話ではない。

あれほどの速度で動きつつ、適切なギミックを瞬時に利用して敵を捕らえる装着者の技量も驚嘆に値する。

装着者はあれだけのパワーとスピードを有するビートルスーツをまるで手足のように扱っている。

スーツの性能への深い理解と卓越した判断力や思考速度がそれを可能にしているのだろう。常人の為《な》せる技ではない。赤星があれだけビートルに自信を持っていたのは、装着員である仲間への信頼もあってのことなのだろう。

「……強いな。あれは」

思わずそう洩《も》らしてしまうが、それだけではいけない。寧人に与えられた仕事はハリスンと接触し、ビートルの情報を少しでもつかむことだ。もし、戦うことになった場合、どうすればいいのか、そのヒントになるものくらいは見つけなければいけない。

そのためにこうして直接ヤツの戦いを見る機会をつくったのだ。こちらの都合のいいように動かし、結果壊滅したテロリストのことを考えると、申し訳ない気持ちにもなるがそれを気にしていては前に進めない。

何か、何かないのか。

寧人は眼下で繰り広げられる機械仕掛けの超人の戦いを少しも見逃すまいとした。

戦いは数分で決着がついた。ビートルは途中一度だけわずかに失速したのだが、すぐにその原因と思われることに高性能なマニピュレーターで対処し、そのままあっという間にイエローカード残党たちの部隊をすべて確保した。

決意も固まった。

寧人はその戦いの一部始終を目に焼き付け、そして一つの仮説にたどり着いた。同時に、

「……そうか……」

「……終わっちゃったね。ネイト？」

我に返ってみると、アニスの顔がすぐ近くにあった。こちらが集中していたために彼女を無視したのは二回目だが、なぜかそれに気がついた彼女の表情は爛爛《らんらん》と明るい。

「？　どうかしたの？　なんかあった？」

不思議に思った寧人は聞いてみたが、アニスは意味のわからない返事をしてきた。

「んーん。ゼンゼンわかんない！　でも、そのほうが楽しみだよね！」

※※

メタリカの今年採用の新入社員の一人である池野信之《いけのしんじ》は関東地区の制圧戦略立案を担当している。

これまでのところ、池野は一分の隙もなく完璧な結果を出し続けており、結果としてメタリカの支配率は着実に上がっていた。

それゆえに、池野はルーキーでありながらすでに企画部のエースの呼び声が高い存在と

なっているのだが、それで満足するようなことはなかった。

池野の目から見れば、メタリカの上司や同僚は凡人に過ぎなかったし、自分に匹敵する存在はいないように思えた。

なら、俺はもっと上に行く。誰よりも強い自分であるために。世界の何にも左右されない存在であるために。

入社前から考えていた池野のそうした思いは、実際にメタリカで働くようになりさらに強くなっていた。

そんな池野が次の企画として検討していることは、研究施設ハリスンの制圧だった。ビートルを有するハリスンを取り込むことができれば、それは誰の目にも明らかな成果だといえるだろう。たしかにビートルの戦闘能力やハリスンの科学力は侮りがたいものではあるが、自分ならば落とすことができる。

池野はそうした考えのもと、ここ数日で企画案を固めていた。

まずはハリスンの位置情報を特定することが先決だったが、これは比較的早い段階で成功した。

ハリスンを落とすことの重要性をまとめてプレゼンを行い、諜報部に予算を回して動かし、徹底的に調査を進めさせたのだ。

費用比率や危険性の点でこの動きに反対する者もいたがすべて突破した。正面から論破し、全員黙らせて主張を通した。

要するに結果が出ればいいだけのことなのだ。絶対の自信があって動いている自分を、あやふやな根拠で逃げ腰になっている者に止《と》められるはずがない。調査の過程で諜報部はガーディアンと衝突することもあり、多少の被害は受けたようだが問題ではない。この件で最終的に得られる成果を考えれば自明のことだ。

結果として諜報部はハリスンの位置特定に成功した。これもある種当然のことだ。ハリスンがいかに情報を秘匿していようとも、所詮科学研究所に過ぎず人員も科学者に過ぎない。

メタリカ課報部が集中して徹底的にあたればいつまでも隠し通せるものではないのだ。営業部のほうではハリスンの連絡用コードでなにか動いているらしいが、そんなことはどうでもいい。

自分ならばコードを上手く使うこともできるが、組織にはそれぞれ役割というものがある。

ハリスンに対してどういう戦略を打つべきか、ということを決めるのは池野が所属する企画部の領域だが、その判断材料を前線で拾ってくるのは営業部の役割だ。そしてもう、それを待つ必要すらない。

営業部長の泉という男はそれなりには使える人間だということもわかっていたので、池野はあえて口を出さなかった。なにせ自分はすでに位置情報まで特定しているのだ。

そして今日行っていたのは、ハリスンに対してどのような動きをするのか、というところの詰めの企画書の作成だったが、それも今完成した。

池野は形式上は自分の上司ということになっている企画部の部長に内容を説明した。

「……なるほど。ハリスンは制圧するがビートルはこの対象から除く、ということかね？」

この部長はさして能力が高いわけではないが、少なくとも物事の要点を理解することくらいはできるようだった。

「ええ。調査では現在運用可能なビートルスーツが一体だけということはわかっている。別にこれを相手にする必要はないでしょう。ハリスンを制圧すればどのみちビートルの活動はそれで終わりですし、データは手に入る。それを開発室に回せば分析や利用も可能かと」

ビートルは無視する。不在時や運用不可能なタイミングで、あるいはそのタイミングを作った上で攻撃をすればいいだけだ。

方法などの戦術的な部分は営業部が考えればいいことだし、この程度のことで失敗するような戦術を立てることはさすがにありえないだろう。

万が一、勝算の薄い愚かな戦術を提示してきたのなら即座に否定して池野自身が代案を出せばいいだけの話だ。

池野が立案し営業部に下ろす企画は『ビートルの打倒』ではない。あくまでも『ハリスンの制圧』だ。そしてこの企画が可能になったのは、前段階でハリスンの位置情報を特定した自分の功績があればこそだ。

「なにか問題が？」

そんなものはあるはずがないがな、と思いつつも池野はそう確認した。

「いや……。だが、ことがことだからな。実際に攻撃をするのは営業の人間でもある。一度あっちに話を通しておいたほうがいいと思うね」

やれやれ。池野は部長の言葉を受け、さらに提案した。

「なら、営業部との合同会議を開けばいいのでは？　たしか向こうでも情報収集をしていたはずだ。担当者が誰かは知りませんが、多少は実のあることが聞けるかもしれない。どのみち営業部には動いてもらうのだから、私自身が彼らを納得させれば済むことかと。よければすぐに準備を進めて、近日中には会議召集をかけますが」

この提案は部長に即座に了承させた。

英雄《ロックス》という言葉はメタリカにとってはそれなりに重いものだ。だが池野にとってはただの障害に過ぎない。ただ多少強い、というだけだ。

ならば速やかに片付ける。ただ、それだけのことだ。

※※

ビートルの戦いを見た二日後、寧人は久しぶりに一人で昼食をとっていた。

本社内にあるカフェテリアで一人、メニューはカレーだ。

いつもはアニスが問答無用でついてくるのだが、今日は彼女はいなかった。昼休み直前にいつものように『ゴハンいこ！　ネイト！』と言う前に、彼女が部署の別の人間に雑務を頼まれていたからだ。

ちぇー、とか言いつつも、ちゃんと雑務をこなすアニスに少し感心した。

立場を考えれば無視してもいいはずだが、ああ見えてアニスはマジメだ。寧人よりも年下の彼女だが、意外としっかりしている。いつも笑顔で明るいし、父親がアレじゃなかったら最高だな、と考えてもいた。

少し褒めてあげようかな。いややっぱり俺には無理だな。考えるだけで照れる。何様だよ。

寧人がそんなことを思いながらスプーンを動かしていると、見知った顔が視界に入った。ランチプレートを持ち、歩いている。

「小森……か？」

相手のほうもこちらに気がつき声をかけてきた。なぜかいぶかしげな顔つきと口調だ。

「池野。久しぶりだな」

同期の出世頭、イケメンの池野だった。寧人は入社式以来会っていなかった彼だが、評判は聞いている。企画部でメキメキと頭角を現しているらしい。さすがだ、と思っていた。

今日もスーツ姿が異常にキマッている。多分高級品なのだろう。

そんな彼は、なぜか寧人を不思議そうな表情で見ていた。

「……少し、雰囲気が変わったようだな？」

会うのは久しぶりだが、まだ入社式から半年と少ししかたっていない。成人している自分がそう変わるものではないだろう。寧人は池野が何を言いたいのかよくわからなかった。

「そうか？　別に変わらないと思うけど……」

そういえば池野は自分のことをどのくらい知っているのだろうか。寧人はふと考えた。

ディランを撃退した、ということが奇跡的な幸運であることは自分が一番よくわかっているが、その件が評価されて俺は異動になったし、社内では知っている人も少なくはない。すでにバリバリやっていて社内での人脈もありそうな池野なら知っていても不思議ではない。

「庶務課から異動になったらしいな」

やはりその事実は知っていたようだが、池野はディランの件には触れてこない。多分、コイツにとってはたいしたことではないのかもしれない。

たしかにな。俺のは所詮マグレだし、大体あれは間中さんのおかげだ。

そう考えた寧人は曖昧に答えた。

「……まあね」

「お前が本社に来るとは思ってなかったが、おめでとうと言っておこうか」

池野とは同期だが、別に仲がいいわけではない。それは向こうもそう思っているだろうが、社交辞令というのもある程度は必要なのだろう。ただ、言葉とは裏腹に池野の口調は鼻で笑っているようだった。

「ああ。ありがとう。……池野、座ったらどうだ？」

通行の邪魔だし、他に空いている席も少ない。数少ない新入社員の同期同士なのだから食事を一緒にとることくらいおかしくはないだろう。そうしたいかどうかは別として。

池野はそれを受け、対面の席に座った。ちなみに彼のプレートにはカルボナーラが載っている。意外と可愛いものを食ってやがるぜ、と少しおかしくなった。

そんな寧人に気がついたのか池野は話題を振ってきた。

「そういえば、お前営業部だったたな。聞いてるか？　午後からの会議」

池野の言葉。なぜだか、こちらをバカにしているかのようなニュアンスだった。

会議？　もちろん知っている。ハリスン攻略に関する合同会議だ。当然これに臨むにあたり、自分なりに意見も固めていた。

「ああ、企画部との合同会議なんだよな。ハリスン攻略についてだろ」

寧人がそう答えると、池野は意外そうな表情を見せる。

「ほう。営業部は風通しがいいようだな？　若手のお前でも聞かされてはいるのか」

「……あー……」

池野も若手なんじゃないのかな……と、思わなくもなかったが、自分と池野では経歴も貢献度も違うんだろう、と思い直す。

逆に言えば、自分が彼のところに近づくことができたってことだ。

「いや、だって俺その会議出るから」

「なに？　お前が？」

「いや、だって俺、担当だしな。合同会議ってのは初めてだからよくわからないけど」

ハリスンと接触をし、得た情報は営業部内で共有している。その結果として引き続きハリスン攻略を担当することとなり、先日、会議への参加を命じられていた。

「……担当？　そうか。まあ、たしかに。考えてみれば、そうたいした案件でもないのかもな。企画段階ですでに失敗することはありえない話だ。一応伝えておくが、立案したのは俺だ。当然会議にも出る」

池野は一瞬、驚いた様子を見せたがすぐにいつもの余裕たっぷりな表情に戻った。ずいぶん企画に自信があるのだろう。

「そうなのか。なんか初めてお前と同じ会社で働いてる実感わいたよ。頑張ろうな」

寧人は素直にそう答えておいた。

「はっ。別にお前が頑張るようなことはないと思うがな」

とりあえずこれで仕事の話は終わりだった。寧人はせっかくなので、同期の池野となにか会話してみようかと思ったのだが、それは遮られた。

「ネイト！　終わったよ！　ねぇ、そっちいってもいーい？」

遠くのほうから元気な声が聞こえてきた。振り返ると、もちろん可愛らしく、そしてやや特殊な関係でもあるアシスタントのアニスだった。今日はポニーテールを結っておらず、背中のあたりまでの金色の髪の毛がサラサラと揺れている。

贔屓目《ひいきめ》に見ても高校生にしか見えないアニスの周囲はなにやら華やかでキラキラした光があるように錯覚してしまう。明らかに浮いている。

そんな彼女がトテトテと音をたてて、寄ってくる。

「あれ？　またカレー？　ダメだよネイト。栄養が偏るんだヨ？……あれ？　この人は？」

クリムゾンのご令嬢の登場によって、さっきまで池野との間にあった独特の緊張感が一発で消滅してしまったようだった。

「俺の同期の池野だよ。イケメンだろ？」

アニスはむーっ……と池野を見て、そしてふいっと目をそらした。

「うん。顔カッコイイね！　でもわたしはネイ……」

「俺カレーにはソースがいるんだった！　アニス悪いけど取ってきてくれ！」

なんとなく言いそうなことがわかったので、寧人は大声でそれを遮った。乙女の勘違いというのは意外と長引くものらしい。池野に知られるのは色々とまずいかもしれない。

「ん？　いいよ。もう、仕方ないなー」

くるりと方向転換をし、アニスはなにやらリズミカルな足取りでソースを取りに行ってくれた。

「……」

池野は特に言葉を発さず沈黙している。どうやらさすがにアニスがクリムゾンの令嬢であることまでは知らないらしい。もし知っていたのなら、池野ほどの男がなんのリアクションもとらないはずはないからだ。

「……」

説明することもできないので、寧人もしばらく沈黙していたが、しばらくすると池野が口を開いた。

「とにかく、午後から会議だ。俺の戦略を営業に下ろす内容になる。お前に意見を求めようとは思わないが、一応聞いておけ。営業部のミスで俺の企画がダメになるのはごめんだからな」

「……ああ。そうするよ」

「じゃあな」

池野はそう言い残すと、立ち去っていった。いつの間に食べ終わったのだろうか。イケメンというのは食事のスピードも速いようだ。

「……ふう」

寧人だってバカではない。池野が自分を見下していることくらい気づいているし、それが今のところ当たり前だとも思っている。現時点での立ち位置を考えれば、仕方ない。

でも。

寧人にはそんなことはどうでもいい。大事なのは、事を成すことだ。

アニスが言うほど、自分が強いとは思ってないし、間中が言ってくれたように、自分に才能があるのかもわからないけど、とにかく、やる。それだけだ。

先日赤星と接触し、ビートルを知った上でその思いはさらに強くなっている。もう俺は迷わない。

ふと、少しカッコつけてみたくなった寧人は、ある台詞《せりふ》を思いついた。

本心ってわけじゃなし、自信があるわけでもないので、単にカッコイイ台詞を言ってみたかっただけだ。

小声で呟いてみる。

「俺は、いつまでも同じところにいるつもりはないぜ。池野」

む。ちょっとカッコよすぎか。と思ったそのとき。

「そーだよ！　ネイト！　イケノなんかコテンパンにしちゃえ！」

「わあああっ！　聞かないでくれ！」

いつのまにか傍らに戻っていたアニスが、ニコニコとカレーにソースをかけつつ檄《げき》を飛ばしていた。

※※

合同会議の冒頭は、企画部からの状況説明で始まった。

ビートルが有名になるにつれてハリスンは危険にさらされることが増えたため、数年前から位置情報を秘匿していたのだが、その位置が特定できたということだ。

これは企画部が強行的に押し通して課報部が動いた結果だが、とても意味のあることだ。それを成し遂げたのは池野だという話だし、素直にすごいと寧人も思う。

「以上の状況から、ビートルとの戦闘を避けた上でのハリスン制圧を提案します。細かいところはお任せしますが、Cランクの怪人を一体、庶務課戦闘員を二〇名程度で十分可能かと思われます」

会議を主導しているのは池野、彼は自説を主張するテクニックに優れているようだった。

「ビートルスーツを着用できる人間は現在一名のみ、不在時や運用できないタイミングを作り出して攻撃すればいい」

池野の主張は、筋は通っている。たしかにビートルがいないようであれば、怪人一体を投入することで、特に問題なく施設の制圧は可能だろう。

だが、寧人の考えは違う。

「無駄な破壊はせず、攻撃も最小限にして威嚇だけで済ませます。その上で施設の人員、つまりはハリスンに所属する研究者を押さえメタリカに取り込みましょう。必然的にビートルは無力化できる。……私の提案するプランは以上です。いかがですか？」

池野のプラン内容に、会議に出ていた者たちはおおむね納得の様相を見せた。少ない戦力で結果が出せるのなら、それに越したことはない。また、比較的ではあるが、危険度が低い案であることも大きいのだろう。

だが、寧人の考えは違う。

それではダメだ。ハリスンの攻撃が成功したとしても、本当の意味でハリスンに勝ったことにはならないし、こっちの目的は達成できない。ハリスンには赤星のような男がいるのだから。

それがわかっているから、寧人は池野の案には賛成できなかった。

このような大きな会議の場に出るのは初めてだ。これまでのところ緊張もあり、何も発言していなかった寧人だったが、意を決して声をあげた。

「俺は……反対です」

一同の目が一斉に寧人を見る。そのうちの一人、池野は失笑を漏らし、答える。

「小森。今は誰も新人のお前の意見なんて求めてはいない」

メタリカの企画会議に出ている者たちは、常人ではない。いずれもなんらかの道のエキスパートであり、そして悪人だ。彼らに注目されるプレッシャーはハンパではなかったが、ここは折れるわけにはいかない。

「いや、言ってみろ。小森」

営業部の部長である泉が、寧人に助け舟を出したこともあり、寧人は発言を続けた。

「……施設は徹底的に破壊すべきだし、研究員は捕縛した上でその様を見せつけ、絶望を与えるべきだと思います。もちろん、ビートルはその場で倒します。研究員たちのいるその場所で」

「何!?」

会議室は急にざわつき始めた。接収したい施設の破壊も抑え、少ない犠牲で済むであろう策を否定してまで過激な意見を主張する寧人に対し、一同はいぶかしげな視線を送る。

「……理由を言え。小森」

代表して泉が問いかけてくる。

「……やるからには徹底的に、ということです。たしかに、池野の案なら、ビートル不在の施設の接収はできると思います。でもハリスンの研究員はどうでしょうか」

寧人の言葉に池野はすぐに反論をしてくる。彼からすれば寧人が自分の意見に異を唱えてくるなど完全に予想外のことであったはずだが、少しも動揺した様子はなかった。

「何を言ってるんだお前は。当然従うに決まってるだろう。施設を制圧された彼らには他に選択肢はない」

池野の言葉は一見もっともに聞こえる。しかし寧人はそうは思わない。

いいや、そんなことはない。彼らは自分たちの作り上げた研究成果に誇りを持っている。そして強い信念で戦っている。

「違うな。たしかに彼らはメタリカを撃退することはできないだろう。でも精神的にはけして屈服しない」

発言を続けているうちに、寧人はあの感覚が体に満ちていくのに気づいた。重田《しげた》を脅迫したときの、ディランに発砲したときの。何か冷たく黒いものが、満ちていく感覚だ。

次々に言葉が出てくる。

「ビートルが助けてくれる。そう信じて待つんじゃないのか？　ビートルさえいれば俺たちは勝てた。その誇りが彼らを支えるんじゃないのか。少なくとも、メタリカの軍門に降《くだ》ることは俺には思えない。新しい力を生み出し、立ち上がってくることもありうる」

そうだ。あの英雄《ロックス》は強い。そしてそれを作り出した者たちはそれをよく知っており、誇りとしている。

「！　……バカを言え。ビートルが特殊なクリスタルをエネルギー源にしていることはお前でも知っているだろう。ハリスンが落ちればビートルはクリスタルの供給を得られなくなる。その状態で何ができる？　せいぜいガーディアンに保護を受けるのが関の山だ」

池野は頭がいい。だから合理的な判断をしているし、普通ならそれは間違いではない。

だが今は違う。寧人はロックスに憧れていた。そしてあの誇り高い研究者とも接した。だからわかる。きっと、彼らの心を折らなければハリスンの研究成果はメタリカのものにはならない。彼らならいざというときはすべてのデータを破棄する用意はしているはずだ。力を持つものとして責任がある、そう言った赤星がなんの対策も取っていないはずがない。だからここは絶対に引き下がらない。

「正義のヒーローってのはピンチに出てきて助けてくれるもんなんだ。誰だってそう思ってる。だから希望を残しちゃいけない」

赤星は、ハリスンは尊敬に値する信念を持っている。そしてビートルの強さはそんな彼らの信念によって成り立っている。ならば、彼らを倒し手に入れるためには、そのビートルを破るしかない。

寧人は自分のなかにある黒い何かが燃え上がっていくのをたしかに感じた。

そしてその熱のままに、自身の思いを言葉にしてぶつける。

「圧倒的な悪意と力で、やつらの心を折るんだ。改造人間も投入し、徹底的に施設を壊す。邪魔する者がいるなら叩き潰す。ビートルであろうともだ。何もかもを踏みにじった上で、こちらに取り込む」

「……おまえ」

池野の寧人を見る目は驚きに満ちていた。寧人の発言は彼にとって相当予想外のことだったらしい。そして、会議の中心はそんなに二人に移っていた。

「……お前は知らないだろうが、メタリカは変わり始めている」

池野はしばらく考えるそぶりを見せたあと別の切り口に切り替え反論を始めてきた。

「たしかにメタリカは当初から反社会的な勢力とされてきた。しかし長期的な視点で考えたとき、そのままでいいと思うのか？　世界を制覇する存在は、最終的には正義だったとされなくてはならないし、そうすることが大きな意味では世界征服へ近づくことにつながる。悪として力をつけてきたメタリカだが、今後は世論の支持は得ていかなくてはならない。それが力につながるからだ。俺はそれに貢献するべきだと考えている」

「……それで？」

「悪の組織はいつまでも悪の組織でいるわけにはいかない、ということだ。だからここ数年では、目的の解決に際し、比較的に穏便な手段を取る流れがある。今回の件もそうだ。必要以上に過激な手段を取ることはない。幸い、ハリスンの施設は一般的にも所在や情報が知られていない。今回の件を最小の戦力で片付ければそのまま秘密裏に終わり、知られることはない。だから俺の案がベストだ。ハリスンの研究員については制圧後に考えれば済むことだ。必ずこちらに取り込んでみせる。この俺がな」

池野の主張で、会議の流れは再び池野に戻った。

主張によどみはなく、説得力も欠けてはいない。

たしかにその意見には一理ある。寧人にはわからないが、制圧後にハリスンを懐柔することも池野にならできるのかもしれない。だが確証はない。それに寧人には決めたことがある。

ハリスンを潰すのはこの俺だ。そして俺は悪の階段を一歩上る。

寧人は池野への反論を開始した。

「……お前の言う、『穏便な手段を取る』っていう流れはいつ誰が決めた？　俺の知る限り、そんな方針はないし、目的のためなら悪を貫き通す、ってのが行動指針のはずだろ。なんとなく日和《ひよ》ってそうなってるだけじゃないのか？　それに『長期的な視点』ってのは何年先を指す？　一〇年後か？　一〇〇年後か？」

「なんだと？」

寧人は引き下がるつもりはない。長期的になど待っていられない、そのために穏便な手段を取るつもりもない。ダラダラと時を過ごすのはゴメンだ。世界を制する力をメタリカで手に入れると誓った。だから。

「俺はそんなあやふやなものよりも、目の前の敵を一つ一つぶっ潰していきたい。最速の手段で、徹底的にだ」

悪でいることを、ためらうつもりも、ない。

「俺たちは悪の組織なんじゃねぇのか!? 悪いことしてなにが悪い！」

寧人は会議のテーブルに拳を叩きつけた。自分でもめちゃくちゃ言ってるな、とは思ったが、間違っているつもりはない。

「お前……」

会議の雰囲気は再び、一変する。

メタリカに身を置く者は誰しも、覚悟して入ってきた者たちだ。利を得たいという欲望から、あるいは世界を変えたいという信念のため、他に選ぶ道がなかったため、様々な者がいるが、いずれも悪であることを覚悟した者たちのはずだ。

寧人の言葉は彼らの心に多少なりとも響いたのであろうか。それとも若い二人の戦いを見守ることにしたのか、他の者たちは無言だ。

「……お前の言うことも一理ある。だが、そもそもその案は不可能だ」

池野は折れない。彼にも思いがあるのだろう。

「不可能？　どういうことだ？」

「社内規定は知っているな？　二体以上の怪人を作戦に動員する場合は、現場で統制をとるために、本社社員が同行する決まりがある。レベル２以上の社員がな」

池野の言葉は決定的に思えた。この規則は必要なものだと、寧人も思う。絶大な力を持つ怪人を複数体、用いるからには責任の所在や、あるいは不測の事態への対応要員は絶対に必要だ。

また、メタリカの社員にはそれぞれ定められたレベルがある。能力や勤続年数によって決められ、レベルに応じて給与や権限が上がる。レベル４以上が管理職クラスであり、企画部の若手エースである池野はレベル３。そして本社に来て日が浅い寧人はレベル１だ。

つまり、改造人間指揮権はない。

「……くっ」

「お前の無茶《むちゃ》な作戦を誰かに強制するのか？　冒す必要のない危険を冒してまで。お前にそんな権利があるのか」

会議室は再び静かになった。ビートルの強さは誰もが知っている。まして戦う場所であるハリスンはそのホームグラウンドともいえる場所だ。そしてこちらは奇襲を仕掛ける、という状況から大軍を率いて攻めるわけにはいかない。それでは察知されて逃げられるか、ガーディアンと大規模戦闘になってしまい、結局目的を果たせないのがオチだ。

率いることができる少数の戦力でビートルに勝つのは至難の業といえるだろう。

不在時ならいざ知らず、正面からビートルと戦った場合の勝算は限りなく低い。それは誰もがわかっていた。

この場は寧人の負けだ。おそらく誰もがそう思っていた。

「……」

諦めるしかないのか、寧人がそう思ったそのときだった。泉が重い口を開いた。

「……池野、お前は現場に出る気はあるか？」

「覚悟はありますが、本件では必要ではないと考えています」

その答えを聞き、泉は深く息を漏らした。そして。

「……そうか。なら、仕方ないな。小森。お前をレベル２に昇進させる」

衝撃的な提案をしてきた。

「なっ!?」

「泉部長、それは本気ですか!?」

「それは部長権限を逸脱した人事ですよ！」

「なぜそこまでして……？」

会議に参加しているメンバーは一様に騒ぎたてる。当然の反応だろう。

「……泉部長」

寧人にも泉の意図がわからなかった。だが、それが可能であるならば、もし自分が現場に出られるのなら。

「小森、俺はこう見えてもお前に期待してるんだ。それに俺も、昔は現場で鳴らしたもんさ。だから、お前がそこまで言うなら、人事に無理を通すくらいのことはしてやる」

泉は笑顔だった。とても悪人とは思えない。自分の何を評価してくれているのか、寧人にはそれはよくわからないが、この場において、それは最高の助け舟だった。

「ありがとうございます！」

「だが、それだけじゃ他にも示しがつかない。特別扱いはできないからな。だから、ある条件をお前が飲むなら、俺も動いてやる」

急に冷たく厳しい口調へと変わる泉。まるで別人のようだった。

寧人は強いプレッシャーを感じた。

たしかに泉の言うとおり、こんな我儘《わがまま》がホイホイ通ってはいけない。それは組織としてあってはならないことだ。

鋭く突き刺さる泉の視線。寧人は震え上がりそうな自分を懸命に抑えた。

けして容易な条件ではないだろう。それは誰もが予想していた。

会議室が静まり返る。そのなかで泉は淡々と告げた。

「お前のレベルを2に上げ、改造人間指揮権を与える。そして開発室に手を回して作戦には三体の怪人と庶務課をつけよう。ただし」

誰かが唾を飲む音が聞こえた。

「お前の指揮下において、必ずハリスンの攻略とビートルの打倒を成し遂げろ。それができなかった場合、お前に戻る場所はない」

泉は強い口調で言い切った。

たしかに、この機会に失敗すればハリスンはなんらかの対策を講じるはずだ。その責は取らなければならない。当然のことだ。

これはメタリカをクビになるとか、そういう話ではない。この案を強行的に通しておいて失敗すれば、許されるはずがない。粛清の対象になることは間違いないだろう。失敗は死をもって償え、とはいかにも『悪の組織』らしいが、メタリカでは通常このようなことはない。なぜなら無駄だからだ。一度や二度の失敗で育成にも金が掛かっている人材を捨てるのは効率的ではない。だが、今回は違う。それは組織としてのケジメの問題だ。

だから戦うと決めたのなら、敗北は当然として途中での撤退も後退も許されないのだ。

ビートル。科学の鎧《よろい》を身に纏う正義のヒーロー。ロックスの一人にして、超人的な能力をもつ鋼の勇者。

メタリカの構成員がそれに挑む、ということがどういうことか。泉の言葉が教えてくれた。

　死を覚悟しろ。命を懸けろ。

　それはここにいる誰もが知っていた。凍りつく空気。寧人とて同じだ。

　ビートルに挑むのは地獄だ。しかしこの条件を飲んでおきながら、ビートルに敗北しても地獄。逃げ帰っても地獄。メタリカはそんなに甘い組織であるはずがない。

「……それでも、やるのか？」

　泉はこちらを窺うような視線だった。ここでやめるといっても咎《とが》められることはないのだろう。むしろ泉は寧人を止めるためにこのようなことを言ってくれたのかもしれない。

　だが、寧人にはそんな気持ちはサラサラない。

　もう立ち止まれはしない。それは頂点を目指すと決めたから。

　そして赤星と話したことで、自分がこの世界へ感じていた違和感をこれまでより明確に認識したから。

　凍りついた体を、心の中で黒く燃える炎で溶かし、自らを奮い立たせる。

　寧人は立ち上がり、答えた。

「もちろんです」

　今度はディランと戦ったあのときとは違う。

　自分の意志で。自分が果たしたいもののために。命を懸ける覚悟で。

正義の超人に、俺は勝つ。

寧人は静かに決意した。

第二話「叩き潰すぞ。悪党の力、見せてやる」

真紀《まき》がそのニュースを聞いたのは問題の会議から二日後のことだった。

その話は一瞬のうちに総務部中の話題となり、同時にそれを聞いた先輩たちはみんな、驚きと哀れみの表情を浮かべた。

「……ウソ……寧人《ねいと》くんが、そんな……？」

真紀は絶句してしまったが、周囲の総務部員たちは彼の行動にそれぞれの見解を述べた。

庶務課から異動してきたばかりの新入社員が、ビートルを倒してみせると宣言し、自分の主張を通したということはそれだけ大きなことなのだ。

色々な意見が出たが、ほとんどの人は『ソイツは馬鹿だ』と認識しているようだった。

そんなことができるはずがない。

ソイツは営業部に来たことで自分の力を過信した自惚《うぬぼ》れ屋か、または刹那的な破壊衝動を抑えられないクレイジーなヤツだという空気だった。

でも、真紀の思いはみんなとは違う。

たしかに無茶《むちゃ》なことだと思う。でも彼は、そんなんじゃない。

寧人くんはそんな人ではない。力に溺れて自分を見失うような人じゃないし、暴力を楽しむ人なんかじゃない。

「……驚いたわね、彼。そんな無茶なことする子には見えなかったけど。黛《まゆずみ》ちゃん、彼から何か聞いてる？」

真紀の隣に座る水野は直接寧人を知っているだけに、不思議そうな表情だった。

「……いえ。寧人くんとは最近、お話したことはなくて……」

遠くから見かけたことは何回かある。でも彼はいつも仕事に没頭していて、話しかけそびれていた。

「んー……。会ってきたら？　彼のスケジュール確認したけど、明日にはもう作戦準備で本社にはいないみたいよ？　今の時間は……。あら、トレーニングルーム使用中みたいね。まさか、本当にビートルと戦うつもりなのかしら」

水野の提案は予想外ではあったが、できることならそうしたいと真紀は思った。そして、彼に作戦をやめるよう話したい。

「い、いいんですか？」

「いいわよ。少しくらい、こっちは私がやっとくから、ね？」

走った。

「ありがとうございます！」

真紀は水野の言葉にふかぶかとお辞儀し、総務部を出た。いてもたってもいられなくて、走った。

寧人が今回の決断をした理由、真紀はそれを少しだけだがわかっている。

仕事で負傷した彼のお見舞いに行ったとき、彼が病室で自分に話してくれた決意。

大事な先輩を目の前で失った直後の彼は言ったのだ。メタリカの頂点を目指すのだと、世界を変えるのだと。

彼の言葉が本気だということが、痛いほどにわかった。

だからきっと、彼はそんな無茶なことをするつもりなのだ。たとえ勝算がないことがわかっていても、自分の目指すもののために意地を張って、そして前のめりに倒れるつもりなのだ。

でも、そんなことをすれば彼は死んでしまう。不器用だけど優しい彼が、死んでしまう。

庶務課にいたころの話やディランを撃退したという事実からも、彼が非凡な何かを持っているということはわかっている。それでも今回は無茶だ。

真紀は気がつけばメタリカ本社の地下一三階にあるトレーニングルーム隣接の休憩室に来ていた。

休憩室から強化ガラス越しに見えるトレーニングルーム内では、寧人が電子制御の浮遊ギミックを相手に高振動ブレードを振るう訓練をしていた。

その表情はやっぱり真剣そのものだ。それなりに重く、取り扱いに負担のかかる高振動ブレードをまがりなりにも使いこなしている。彼はもともと体力に自信があるタイプではなかったようだし、きっと、それも必死の訓練の賜物《たまもの》なのだろう。

でも、汗だくになって振るうその剣の腕前はメタリカ戦闘員の水準よりやや低い程度のものであり、それほど卓越したもののようには見えない。とてもロックスと戦えるようなものではない。それは専門外の真紀の目にも残酷なほどよくわかった。

また休憩室のベンチには彼のものと思われる小型端末が置かれていた。端末はなんらかの演算処理を行いつつ、メッセージの受信も連続して行っているようだ。

多分、寧人はトレーニングを行うかたわら、ハリスン攻略の準備を同時に進めているのだろう。それがとても痛ましく感じられてしまう。

「……寧人くん」

自然と胸に手をあて、彼を見つめてしまっていた。

そんな真紀に気がついたのか、寧人はトレーニングルームを出て休憩室に来てくれた。

「真紀さん？　どうかしたの？　あ、もしかしてまた俺、申請書不備？」

彼はタオルで汗を拭いつつ、心配そうな顔で見当違いのことを言ってきた。

「……違います。違いますよ。そんなことじゃなくて、あの、わたし、その……」

上手《うま》く言葉が出てこない。代わりに涙が出てきそうだった。

「ど、どうしたの？」

おろおろとあわて始める彼。こんなときなのに、寧人はやっぱりどこか抜けていて、そして優しい。

だからこそ言わなくちゃいけない。止めなくちゃいけない。

「……ビートルと戦うって、本当ですか？」

真紀が意を決して言った言葉を受けた寧人は少しだけ間をおき、ごく普通な口調で答えた。

「……うん」

真紀にはそんな彼の心がわからなかった。

「どうして……？　どうしてですか!?」

寧人は困ったように頬《ほほ》を人差し指で掻《か》いて、こう続けた。

「決めたから」

そんなことはおかしいと思う。いくら目指すものがあるといっても、死ぬのがわかっていて挑むなんて普通じゃない。

「……間中《まなか》さんという方のためですか……？」

その人だって、きっとこんなことは望んでいない。少なくとも真紀なら絶対にそうだ。

だが、寧人は穏やかな口調で答えた。

「……違うよ。たしかに、間中さんは大切な先輩だし、俺が走るきっかけを作ってくれた人だけど。俺が戦うのは、俺の目指すことのためだよ」

「でも！」

真紀の強い口調に驚いたのか、寧人は少し黙って、それから休憩室の自動販売機で飲み物を二つ買って一つを真紀に渡した。そして一度深呼吸をしたあと、静かに話し始めた。

「……俺はね、ハリスンやビートルをすごい連中だと思ってる。ディランだってそうだよ。少し嬉《うれ》しかった。子どものころから憧れてた世界の平和を守るヒーローは、やっぱり正しくてカッコよかった。でも、俺はこの世界を変えたいと思ってる」

真紀は黙って寧人の言葉を聞いていた。不器用な彼が、素直《すなお》な気持ちを伝えようとしてくれていることがわかったからだ。

寧人はスポーツドリンクを一口飲み、続けた。

「すごくたくさんの人が幸せに生きてるこの世界は尊くて、それを守るロックスは正しい。だから、それを壊して変えようとすることが間違ってることもわかってる」

そんな彼の言葉は真紀にもよくわかった。真紀自身、そうした思いを持っていたし、それでもある理由からメタリカを選んだからだ。

「……だけど」

寧人の言葉は、ベンチに置かれていた小型端末から発せられた着信音に遮られた。

端末に視線をやる寧人につられて、表示されたメッセージが真紀の視界にも入ってきたのだが、どうやらそれは開発室からのメッセージで、何かの完成を伝える内容だったようだ。

「間に合ったみたいだ。よかった」

続いて寧人はベンチに座り、さきほどから行っていたなんらかの演算処理の状況を確認する。

そこに表示された『ビートル・クリスタル稼動シミュレーション』の文字。

真紀には彼が何をやっているのかわからなかったが、なぜだか胸がざわつくのを感じた。

そんな真紀を見て、寧人は話を戻してきた。彼の雰囲気が、変わっていた。

「ごめん途中で。だけど俺は、間違っていても進む」

真紀は一度だけ、こんな寧人を見たことがある。入社試験の面接のとき、すべてを壊してでも世界を変えると答えたときだ。寧人の体から、あのときと同じ黒い炎の揺らめきが見えた。

いや、違う。これは揺らめきではない。あのときよりももっとずっと大きく激しい。

寧人は小さく、だが重い声で続けた。

「たとえロックスでも、俺の道の先にいるのなら容赦はしない。叩《たた》き潰《つぶ》す。俺は、勝つ」

そう言い放った寧人の表情はあまりにも冷たく、そして言葉は断固とした強さがあった。

これが、あの寧人くん……？

背中に鋭い電流が走ったような錯覚。真紀は何も言えなくなってしまった。止めるために来たはずなのに、言葉が出てこない。

負けるのがわかっていて意地を貫《つらぬ》くなんてとんでもない。彼は本気で勝つつもりなのだ。

「……そんな感じ。ははは。だから大丈夫だよ。多分。いや実はビビッてもいるんだけどね」

いつもの寧人に戻っていた。なんだか照れたような、困ったような表情を浮かべている。

そんな彼を見ていると、真紀の心が晴れていくようだった。

きっと、彼は無事に戻ってくる。不思議とそう思えた。

「……はぁ……、もう、仕方ないですね。寧人くんはもーっ……ふふ」

つい、笑ってしまった。どうしてだろう。どうしてわたしは寧人くんの言葉にこんなに安心できるんだろう。

「うん。じゃあ、俺そろそろ行くよ。現場近くで待機することになってるから。またね」

寧人はそう言うと、一気にスポーツドリンクを飲み干した。

「あ、はい！　じゃあ、その、帰ってきたら、ちゃんと報告してくれなくちゃ、ダメですからね！」

真紀は去っていく寧人に焦って声をかけるのが精一杯だった。

※※

「あそこがハリスンの施設か……」

岐阜県山中、寧人率いるメタリカ部隊は夜の闇に紛《まぎ》れハリスンの施設に接近していた。施設は山間《やまあい》の谷間にひっそりと立っており寧人たちは崖の上からそれを見下ろしていた。月明かりが悪の兵士たちを照らす。

予定していた準備は完了している。開発室に依頼して急遽《きゅうきょ》作ってもらったものも手元にあるし、ビートルを一時的にハリスンから離すための陽動作戦は営業部の同僚たちによって隣接エリアで展開中だ。

「……作戦はさきほど説明したとおりですが、何か質問はありますか？」

寧人は庶務課の人員に確認を取る。寧人がいたエリアの人たちではないので、見知った顔ではない。皆が戦闘服を着用し、緊張の面持ちだった。

いや、庶務課の中に一人だけ、なぜか少しも動じていない男がいる。

明らかに他の者と雰囲気が違う。優れた体格や頬の傷といった彼の身体的特徴だけではない。こんな危険な任務のなかにあっても彼は冷静そのものであり、静かながら殺気のようなものも感じられた。手にしている武器も他の庶務課員たちとは異なり、日本刀を一振りだけ。どことなく狼《おおかみ》を思わせる雰囲気を纏《まと》った男だった。

服装も他の者とは異なり、戦闘服ではなくスーツに黒いコート姿だ。

庶務課にいるような人物ではないように思えたが、少なくともこの場では仲間ということになるし、ならば頼もしい限りだ。

寧人は彼について深く考えるのはやめた。どうせ彼に素性を聞いたところで答えはしないのだろうし、今はそれどころではない。それよりも、この場にいる他の庶務課員たちのフォローをするほうが大事だ。

「あの……」

ある庶務課員が口を開く。彼は緊張と恐怖からか、声が震えていた。

「どうして、今回は本社の方が任務に参加しているんですか？」

疑問はもっともだった。寧人自身、庶務課時代に本社の人間と共同で作戦に当たったことはない。かなりのレアケースらしい。

「それはね！　ネイトが発案したんだヨ！」

傍《かたわ》らにいたアニスが元気に答えた。彼女を同行させたくはなかったのだが、『嫌だ行くもん！　だってアニスはネイトのアシスタントだもん！　戦うところも見たいし、一緒に戦うもん、ヤダヤダ』と涙目になられたので仕方なく連れてきていた。今日は髪をストレートにしており、動きやすくするためかポニーテールを結っている。

白い肌と金色の髪、そして華やかな雰囲気はこの状況でも損なわれておらず、瞳もキラキラとしていた。

「あのねあのね、ネイトが」

「アニス、少し静かにしてくれ」

「ご、ごめん……」

注意すると、しゅんとして、叱《しか》られた小動物のような可愛《かわい》らしい反省を見せてくるので、若干困ったが、寧人は今は無視することにして、庶務課員に答えることにした。

「作戦の成功率を上げて、こちらの被害を少なくするためですよ。庶務課の方々だって、一人も失いたくはないんです」

「……え?」

寧人の言葉を聞いて、庶務課の人員はざわついた。庶務課は使い捨てられるもの、そう考えていたのかもしれない。実際問題、そういう現場はたくさんあるのだろう。寧人自身何度も経験がある。

「俺はもともと、現場の人間です。皆さんの気持ちは少しくらいはわかるつもりです」

寧人は嘘《うそ》はついていない。今言ったことも本心だった。それとは別に敵を徹底的に殲滅《せんめつ》する意図もあるが、それはあえて言う必要はないことだ。

一同はさらにざわついた。

「今まで、そんなこと言った人は……」

「本気なんですか?」

「もちろんです。この戦いが上手くいけば、皆さんに臨時ボーナスが出るようかけあってみます」

「ホ、ホントですか? ヤッター!」

これも本心だった。この戦いが上手くいく、ということはビートルを倒したということで、それならそのくらいは許されるはずだし、逆にこの戦いが上手くいかなければ寧人は死ぬ。

「……アンタ、変わった男だな。本社さんよ?」

さきほどから黙って聞いていた庶務課の男、一人だけ冷静だった男が呟《つぶや》く。やはり少し気になる。彼の眼光は狼のように鋭かった。三〇代後半の年齢といったところだろうか? この場の責任者である寧人よりも、彼のほうがよほど強そうだ。確か、ツルギと名乗っていた。

「……そう、ですかね? 俺はただ……」

「だが、それもこれも作戦が終わってからの話だ。これで俺たちが全滅するようなら、アンタはただの嘘つきで終わるぜ」

こちらを探るようなツルギの言葉。これほど迫力のある男にこう言われれば、普段の寧人ならしどろもどろになってしまうだろうが、今は違う。

「俺は勝ちますよ。悪人なりに、目指すことがあるんです。こんなところで躓《つまず》くわけにはいかない」

寧人はそう答えた。

「……ふっ、なるほど。目指すものとやらは戦いが終わったあとで聞かせてもらいましょうか。まずは、お手並み拝見させてもらいますよ」

ツルギは寧人にそう告げ、日本刀を鞘《さや》から抜いた。作戦開始時刻まであと十数秒、彼は戦闘の用意を一瞬で終えたらしい。それを見た寧人は他の庶務課員たちにも告げる。

「全員、作戦行動の用意をお願いします」

これを受けた一同は武器を使用可能な状態にし、静まり返った。

「……よし」

寧人は一度目を瞑《つむ》った。

「ネイト？　どーしたの？」

アニスがひょこっと覗《のぞ》き込んでくるような気配があったが、目は開けない。代わりに自分に言い聞かせる。

思い出せ、あのときの感覚を。

俺は止まらない。走り続ける。頂点まで、一直線だ。

決意を固め、目を開ける。

黒く冷たい何か、寧人はときおり感じていた自身のなかにある『それ』の爆発を感じた。

「……行くぜ！　お前ら！　俺に、続けえええ！」

「行くよー！」

「う、うおおおおおおっ！」

ときの声があがる。寧人らは用意していたワイヤーを利用し、一気にハリスン拠点まですべり降りる。遅れて今回の作戦に動員する三体の改造人間、サイのような角の生えた頭部を持つ禍々《まがまが》しい巨体が垂直に落下を開始。

寧人は今回初めて間近で改造人間を見たが、その迫力はさすがにすさまじい。禍々しい巨体が、頼もしく見える。彼らは本社開発室実動課に属するレベル１の社員が変身した姿だが、ランクが低い改造人間のため、変身後は会話などができず、簡単な命令に従うのみだ。

すなわち、あの超生物の働きは指揮官である寧人にすべてがかかっているともいえる。

重量二〇〇キロ超が数十メートル上空から三体落下。

先行してワイヤーで着地した寧人らの周囲に、次々と激しい落下音が鳴り響く。

もちろん彼らの肉体強度なら、ビクともしないが、高所から落下した衝撃音はハリスン拠点にも当然察知され、すぐさまアラームが鳴り響く。すぐに迎撃や守備態勢が敷かれるだろう。ビートル不在時であるがゆえに、その迎撃は最初から全開でくるはずだ。

だが、そんなことは想定内である。もともと戦力はビートルを除けば有利なはずだ。そしてこの作戦はこちらの圧倒的な力と悪意を見せつけることが目的だ。小細工は無用。

寧人は装備品のブレイク・ブレードを起動させる。高振動する刃をもつ近接武器だ。ここ数日の特訓でなんとか最低限は扱えるようにはしておいた。

「……行くぜ……」

ブレイク・ブレードは淡い光を放ち、低い音を響かせる。

黒の戦闘服を纏う庶務課社員、禍々しい気を放つ怪人、その中心に寧人は立つ。

現場指揮官の証《あかし》である黒のマントにはまだ慣れていないが、それを周囲に悟られるわけにはいかない。寧人は右肩にかけた黒のマントを翻し、低い声で告げた。

「叩き潰すぞ。悪党の力、見せてやる」

ホントはこんなこと言うガラじゃないし、正直言うと今だって怖くて失禁してしまいそうだが、それでもその言葉には魂を込めた。

※※

寧人率いる部隊のハリスン攻略戦は乱戦となった。

あくまでも民間施設であるハリスンなので、守備についても警備人員や武装は最小限だが、ハリスンには独自の科学力で開発したアンドロイドがいる。

人型大のアンドロイドたちは、硬質ゴム弾を放つライフル状の右腕と大型警棒状の左腕で武装しており、無機質なモーター音を立てながら、寧人らメタリカ部隊へ次々と迫ってくる。

アンドロイド部隊と交戦し、閉ざされたシャッターを破壊していく。

「うおおおおっ！」

「くらえ！」

「アンドロイドごときが！」

周囲では仲間たちがそれぞれ奮戦している。なかでも際立って目立つものが数人。

「ガアアアアッ！」

荒れ狂う力のまま暴れまわる怪人。その腕力はアンドロイドや警備人員には止めることはできない。次々と敵をなぎ払い、進んでいく。

「機械風情が、俺を止められると思うな……ふんっ！」

日本刀を装備しているツルギ。ゴム弾を巧みにかわし、裂帛《れっぱく》の気合とともにアンドロイドの頭部を撥《は》ね、返す刀で、胴体部分を真っ二つに切り裂く。その太刀《たち》筋は豪快でありながら美しく研ぎ澄まされている。何者なのかはわからないが、あれは並の男ではない。

「えい！　そりゃ！　うりゃ、うりゃりゃりゃ！」

アシスタントのアニスは手にした小型レールガンによる正確無比な連続発砲で周囲を援護している。掛け声はおかしいのだが、その動きはまさに踊るようで、思わず見惚《みと》れてしまいそうだ。さすがはクリムゾンの令嬢だけあり、射撃の腕前は達人の域に達している。

銃声と怒号、一部黄色い声が混ざる戦場のなか、寧人自身も全力で戦っていた。

「だあああああっ！」

寧人には弾丸を避ける速さも、遠距離から正確に銃撃をヒットさせる技術もない。撃たれるゴム弾はジャケットの防弾性能を頼りに、受ける。そして愚直に踏み込み、アンドロイド兵にブレードを突き刺す。

もちろん撃たれた箇所は痛い。防弾とはいえ強烈な衝撃は内臓にも重く響き渡る。だが突き刺したブレードはけして離さない。

ブレードの振動波が敵を破壊するまで、ブレードを強く握り締める。至近距離ではアンドロイド兵の警棒による攻撃が浅いながらもこちらの肩口を叩いてくるが、それでも離さない。

「さっさと……ぶっ壊れやがれ!! 痛いんだよこの……！ だらあああああっ！」

少しして、アンドロイド兵がガシャン、という音とともに完全に機能を停止したのを確認。それを確認してブレードを抜く。

「……はぁ…はぁ……。次！」

連続して襲いくる敵。寧人は未熟ながらに鍛えてきた技で必死に戦った。

倒したアンドロイドのパーツを警備人員に投げつけ動きを邪魔したところを突き刺す。

アンドロイドの腕にしがみつき、ゴム弾をばら撒《ま》いて牽制《けんせい》する。

スプリンクラーを作動させ、水びたしになったところにスタンガンをぶち込む。

人間の警備人員を失神させせて盾として使う。

セコく、ショボく、正しくない。が、頼れる技は鍛えてきたこの手のものだけだ。

率いる庶務課戦闘員たちやサイ型の怪人にもあわせて指示を飛ばす。

内心では怯《おび》えながら、それでも懸命にその恐怖を抑えながら。未熟であることを自覚しつつも、全力でだ。

「庶務課戦闘員は二人一組で動け！　一人が牽制射撃で動きを止め、もう一人が背後に回り込んで斬撃！　敵の正面にはけして立つな！」

後ろから、複数で。それは悪党の戦い方の基本であるべきだ。真っ向から一対一でやりあう必要なんてないし、使い捨ての駒なんかじゃない庶務課戦闘員たちの生存確率は可能な限り上げたい。

「怪人は突出を控えろ！　一体一体の敵を確実に破壊し、味方の援護も忘れるな！」

怪人はその戦闘能力の高さゆえスタンドプレイに走りがち、とのことだがそれではいけない。単独で先行すれば囲まれるし、連携が取れない。単騎で突出した怪人がロックスに倒されたという話はよく聞くが、それは怪人たちの闘争心を御せなかった結果であることが多いのだ。それではいけない。戦闘員も怪人も『やられ役』にならないためには、考えなくてはいけない。力任せにただ暴れるのは『悪』なんかじゃない。変わらなくてはならない。それが庶務課にいた寧人にはわかる。

効率的に、徹底的に、そして非人道的に。

「敵のすべてを殲滅する！」

指揮官として優れているのかもわからない。指示した戦術が的確なのかもわからない。だけど、自分が知っている戦い方はこれしかない。庶務課で学んだこと、営業部で培ったこと。悪としての戦い方にしがみつき、震えそうな体を必死で押さえつけ戦う。

まずはこのアンドロイド兵どもを全部破壊する。その上でコントロールルームにでも篭《ろう》城《じょう》しているのだろうハリスン研究員を引きずりだす。それができなければ、ビートルとは戦うことすらできはしない。

寧人は体中にダメージを負いながらも、攻撃の手を緩めなかった。

※※

ツルギ・F・ガードナーは少し驚いていた。

それはこの現場、つまりは研究施設ハリスンの迎撃部隊の戦闘力が想定より高かったことなどにではない。

この場の責任者、小森《こもり》寧人という男の戦いは、ツルギの予想とは大きく違っていた。

予想よりもはるかに弱い。

ツルギは今から三ヶ月ほど前にメタリカに入った男である。

それ以前はイタリアのある組織で傭兵《ようへい》のようなことをしていたのだが、もともと顔見知りであったメタリカ幹部の誘いを受け、日本にやってきた。

いわばヘッドハンティングのようなものだったし、望めばそれなりのポストにはつけたのだが、ツルギはあえて庶務課の戦闘員として戦っていた。

それがメタリカという組織を知る方法であると考えたからだ。最前線の現場の姿にはその組織のあり方が見えるものだ。

高い戦闘能力と軍才を持つが故に、ツルギはこれまで様々な組織を渡り歩いてきたのだが、あるときから、どこにいても熱くなることができなくなっていた。

悪の組織、世界征服、そう掲げているはずの彼らからは熱を感じなかったのだ。常にギリギリの世界で戦ってきたツルギにはわかる。彼らの言葉には、魂がない。

権力争い、保身、くだらない抗争。俺が剣を振るうに値しない。

それでも世界最大の組織であるメタリカへの誘いを受けたときは、多少の期待はしていた。はるかな道に挑むことができるのではないか、そう考えていた。

実際戦ってみて、たしかにメタリカは他組織とは異なり、目標に向けて進む意志のようなものはおぼろげながらに感じられたが、それだけだった。

そんななか、ツルギ独自のルートで入手した情報があり、少し驚かされた。

庶務課出身でありながらディランを退けた男がいる、そしてその男は命を懸けてビートルに挑む、というのだ。

興味がわいた。ソイツはどんな男なのか。それが、ツルギが強引にこの作戦に加わった理由だ。

作戦前の会話からは、たしかに小森寧人の力強い決意のようなものが感じられた。だが、そのわりには弱い。

「……はぁっ！」

ツルギは襲いくるアンドロイド兵を袈裟《けさ》切りにし、再度寧人に視線をやった。

彼は泥臭い戦いを繰り広げ、なんとか生き延びているようだ。味方に対しては未熟ながらも意味のある指揮を取っている。その戦い方が持ち味、ということも理解できなくはないが、とてもロックスと戦えるレベルとは思えない。

「ふんっ！」

今度は後方に迫っていた敵に振り向きもせず刀を突き刺す。一撃のもとに破壊し、考える。

あの男は弱い。それなのになぜだ。

小森寧人の目にはほんの少しの迷いもない。明確な何かを目指し一心に戦っている。そしてその上で周囲の味方を自分を犠牲にしてでも庇《かば》っている。

あの男は言った。貫きたいことがあるのだと、躓くわけにはいかないと。それがあの男を突き動かし支えているのだろう。それが非力さを補っている。

そして感じる。あの男には秘めた何かがある。数々の戦いをくぐり抜けてきたツルギの直感がそう告げていた。

あの男の目指すものとはいったいなにか。それがこの戦いの果てに見えるのか。

「フッ……面白い。なら、さっさと終わらせるとするか……！　ウオオオオオオッ！」

ツルギは気合の声をあげて周囲のアンドロイド兵をまとめて斬《き》り倒し、奮戦する仲間たちの士気をあげた。続いてさきほど見抜いた敵のフォーメーションパターンを仲間に伝える。

さらに対応する陣形へ移行するべく率先して動く。

敵の隙《すき》を見つけ出し後続を率いて突撃する。これならそう時間はかからないだろう。

だがビートルはこうはいかない。小森寧人に光るものがあるのなら、それはこのあとわかることだ。

ツルギは久しく感じていなかった熱を胸に、次々と敵を撃破していった。

※※

ツルギの獅子奮迅《ししふんじん》の活躍もあり寧人率いる部隊はなんとか乱戦を終わらせた。

もともとこちらが有利なのだ。『ヤツ』さえいなければ、だが。

アンドロイド兵はすべて破壊し終わり、研究所のシャッターも貫通、奥に隠れていた研究員や職員については、威嚇した上で捕縛し、研究所の中枢であるコントロールルームに押し込んでおいた。

そしてその目の前で施設を徹底的に破壊していく。

「……アニス、施設の破壊の指揮をお願いしてもいい？」

息も絶え絶えながら、寧人はアニスに指示を任せた。

「？　いーけど。どして？　ネイトがやらなくてもいいの？」

アニスは疲労ではぁはぁ言っている寧人とは対照的にけろっとしている。さすがサラブレッドだ。

「俺は、ちょっと準備しとかないといけないことがある。ちょっとコントロールルームに行ってくるよ」

そうだ。早くしなくては。アイツが、ビートルが来る前に。

寧人は一人『事前準備』に入った。

※※

「シット！」

ジョンは苛立《いらだ》ちのままに声をあげた。縛り上げられた状態ではそれくらいしかできない。

突然のメタリカによる襲撃。少数でありながらも苛烈《かれつ》な攻撃を仕掛けてくるヤツらに対処できなかった。

位置情報が知られてしまったことは致命的だった。おそらくはジョージ、ビートルが出動した近隣の土砂災害とやらもメタリカの陽動だったのだろう。

「……ジョン、落ち着け」

同じく隣で縛り上げられている所長がジョンに声をかけた。

「……OK。たしかに、俺たちが今さらあわてても仕方がない」

ジョンは意識して頭を落ち着け、そして考えた。

そうだ。この状況は、実は最悪の事態ではない。なぜなら、ジョージがここにいないからだ。ビートルスーツとジョージが無事なら、スーツの研究は続けることができる。あいつならできる。

そしてメタリカにとって不運なことに、研究施設ハリスンのデータはジョージを含めた全員のパスがなければ取り出すことができないようプロテクトをかけてある。プロテクトはメタリカ開発室の技術者にも破られない自信がある。

これは悪意ある第三者にビートルの技術を渡さないためにジョージが提案し、全員で賛成したことだ。この備えによりメタリカはハリスンを押さえても目的は達成できないのだ。だから、研究所のデータを取り出すことなくビートルの技術を手に入れるためには、ビートル本体を押さえるしかないが、それは極めて難しいはずだ。ビートルは、ビートルが守る。

「……まさか、メタリカは俺たちを人質に赤星《あかほし》主任を殺すつもり、だったりして」

後輩の一人が心配そうな声をあげた。その懸念はたしかにある。この事態はジョージもすでに察知しているはずで、本当であればジョージはこちらを無視して一人逃走するのがベストだ。

だが、ジョージの性格上それはないだろうとも思っている。

「大丈夫だ。それはない。俺がそうはさせない」

ジョンがそう答えたのとほぼ同時に、コントロールルームのゲートが開き、一人の男が入ってきた。

「こんばんは」

ひどく冷たい声でそう告げる男は黒いマントを右肩に纏っていた。

「……お前に話すことはない。いいかよく聞け。俺たちハリスンの研究員は体内にチップを入れている。防衛システムを解除していない状態で施設内で二人以上の研究員の生命反応が消えれば、この研究所は爆破される。うかつに俺たちに手を出さないほうがいいぜ」

ジョンの言葉はハッタリだった。一度検討されたことではあったが、まだ実用化はしていない。だがメタリカのこの男にはそれを確認するすべはないはずだ。

「……そうですか。なるほど、やっぱり色々備えをしてるんですね。さきほど試してみましたが、データの抽出ができないのも同じようなことが原因ですか？」

男はジョンのハッタリを信じたように見えるが、その上で動揺を見せなかった。

「でもビートルは助けに来る。そうですよね？　なら結果は同じですよ。この場でビートルを倒し、現物をもらう。それで終わりです」

男の言葉を一瞬理解できなかった。

ビートルを倒す、だと？

舐《な》めるな。防衛用のアンドロイドとはわけが違う。ビートルはハリスンのすべての結晶だ。そして装着者のジョージは、本人は否定したとしても彼は、紛れもなく天才で、努力家で、ロックスだ。

さきほどの戦闘はモニタで観ていたが、お前らごときに遅れは取らない。

「……やってみればいい」

ジョンは男の冷たい目を睨《にら》みつけた。

「ええ、やってみますよ。今俺が来たのは、その準備のためです。さて、とりあえず皆さんの口は封じさせてもらいます」

男は身動きのできない研究員たちに猿轡《さるぐつわ》を噛《か》ませ、言葉を奪った。そしてその上で懐から小さな箱を取り出し、開ける。

箱に入っていたものは、ビートル・クリスタルだった。異次元からエネルギーを取り出し、出力する結晶体でありビートルの動力源だ。

縛り上げられ猿轡をされているジョンは呻《うめ》き声をあげた。

だがなぜだ。コストや条件の兼ね合いから製造数は限られているし、第一外部に技術は漏れていないはずだ。

「……これは見た目が似てるだけのニセモノですよ。いくらメタリカ開発室でも複製は無理ですから。さて、ここから少し相談です」

男はそう言って笑った。心の底からゾッとするような笑顔だった。

※※

寧人は『準備』を済ませると、部下たちを全員コントロールルームに集めた。

動きを封じて言葉も奪った研究員たちは部屋の隅っこにまとめて転がしてある。誰一人傷つけてはいないが、仕込みは終わっている。

この部屋で待つのは、彼が来たときに精神的なダメージを与えるためだ。

「……来ますかね？　ヤツは」

コントロールルームの中央の肘掛《ひじかけ》付きの椅子に腰掛ける寧人にツルギが声をかけてきた。

ビートルが今夜、こちらの陽動にかかり出動していることはわかっている。ここが襲撃を受けていることが伝わったとしても、距離がある。また、単独で逃走することも判断としては妥当だ。ツルギの質問はそうしたことを考慮してのことだろう。

しかし。

「来るさ。必ず」

寧人は確信していた。たとえ、疲れていようとも、遠かろうとも、危険であろうとも、ビートルは、ヒーローは、来る。

敵でありながらも、寧人は信じていた。彼の気高さを、勇気を。少年の日に憧れ、そして今では敵となった彼らを。

それに、今コントロールルームで縛り上げて転がしている研究員たちを見ればあることがわかる。

いるはずの男がいないのだ。

ということは、その男が今どこにいて何をしているのかは明白だ。そう、あの男こそ、ビートル装着員なのだろう。

寧人はどこか納得していた。なるほど、たしかにそれが一番しっくりくる。

まさか装着員自らがあの場に出てくるとは思っていなかったが、冷静に考えれば最も適切で、勇気のいる判断だ。あの男ならそれができるのだろう。

そしてあの男なら、間違いなく来る。

科学が世界を幸せにするのだと、守るのだと。そんな信念を持ち、仲間を信じ、戦ってきた彼が、それを踏みにじる悪を前にして逃げるはずがない。

「！」

施設内に轟音《ごうおん》が鳴り響いた。入り口の辺りだ。寧人たちが設置していたバリケードが破壊された音なのだろう。

「ほらな」

その音が聞こえてから、わずか数秒後、寧人たちがいるコントロールルームには、ヒーローが現れた。

背中に装着している羽状のブースターを全開にしており、すさまじいスピードだった。

脚部からは空気が噴出しているのか、ホバリングしているようだった。

へえ。近くで見てもカッコイイな。すごい迫力だ。

「なんてことを……」

そう歎《なげ》く彼の声はやはり聞き覚えがあるものだった。所属する組織を徹底的に破壊されたことに、憤っていた。

「……」

青く輝くアーマードスーツに包まれた男。

ウィーン、というような機械的なモーター音と脚部ホバリングブースターの風の音の底には、彼の怒りが感じられた。

寧人は椅子に掛けたまま、自分を囲んでいた庶務課員たちをゆっくりと、室内に展開させる。これでビートルにも俺が見えるはずだ。

視線を遮っていた人員たちが退いたことで、ビートルの視線がこちらへ向いた。おそらく装着者の目にはモニタに映る寧人が見えたはずだ。

寧人は座ったまま足を組み、頬杖《ほおづえ》をつき、そして不敵に笑ってみせた。

いかにも悪役だが、これも演出。捕縛した研究員たちに絶望を与えるための、そして率いるメンバーの士気を上げるための。

「よう。ヒーロー、遅かったな」

寧人はボロボロにダメージを受けた体の痛みも、怒りに燃える超人とこれから戦う恐怖も、仲間を救うため、信念のためにたった一人で悪に立ち向かうヒーローへの敬意も。何もかもを仮面に隠し、悪意に満ちた言葉を告げた。

そして同時にこうも思う。

赤星譲司《じょうじ》、俺はあなたを尊敬している。だが、それでもお前を倒す。

「!? 小森、くん……!? どうして君がここに!」

ビートルの音声装置からは驚愕《きょうがく》の声が聞こえてきた。彼からすればさぞかし意外だろう。

「どうして? 赤星さん、あなたは天才なんだからわかりませんか?……なら説明してあげますよ」

寧人はビートルをあざけるように続けた。

「俺が悪党《メタリカ》で、ハリスンを潰すと決めたからです」

端的な、だが絶対的な宣言。赤星が戦闘をためらうことがないように、あえてのことだった。

「なぜだ。君は、ハリスンが正しい、そう言ったはずだ……」

ビートルの声は震えていた。それは怒りか、それとも歎きか。

「正しい? そんなこと言いましたか?」

もちろん本当は覚えているし、その気持ちは今でも変わらない。ハリスンは正しい。科学の力でこの世界の多くの人の幸せを守る姿は正しくて、尊い。

だが、寧人の目的は世界を壊して変えることだ。

科学技術の発展は素晴らしいことだ。でもそれにより無くなってしまったものがある。失ってしまった人がいる。もう誰も気にしないほどちっぽけになってしまったけど、たしかにそれはある。

そして俺はそっち側の人間だった。だから今ある世界を変えたいと願った。

だから正しくなくても、何かを壊してしまうとしても、俺は俺のために悪として戦う。

だが、寧人はそんな心情は言葉にはしない。ただ、悪意ある言葉だけを放つ。

「お前の正しさだの信念だの、知ったことか。どうせここでお前は終わりだ。科学の貢献？　くだらないな。そんなものは幻想だ」

「……なんだと……？」

寧人の言葉を受け、ビートルの胸部クリスタルが光を放った。そしてその青色の発光がアーマー全体に伝わっていく。これは赤星が戦う決意を固めた証だ。

「……小森……寧人ぉぉぉ！」

正義の怒りの咆哮《ほうこう》があがった。

ビートルは全身からモーター音を響かせ、戦闘の構えを取る。

おそらくカメラになっているであろうバイザー状のフェイスパーツが光る。

ビートルという名の由来となっている頭部のツノ状のプロテクターが輝きを増す。

「来い。……赤星譲司。いや、ビートル！」

寧人は憎々しい口調でビートルを煽《あお》る。キャラじゃないのはわかっているが、あえて偉そうに喋《しゃべ》ってみせる。だが心中は違う。

さすがだよ。まったく怯《ひる》まない。科学を信じ、今ある社会を守るために戦う男。かっこいいよ。だが、こっちだって引けない。俺は戦う。お前を倒してでも、先へ進む。

「行くぞっ！」

キュイン、という機械音、ビートルは脚部のブースターから爆風を放ち、寧人に向けて突進してきた。

「……やれ」

寧人は三体の怪人に攻撃命令を下す。

サイ型の怪人たちはビートルの行く手を遮り、角による一撃を放つ。

「はぁっ！」

ビートルは腕部のアーマーでそれを受け止める。三体の怪人の重量と突進力に一人で拮《きっ》抗《こう》してみせた。

すさまじい力だ。

「今だ。後方に回り込み、新型プラズマエネルギー内砲弾、一斉掃射」

間髪入れずに庶務課へ指示を下す。最近別件で入手した新型兵器はこのために用意した。従来の銃火器による攻撃ではビートル相手にはなんの意味もないことはわかっている。それでは防御する必要すらないだろう。

「あいあいさー！」

真っ先に反応したのはアニス。ミニスカートから白い素足を覗かせる可憐《かれん》な見た目からは想像もつかない早撃ちの連射を浴びせかける。その銃弾は正確にビートルスーツの関節部分を襲った。

さらに庶務課の者もそれに続き、銃弾による一斉攻撃を仕掛ける。両腕で怪人の攻撃を押さえているビートルには回避できない。その背面を連続して光弾が襲う。

光弾の嵐のなかを駆け抜けるツルギが日本刀を高速で抜き放つ。

「無駄だ！」

しかしその攻撃さえもビートルには通じない。ビートルは後方に青い光のバリアを発生させ、すべての銃弾を防ぎきり、ツルギの一撃を受けきった。さすがに、これまでも数々の悪を倒してきた戦士だ。数の不利をもろともしない。

「ほう。さすがだな」

余裕のある態度を演じる寧人だが、内心では驚愕していた。

ディランも強かったが、こいつも相当だ。理不尽だ。凡人を一蹴する破壊的な正義。

だが、負けるわけにはいかない。

「……嘘だろ。あれだけの攻撃が……」

「ば、バケモノだ……勝てるわけが……」

「殺される……俺たちみんな……」

庶務課一同に動揺が走る。無理もない。寧人とてディランの強さを最初に見たときは信じられなかった。

だが、負けるわけにはいかない。

それにこの展開は想定内だ。バリアを使わせる。それだけで十分だ。

寧人は椅子から立ち上がり、ブレードを高く掲げ、檄《げき》を飛ばす。

「怯むな！　我らはメタリカ、誇り高き悪の組織。ヤツはすでに別の任務を終えたところだ。エネルギー残量にも限りがあるはずだ。徹底的に攻撃しろ。徹底的にだ」

そう。唯一勝機があるとすればそこだった。ビートルはここに来るまでの間に相当エネルギーを消耗しているはずだ。そしてバリアを展開するのにもエネルギーは使う。

あのとき、ビートルがイエローカード残党のテロリストと戦っているとき、ビートルはわずかに動きを曇らせた。

その際、ビートルは腕部から小型のアームを展開させ、そのアームを用いて胸に光るビートル・クリスタルを『取り替えた』。後に画像データでも検証済みだ。

クリスタルがビートルの動力源であることは知っている。なら推測は簡単だ。ビートルスーツの長時間の運用にはクリスタルを取り替える必要がある。

開発室にデータをわたし、演算させた。当然正確な持続時間がわかるはずがないが、概算値でもわかれば十分なのだ。

陽動の現場では土砂災害を引き起こしておいた。その復旧、およびここまでの移動で使うエネルギーの推定値はどの程度か。寧人にはわからない。だがメタリカ開発室なら試算できる。

そしてこちらの攻撃は効いてはいないが意味はある、前衛の改造人間三体、後方からの射撃。

それは少なくともビートルの前進を止め、そしてエネルギーを使わせる意味がある。

これを続けることが、か細い勝利への道。全力を尽くしても足止めが精一杯。それが彼《ひ》我《が》の実力差だ。

しかもこちらの弾薬も無限にあるわけではない。このままいけばこちらのほうが先に力尽きる可能性もある。いやおそらく先に力尽きる。プラズマエネルギー内包弾は多くはないし、前衛でビートルを抑えている怪人は今にもねじ伏せられてしまいそうだ。

「撃て。撃ち続けろ。ヤツが根をあげるまでだ。余力でこちらが負けることはない」

だが、それを悟られてはならない。ビートルにも味方にもだ。寧人は気を吐いた。

隠す。

そして万が一先に力尽きれば終わりだということはわかっている。だからこちらのことは

ビートルは自分のエネルギー残量は把握しているはずだが、こちらのことはわからない。

「……くそ！　汚い手を……！」

寧人の言葉に一同は攻撃を続行する。

「うおおおおっ！」

そうすれば必ずアイツは次のアクションに出る。

そのときだった。寧人らの背後から声が響いた。

「ジョージ！　新しいクリスタルはB―7シェルターに格納してある！　早く換装を！」

「なっ!?」

寧人は振り返ってそちらを見る。

捕縛し、猿轡を噛ませて言葉を発せなくしていた研究員の一人、たしか名前はジョンとかいう男の声だった。猿轡が外れている。縛りがゆるかったのだ。

研究員は庶務課員に後ろから銃を突きつけられながら、ビートルに決死の情報を伝えてきたのだ。

「……ＯＫ、ジョン。感謝するよ……！」

ビートルは一度バリアを解除し、プラズマ弾の直撃を受けた。

「……くっ……」

バリアがなくてもエネルギー転換装甲は生きているようで、ダメージは受けた様子だが致命傷にはなっていない。

なぜビートルがバリアを解除したのか。それは三つの別のことに残りのエネルギーを回すためだ。

一つ。前方の改造人間にビームを撃ち弾《はじ》き飛ばす。

二つ。重要な情報を伝えたジョンの周辺に小型のバリアフィールドを展開し、その身を守る。

三つ。スラスターの出力を全開にし、即座に新しいクリスタルのあるシェルターへと向かう。

エネルギー残量を正確に把握し、ギリギリのところで三つのアクションを成立させる。たいした腕だ。そしてこの行動からは『クリスタルの換装ができれば、それで間違いなく勝てる』という確信が見てとれる。

さきほどまでの残量の不足を気にする節約した使い方ではない、エネルギー残量を使い果たすビートルの行動に、寧人たちは対処できなかった。

高速のホバー移動を見せたビートルは壁を破壊し、すでにこの部屋にはいない。

「……お前……」

寧人はジョンと呼ばれた研究員を見た。

「……なんだ。予想外ってわけかよ。俺を殺すか？　いいぜやればいい。俺は、ジョージが、ビートルが戦うアシストができた。満足さ」

縛り上げられ、震えながらもジョンは笑っていた。

「……バリアフィールドを破るのも手間だ。コイツは放っておけ。ツルギさん、ここを見張っていてください。残りは俺と一緒にビートルを追いましょう」

寧人はすかさず指示を出し、一同でビートルの後を追った。

しかし、ビートルは速い。ホバーによる移動速度に対し、ドタドタと走る一同は追いつけなかった。

「くっ……」

ビートルにやや遅れて、寧人たちはシェルターに到着。そこではすでに、クリスタルを手にしたビートルの姿があった。

「遅かったな。悪党」

ビートルはさきほどの寧人の言葉に意趣返しをしてみせる。

「ちっ……。正義の味方ってやつは、ほんとに運がいいよな」

「違うな。これはジョンが命を懸けて伝えてくれたからこそ起きたことだ。言っただろ。僕『たち』には信念がある。いくぞ、メタリカ。覚悟しろ」

ビートルは胸部のクリスタル収納スペースをオープンした。これまで入っていたクリスタルを取り出し、あとは新たなクリスタルを挿入するだけだ。

「やめろぉぉっ!!」

寧人は絶叫した。

「チャージ・オン！」

勝ちを確信したビートルの声が、シェルター内に響き渡った。

※※

「……てっきり、まずは俺を殺すものかと思ったんだがな」

ジョンは自分たちの見張りとしてコントロールルームに残っていた長身の男に話しかけた。

「そんなことをしてなんになる？　事前に防げなかった時点でとりかえしがつかない」

男はそんなジョンの言葉を鼻で笑った。なるほど、彼はわかっていないようだ。

「……お前らの指揮官は、わざと俺の猿轡が外れるように仕掛けておいたんだ」

男の眉が少しだけ動いた。やはり知らされてはいなかったらしい。

「ほう。面白いな」

「あの男はビートル・クリスタルの精巧なダミーを持っていた。当然ビートルのエネルギー源にはならないものだ。そして俺にそのダミーを渡し、本物のクリスタルとすり替えろと脅迫してきた。そして戦闘の途中で、そのダミーの場所をジョージに教えろ、ってな」

さもなくば、殺しはしないが、死んだほうがマシだという目にあわせる。従えば俺の命は保障する。そう言ってきた。だからその場で従うことを了承した。

「……なるほど。ビートルの機能を停止させる策というわけか」

男はなにやら思案する表情を見せた。もしビートルがダミークリスタルを装着したのなら、メタリカの勝利は確定する。それはこの男にもわかっているのだろう。

ジョンは首を横に振った。

「だが、俺はクリスタルのすり替えなどしていない……！」

ジョンはたとえ殺されても、ビートルを売るつもりはなかった。今にも失禁してしまいそうなほど怖かったが、メタリカの指揮官の脅迫に屈せず命令に従わなかった。そしてそれは成功した。ジョンはシェルターに入り、すり替えるフリをしてみせ、敵の指揮官はそれに騙《だま》された。

今頃、ジョージは換装を終え、ビートルは全開の力をもって侵入者を撃退するだろう。

男の目が光り、そして笑った。

「ふっ、……矜持《きょうじ》、か？」

味方の窮地を招く事態を作った要因であるジョンに対し、男は敵意を向けてこなかった。

「……ああ。そうさ。お前らの好きにはさせない。それがビートルを作った俺たちのプライドだ！」

共に研究を完成させた仲間であるジョージがあれだけのトレーニングを重ね、そして命懸けで戦っている。俺だって。俺だって。負けるわけにはいかない。

この意地が、勝利を呼んだんだ。

今この情報を明かしたのは、メタリカの連中の鼻を明かしたかったから、そしてジョージが今にも救援に来るという確信からだった。

だが、この話を聞いたメタリカの男は動じていない。

「見事だ」

それどころか、賞賛を贈ってきた。

「さて、少し興味が湧いた。俺も現場に向かうとするか」

男はそう言い残し、コントロールルームを出ていった。

※※

シェルターではビートルが雄たけびとともに、クリスタルを胸部の収納スペースに挿入していた。

そして、その次の瞬間には、アーマーが強い光を放ち、起動音が室内に鳴り響く……ことは、なかった。

「なに!?　なぜ……!?」

ビートルのアーマーは光を失った。そのままガシャン、という音を立て、膝をつく。

各パーツから聞こえてくるはずのモーター音も、聞こえない。

「どういう……ことだ……？」

「わからないのか？　お前が取り替えたクリスタルは、ダミーだ。いくら緊急事態とはいえ、よく確認しろよ。開発者なんだろ？」

寧人はにやりと笑ってみせる。

フェイス部のアーマーのため、ビートルの表情は見えないが、戸惑っているであろうことは間違いなかった。

「だが……このクリスタルは、ジョンが、僕の仲間が……！」

僕の仲間が教えてくれた。決死の情報のはずだ。って？

たいした連中だ。一人はその身を懸けてすり替えを拒否して真実を伝え、一人はそれをなんの疑いもなく信じた。さすがは正義の味方だ。

だが、彼らにとって誤算だったことが一つある。

他の誰でもない。この俺が、誰よりもお前らを信じていたことだ。

俺があの研究員に渡したクリスタルはダミーなどではない。本物だ。

そしてこのシェルターに置いてあったほうが、事前にすり替えていたダミーだ。

彼の目を欺くほどのクリスタルは時間の関係もあって複数は作れなかった。擬似的な反応を出す必要もあったからだ。

だから賭けた。赤星の語った彼らの信念に賭けた。

命を懸けて悪意を跳ね除《の》け真実を告げる研究員の言葉は、絶対にビートルに届く。そのとき、ビートルは動く。勝利を確実なものにするためだ。さきほどまでの拮抗状態での優勢は推測できても確信はない。だから動く。

そしてその結果がこれだ。

寧人は高笑いを浮かべた。おかしくてたまらない。そういう顔を作る。

「ははは。お前、まだわからないのか？　仕方ないな。教えてやるよ。あの研究員は俺の脅しに屈してクリスタルのすり替えを行った。お前が今装着しているものはダミーだ。猿轡は最初から取れるように結んでいた」

「……きさま……！」

「なに、簡単だったぜ。事前にすり替えはさせていたし、その情報を一生懸命叫んでくれたぜ。演技派だな？　お前のお仲間は。文字どおり、『お前の』決死の情報を伝えてくれたぜ。マヌケなお前はお仲間を信じて、意気揚々と自分の首を絞める縄に飛び込んでくれたよ。正義の味方を売るなんて、ひでぇヤツだよな？　ははは！」

寧人がビートルに事実と違うことを告げたのにはわけがある。万が一ここで討ちもらしたとしても、二度と立ち上がれないように。仲間との信頼を砕くためだ。

「嘘だ。……仮に彼が言った情報が間違っていたとしても、それは彼の意志じゃない。そう仕向けたのはお前のはずだ。彼に罪はない。……この、外道が」

エネルギーを失ったビートル・スーツはただの鉛色の重りに過ぎない。エネルギー転換装甲が機能せず、ブルーの彩色も消えており、ブースターも起動しない。

重量数百キロの棺おけだ。立ち上がることすらできないようだ。

だが、それでも赤星は仲間を責めることはしなかった。

「へえ。そうかよ」

すごいな。お前は。この状況でも折れずにいられるのか。寧人はビートルを畏怖《いふ》したが、それはけして表面には出さないし、あくまでも真相は語らない。

また、現在コントロールルームにいる他のハリスン研究員にも語らない。

ビートルにはハリスンが裏切ったと思わせる。

一方で、ハリスン研究員には、ビートルが万全の状態になっても、なお負けたと錯覚させる。

こうして、彼らの心を折り、踏みにじる。それが狙いだった。

「まあ、そう思いたければそれでいい。どの道、お前もハリスンも、もう終わる」

寧人は笑顔を浮かべたまま、ブレイク・ブレードを起動させ、ゆっくりとビートルに歩み寄る。

「……す、すげぇ……」

周囲の庶務課員たちはあまりにも苛烈な悪意の発言に固唾《かたず》を飲み込み、その光景を見守っていた。

「……言いたいことは、それで終わりか？　ビートル。外道？　それがどうした上等だ。俺はメタリカなんだぜ。悪いことしてなにが悪い？」

「！　……研究所のみんなはどうなる。ビートルさえ手に入ればそれでいいはずだ。違うか。彼らを、殺すのはやめろ」

「………ジョン、とかいうやつも、か？」

「もちろんだ」

「……わかった。命だけは助けてやる。だが、お前らが今後メタリカにたてつくようなら、その保障はない」

「……約束は守れよ」

「……さてね。なあ、ビートル。お前は、やっぱり、ロックスだったよ。正義の味方だ。

だが」

赤星譲司とハリスンが生み出したビートルは、英雄だった。

気高い正義だった。それは寧人もよくわかっている。だが、それでも。

「正義は勝つ、とは限らない……！」

寧人はそう言い放ち、膝をついたままのビートルに向け、大上段に振りかぶった高振動の刃を振り下ろした。

ガチッ、というような鈍い音、続いてキュイーン、というような高い音。二つの音が響いた直後、ビートルが纏っていた科学の鎧《よろい》は、頭頂部から亀裂が全身に渡っていき、そして砕け散った。あとはこれを開発室にそのまま運べばいいだけだ。

「……赤星」

砕かれたアーマーの中から、赤星が姿を表した。ブレードを受けた衝撃で気絶しているようだった。

「……ふうっ……これでコイツは終わりだ。それに研究所の連中にしても、自分たちのヒーローがここまで完全にやられた以上、俺たちに従う以外ないだろう」

寧人は寧人で精神力と体力が限界に来ている。ふらつく。

周囲を見渡すと、いつのまにかツルギが来ていた。どうやら一部始終を見ていたらしい。

「……しっかりしな。本社さんよ」

ツルギはそう言うと、その大きな肩を貸してくれた。

「……うん、ちょっと休めば、多分」

なんとかそう答える寧人。

「しかし、本当に勝つとはな。アンタ、たいしたもんだぜ。それとも、ビートルは予想よりも弱かった、か？」

「………」

寧人は倒れ伏している赤星に視線をやった。

弱かった？　そんなことはない。彼は強かった。本当に強かった。

仲間に裏切られたはずの彼は、それを責めることはしなかった。そして気絶する直前のときも己の命よりも、仲間の身を案じていた。その言葉に、自らを飾る偽りの響きはなかった。社会を守るために戦い続けた男は、本当に素晴らしい人間だった。

「……強かったよ。ビートルは、本当に強い男だった」

綺麗《きれい》で、カッコよくて、気高い男だった。最後に交わした約束をたがえるつもりはない。

「……アンタ……ふっ、ホントに変わった野郎だな」

「…それより。皆さん怪我《けが》は？　全員無事ですか？」

ふらつきながらも、その確認はしないわけにはいかない。

「ああ、全員、軽傷だ。死人はいない」

「へ、へへ。よかった……。ホントに、よかった……ああ。そうだ。ツルギさん、戦闘が終わったら、って言ってましたよね」

俺が戦う目的、目指すこと。戦闘が終わったら聞かせろ、と彼は言っていたはずだ。

庶務課というのはシフトもあり担当エリアも色々なので、下手をしたらもう二度とツルギには会えないかもしれない。あそこまで活躍してくれた彼の質問に、答えないわけにはいかない。ああ、そうだ。からかってるとか、冗談だとか思われたら失礼だよな。よし、本気で、心から言うぞ。

寧人は力を振り絞り、伝えた。

「俺は、世界を征服します」

ツルギは寧人の言葉をかみ締めるように聞き、そしてニヒルな笑顔を浮かべた。

「……なるほど。よくわかりましたよ」

ツルギはなぜか満足そうな表情だった。

「俺はいつか、またアンタの下で戦うときが来る。そんな気がしますね」

「……？」

ツルギの不思議な言葉を聞きつつも寧人は返事をする気力も残っていなかった。疲れた。ここでぶっ倒れてしまっても、いいかな。そう思った矢先。

「ネイト！　すごいよ！　あれがネイトの戦い方なんだね！　アニス、ゾクゾクしたよ！」

一段落つくのを待っていたのか、アニスが駆け寄ってくる。白い頬が、興奮しているのか少しだけ桜色に染まっていた。

「……あ、うん。だから言っただろ。俺、別に強くは…」

「ううん。そんなことないヨ。ホント、カッコよかったよ！　やったね！　やったぁ！」

カリフォルニア育ちなだけあって感情表現がストレートで、悪のボスの一人娘なだけあってかっこいいの感覚がおかしい。

「お、おい」

止める間もなく、アニスは寧人に抱きついてきた。予想よりも華奢《きゃしゃ》で、でも胸のふくらみが感じられ、焦る。

「ちょ……ま……」

「？　あ、あれ？　ネイト？」

「……すーっ…すーっ…」

誰よりもダメージを受け、疲れ果てていた寧人はその柔らかさに負け、眠りについたのだった。

エピローグ「俺は進む」

寧人《ねいと》はハリスン攻略での激闘を終えたあと、情けなくも倒れてしまい、二日ほど会社を休むことになってしまった。その間、自分がやったことについて色々なことを考えたが、自分なりに整理はついたように思う。

今日から出社だ。休んだあと職場に戻るのは緊張するものだ。寧人はびくびくしながら第二営業部に出勤した。

「ネイト！　もう良くなったの？　良かったー。待ってたよ！」

「あ……うん」

アニスは相変わらず素敵な笑顔で接してくれる。どうやらビートルを倒した卑劣な手段がこの子にはかっこよく見えたらしく、先日お見舞いに来てくれたときも前より好意的になっていた気がする。

やばいぞ。クリムゾンのボスの耳に俺のことが入ったら……、という恐怖とは別に、純粋に嬉《うれ》しい気持ちもないではない。が、それは表に出してはいけない。だって怖いからだ。

寧人は迷惑をかけたであろう部のメンバーに挨拶をしてまわることにした、最初は部長の泉《いずみ》だ。

「おはようございます。部長。こ、このたびは突然休みをいただき、ご迷惑をおかけしました」

「ああ。回復したなら何よりだ。それより、今回はよくやったな。宣言どおり、見事ハリスンを攻略して、ビートルも討ち取った。無理を通した俺の面子《めんつ》も立ったぞ」

泉は会議ですごんできたときとは別人のようににこやかだ。

「あ、ありがとう、ございます。部長があのとき、後押ししてくれたおかげです」

事実だった。もし寧人がしくじっていれば、泉とてただでは済まなかったはずだ。それでも俺を推してくれた。この普段穏やかな男が、修羅のような表情で無理を通してくれた。

寧人は初めて、上司、というものに気骨を感じていた。

「みんなも聞いてくれ。位置情報の特定を進めた企画部の功績もあるが、これは紛《まぎ》れもなく小森《こもり》の出した成果でもある」

「よくやったぞ。小森」

「奇跡だな」

「俺、お前絶対死んだと思ったわ」

「庶務課上がりの意地を見せたな」

「レベル2昇進か。並ばれちまったじゃないか」

「陽動作戦協力したんだからキャバクラ奢《おご》れ」

「ラーメンも奢れ」

営業部の者たちは、口々にそれぞれの言葉で小森をねぎらい、拍手を送る。

「あ、ありがとうございます。これも……その、後押しをしてくれた泉部長や皆さんのご指導と協力があったからこそです……これからも頑張ります」

寧人はそう答えるだけで精一杯だった。泣いてしまいそうだったからだ。

もちろんわかっている。もしビートルに負けていたなら、俺は粛清されていた。今はにこやかな泉が修羅の形相で俺を糾弾したはずだ。それにそもそもやったことは社会的に褒められるようなことじゃない。わかっている。ただ、涙が出そうになっただけだ。

その後はとりあえず、寧人は事務処理に追われることになった。話によると今日の終業後にはメタリカ上役たちによるハリスン制圧に伴う祝賀会が行われるらしく、そっちにも参加しないといけないそうなのだが、時間的にはかなり厳しいものがあった。

「お疲れ。お前まだ行かないのか？　今日戦略本部長とか来るんだろ？　呼ばれてるんだから、お前はさっさと行ったほうがいいぞ。下っ端のくせに遅刻するとあとあと面倒だろ」

今回の祝賀会に営業部から参加するのは、管理職である泉と現場指揮を担当した寧人の二人の予定だ。泉は出先から直行《ちょっこう》することになっている。

「あ、ちょっと、報告書がまだで……」

「資料よこせよ。仕方ないから俺が適当にやってやる」

「で、でも……」

「どれ。……お前なぁ、この程度の報告書に何時間かかってんだよ」

先輩社員の一人が寧人から強引に資料を奪い取った。

「ほらさっさと行け。こんなもん三〇分もかからないから」

寧人は戸惑ったのだが、すでに彼はデスクに座って作業に入っており、すさまじいスピードでデータをまとめていた。しっし、と手を振って寧人を追い払おうともしている。

「……すいません。ありがとうございます」

他にどうすることもできそうになかったので、寧人は深々と頭を下げて礼を言うと本社を出ることにした。といっても、祝賀会の会場はそう遠くはないホテルの宴会場なので到着に時間はかからない。

※※

「あー……疲れた。……俺ってやっぱダメかもしんない」

まるで地獄のようなパーティだった。泉部長から上役たちに紹介されたりはしたものの、凄《すご》みのある大物たちを相手に上手《うま》く話せずおろおろしていることしかできなかったし、名前も覚えてもらっていなかったし。明らかに場違いだった。

一方、同じ場にいた池野《いけの》はそつなく上役たちとの会話もこなしていて、期待されているであろうことがありありとわかった。

しかも、寧人は会場にいた給仕係とぶつかって転び、テーブルの料理をぶちまける失態すら犯すことで注目を集めてしまったので、最悪である。

ため息をつきつつパーティ会場をあとにした寧人は一度本社に戻ることにした。

先輩に仕事を押し付ける格好になってしまった手前、さっさと直帰《ちょっき》するわけにはいかない。もしかしたら彼がまだ仕事をしているかもしれないし、もしそうならあらためて自分がやらなくてはならないからだ。

「……腹、減ったな……」

本社のエレベーターに乗った寧人はそう呟《つぶや》いた。結局、失敗をやらかしてしまった恥ずかしさや慣れない雰囲気のために、パーティで用意されていた豪華な料理はほとんど食べられなかったのだ。

それにしても、池野と比べて、自分はなんて情けないのだろう。

初めての機会にテンパって、何も言えずにオドオドしていた。わかっている。自分がもともとそういうヤツだということはわかっている。でも、仕事では上を目指して全力で駆け抜けると決めたはずだ。その思いをもって戦いに勝ったはずだ。なのに。

俺は、ちゃんと考えをまとめて決意していかなきゃダメなようだ。今度ああいう機会があれば、もう戦いだと思って臨むことにしよう。寧人はそう決めた。

「……まあ、次があれば、だけど」

独り言を呟きつつ営業部があるフロアにたどり着いたが、すでに誰もいない。念のためデスクを確認すると『終わったから帰る。お前もさっさと帰れ』とメモが残されていた。メモを残した時間も表記されているのだが、どうやら本当にすぐ終わったらしい。

寧人は少しホッとしつつ、営業部の入り口にあらためてロックをかけて灯《あか》りを消し、再びエレベーターホールに向かった。

ちょうど寧人がエレベーターホールに着いたそのとき、タイミングよくエレベーターがやってきた。

呼んでもいないのに来たということは、社内の誰かがこんな時間にこの地下フロアに用があって降りてきたというわけだ。

お疲れさまです。寧人が心のなかでそう思うと同時にエレベーターの扉が開いた。乗っていたのは、寧人も知っているあの子だった。

「あれ？　……びっくりした。真紀《まき》さん？」

同期入社の黛《まゆずみ》真紀である。

「ご、ごめんなさい。あ、えっと、その……お疲れさまです」

真紀は寧人に気づき、あたふたとした様子を見せる。今日は白いセーターにスカート姿だったのだが、スカートのすそをつかみなにやらもじもじとしている。

「？　お疲れさま。どうかしたの？　営業部に何か用？」

「いえ、あの……」

「あ、もしかして俺に用事？　あ、あれだ。領収書が落ちないとか？」

「違います！」

「？　もう遅いから帰ったほうがいいと……」

「あの！」

「な、なに？」

「寧人くん、約束しましたよね。ハリスンのお仕事が終わったら、ちゃんと報告に来てくれるって」

なにやらむくれているようだった。

「そりゃ、わたしが勝手に言っただけかもしれないけど。……待ってたんですよ。もしかしたら、まだ仕事してるのかなって、降りてきてみたんですけど」

つーん、と不満げな顔を見せる真紀。

しまった。そういえばそうだった。今日はなにかとバタバタしていて後回しにしてしまっていた。

「ご、ごめん！　忘れてたわけじゃないんだけど……」

「もーっ。心配してたんですよ」

じっと、こちらを見つめてくる真紀。アニスにはだいぶ慣れてきたのだが、やはり女の子と話すのには慣れていなかった。

「ホントごめん。んじゃぁ……えっと、あの……」

狼狽《ろうばい》する寧人。真紀はそれを見てくすっと笑った。ああ、よかった。本気で怒っているわけではなさそうだ。

「ふふ、もういいですよ、冗談です。それより、あの、これからゴハンでも行きませんか？」

は？　さらに急な展開だった。

「え？　もしかしてそれでわざわざ待っててくれたの？」

「……そうですけど。そういうことは聞かないでください」

「昼間のうちに声かければいいのに」

「……だって、すごくマジメそうに仕事してましたし。あんな顔もするんですね。寧人くん」

意味がわからなかった。思わず寧人は黙り込んでしまう。

「むーっ……あ！　そうです！　すっごい作戦成功したんですから、それです！　お祝いです！」

「あ、ああ。なるほど。そういうことか。ありがとう」

寧人は一瞬、同期でもある池野も呼ぼうかと思ったのだが、そもそも連絡先を知らない。それに多分今頃は祝賀会の二次会にでも行っているだろう。ちなみに寧人は呼ばれなかった。

今回のことはおもに企画部の功績となっているようだし。まあ実際立案したのは企画部だし、お膳立ても大体《だいたい》全部池野の仕事なので、それも仕方ないだろう。

「あ、もしかしてもうゴハン済ませちゃいましたか？」

真紀は少し心配そうな表情を見せた。

「いや。実はさっきまで祝賀会に出てたんだけどさ……なんか全然食べられなくて、腹はかなり減ってるよ」

力なく笑ってみせる。実際今にも倒れそうなほど空腹だった。

真紀はそんな寧人の言葉を受け、明るい笑顔を見せた。

「そうなんですね！　じゃあ、行きませんか？　えっと、お祝いの二次会です！　……二人だけですけど」

えへへ、と笑いながらそう伝える真紀の表情はなにやら照れているようでもあり、寧人はそんな彼女を見てしばし絶句してしまった。

「……」

「だ、だめですか？」

そんなわけなかった。嬉しかった。ちょっと感動して喋《しゃべ》れなかっただけだ。

この人はホントに親切な人だな。と思った。

しかも相変わらず可愛《かわい》い。とても悪の組織の一員とは思えないほど清楚《せいそ》な少女だ。一緒に歩いているだけでちょっと鼻が高いかもしれない。二人で食事に行って間がもつのか、俺と行ってこの人楽しいのか、という不安もあるが、それで断るほど寧人はバカではない。

「いやいや。行こう！　ありがとう。嬉しい」

そう答えると真紀の顔がぱっと輝いた。まるで花が咲いたようなその表情に、寧人は一瞬、自分の鼓動《こどう》が強くなったことに気づいた。

「うん！　よかったです。じゃあ行きましょう。寧人くん、食べたいものとかありますか？」

少し考える、女の子って何が好きなんだろう。なんかいい感じの店じゃないとダメなのか。いかん、今月の給料はもうないぞ。結構立替清算してるし、一般職の給料は安いんだ。

色々考えたが、寧人の頭に浮かんだものはいつもと変わらなかった。

「……おでん、とか」

「おでん、ですか？」

「……ダメ？」

「そんなことないです！　わたし大根とか大好きです！」

そう言って微笑《ほほえ》んでくれた彼女は、やっぱりめちゃくちゃ可愛かった。

※※

「おやっさん。俺、芋焼酎《いもじょうちゅう》。あとハンペンと玉子」

結局、寧人はいつものおでん屋に行くことにした。ガード下の安い店舗だが、ここしか思いつかなかったし。真紀は真紀で、「寧人くんがいつも行くところ、行ってみたいです」と、大変心優しい社交辞令を言ってくれたからだ。

それに、マジメな話、このおでん屋はなかなかいい。おでん屋でありながら、言えば大抵のメニューは店に材料があれば作ってくれる。なぜかメンチカツとかポテトサラダとかもある。

店主のおじさんは、顔に傷があり、まるでヤクザもののようだが、とても心優しい。

「あいよ。兄ちゃん。今日はずいぶん可愛い子連れてるねぇ、兄ちゃんのコレかい？」

店主が小指を立てて、顔に似合わない茶目《ちゃめ》っ気を見せてきた。

「勘弁してくださいよおやっさん。この人は俺の同僚です。そんな風に言ったら失礼じゃないですか」

寧人は焼酎を注《つ》ぎながらこちらをからかってくる店主をあわてててたしなめつつ、ちらっと真紀を見てみる。これで気を悪くしたらどうしてくれるんだ、と心配になった。

「いえいえいえ！　全然、大丈夫ですから。全然！」

真紀は手をぶんぶんと振って否定してくれた。なんていい人なんだろう。

「ははは。じゃあ、お姉さんは、何にする？」

「あ、えと、じゃあ、大根と厚揚げください」

「あいよ」

しばらくすると、熱々のおでんが出てくる。客は二人だけだった。いい店なのに繁盛していないのは、やっぱり店主の顔が怖いからだろうか。二人は乾杯をし、おでんに取り掛かった。

「……旨《うま》い」

腹が減っていたこともあり、体中に染み渡るように美味《おい》しかった。

「わぁ。美味しそうですね。いただきます！　あつっ、はふっ、はふっ……」

大根をほおばった真紀は、幸せそうな顔で、はふはふと言う。寧人は思わずじっと見てしまった。

「……？　なんですか？　あ！　な、なにかついてますか⁉」

「いや、なんか……、その……美味しい？」

このおでん屋に真紀と一緒にいること自体もそうだし、そこで彼女が浮かべている表情がなんだかとても新鮮だった。それをそのまま言うのはなにか変なので、誤魔化《ごまか》してみた。

「美味しいです！」

真紀の反応は予想以上に好評で、別に自分のお店でもないのに嬉しくなってしまう。

「うん。俺もそう思う。汚いけど、いいお店だよね」

「汚くて悪かったねぇ……はいよ。これ、サービス」

二人の会話を聞いた店主が苦笑いを浮かべつつ、コロッケを差し出してきた。このお店はおでん屋なのに、妙に色々なものが出てくるのだ。

「ありがとうございます！」

寧人はふと、祝賀会の公式な二次会には呼ばれなくて良かったな、と思った。

二人だけだし、小汚いおでん屋だけど、こっちのほうがよっぽどありがたい。それは多分、真紀がいてくれるからだ。

古い店内で、二人は温かいおでんを食べ、少しずつ話も弾んできた。

「俺さぁ、そういえば人と一緒にメシ食いにきたの、真紀さんで三人目だよ」

「え？　そ、そうなんですか？」

「うん。間中《まなか》さんと、あと、高校のとき一人だけ仲がいい友達がいてさ」

「へー。そうなんですかぁ」

「寧人くんって、休みの日とか何してるんですか？」

「うーん。まぁ、自主トレと。あとは引きこもってるかな……真紀さんは？」

「自主トレってすごいですね！　わたしは……けっこう暇なので、本読んだりとか、お散歩するくらいです」

「なんか知的な感じだね。そーいや、真紀さんってもう大学出てるんだよね？　まさちゅーせっつ？だっけ。俺より年下なのに。ほんとすごいと思う。尊敬するよ。何勉強してたの？」

「えっと、生物学と、工学と、あと」

「すごいね……」

「た、たた、たいしたことないですよ。寧人くんこそ、一年目で結果残してるじゃないですか！　あ、そうだ。あらためて、おめでとうございます！」

さほど盛り上がっているとはいえないかもしれない状況なのだが、それでも寧人は楽しかった。なんとなくだけど、真紀も嬉しそうに見える。店内の灯りのせいなのか、彼女の頬《ほほ》はほんのりと桜色で、それがまた綺麗《きれい》だった。

「へー。兄ちゃん。なんかいい仕事したのかい？」

ときおり店主も会話に絡んでくる。この店主はその辺が上手くて、けして客の邪魔にはならず、それでいて場の空気をよくしてくれるのだ。間中に連れてきてもらったこのお店は、寧人にとってとても大事な場所になっていた。

「そうなんですよ！　寧人くん、すごかったんです」

真紀は小さな拳を握り、嬉しそうにそう言ってくれた。なんだかこそばゆいのだが、彼女の言葉は本当に嬉しかった。

「そっか。兄ちゃん、男を上げたねぇ。このままどんどん出世するといいな」

そう言って店主は焼酎のおかわりをとくとくと注ぐ。今度はいつものやつとは違う。少し高い焼酎だった。

「おやっさん。これ……」

「ああ、未来ある若者に、おっさんからサービスだよ。期待してるからな」

そう言われると寧人も悪い気はしない。でも、そこまで期待されるのも少し気が引けた。

「はは。でも、俺は一般職だから……」

なんとなくお茶を濁そうとしたが、真紀が意外な発言をする。

「なに言ってるんですか。そんなの、関係ないですよ！　わたし、わかるんです。寧人くんは、なにかを持ってる人です」

真紀はあまり酒が強くはないようだった。テンションが上がっている。

「もう一部で有名なんですよ？『俺たちは悪の組織だ！　悪いことして何が悪い！』かっこいいです！」

どうやら寧人の真似《まね》をしているつもりのようだったが、そのわりには舌ったらずで、可愛らしい。多分ちっとも似ていない。寧人は思わず笑ってしまった。さすがに照れくさくなったので、話題を変えることにした。

「そういえばさ、聞いてなかったけど、真紀さんは、どうしてメタリカに入ったの？」

入社試験のときから気になっていた。池野はわかる。彼は上昇志向の塊のような男だ。悪とはいえ、絶大な力を持つメタリカでその辣腕《らつわん》を振るいたかったのだろう。しかし真紀はそういうタイプには見えない。

「……」

真紀は一転して静かになった。やばい、悪いこと聞いたかもしれない。寧人が謝ろうとしたそのとき、しばらく黙っていた真紀は、なにかを決めたように、ポツポツと話し始めた。

「……わたし、サバスなんです。半分だけですけどね。お母さんがサバスだったんです」

店内は急に静かになった。店主は気を利かせたのか、店の奥に引っ込んでいく。

サバス。もちろん寧人も知っている。メタリカに入る以前から、普通の人よりもサバスの人たちには詳しいほうだった。

真紀が言ったサバスは世間一般的には、『すでに滅びた悪の組織』と認識されている。が、実は少し違う。

サバスとは本来、種族を表す言葉だ。現在の人類とは別の進化を遂げた古代の先住民族である。

平均して高い知能を持っていること以外には人間と変わりない彼らは、人類が現在の文明を築くより前にコールドスリープに入っており、近代になって目覚めた人々だった。

目覚めた彼らに人類は当初戸惑ったが、サバスの持つ科学力は有用であり、また人類とほぼ遺伝的に同一なこと、さらに友好的であったことから、すぐに友好関係を結び、共存した。

だが、サバスのなかには一部、過激派と呼ばれる者がいた。ブラック・サバスと名乗る彼らは人類に対し宣戦布告。優良種たる自分たちが支配すべきとの主張を展開した。

戦いは数年に及んだが、ガーディアンとロックスたちの活躍により、ブラック・サバスは壊滅。

この戦いの結果、「ブラックではない」サバスたちもまた、人類からすると脅威とされるようになり、今では彼らは社会の片隅でひっそりと生きている。人権は、ない。どんな扱いを受けているのか、想像もつかない。きっと真紀だって、これまでの人生で色々なことがあったはずだ。

「……お母さんは、ブラック・サバスではありませんでした。お父さんと出会って、普通に暮らしていました。でも、わたしが八歳のとき、ガーディアンに連れていかれて、それっきりです」

「……そっか」

少しだけ、似ていた。寧人は現人類だが、境遇が似ていた。

真紀は目を伏せたまま続けた。

「……でも、復讐《ふくしゅう》したいってわけじゃないんです。ただ……」

寧人にもなんとなくわかった。多分、彼女も世界を変えたいんだ。自分の居場所がほしいんだ。母親が訳もなくいなくなるのが当然である人々が生まれない世界を願うんだ。

そんな彼女は、やっぱり正しい、とはいえない。今の世界は、悪の組織がなければそれなりに平和で、このままでいたいと思う人だってたくさんいる。

それを急進的に変えるのを望まない人のほうが、はるかに多いはずだし、ロックスやガーディアンたちは、そんな人々を悪の魔の手から守っている。それは尊いことだと思う。

それに、何百年かかるのかわからないけど、メタリカに入らなくても、正しい手段で目指す世界へ向かう道は他にもあるはずで、それでも彼女は今の道を選んだのだから。

ロックスとメタリカ、どちらが正義かなんて、一目瞭然だ。

「……やっぱり、わたしって、悪い人ですよね。サバスだってことも、隠してました。ごめんなさい。……こんな話、人にするのは、初めてです」

真紀はうつむいていた。少しだけ、肩が揺れている。

そんなことないよ。君は悪くない、とはいえない。だってそれは嘘《うそ》だから。

寧人はこの子に嘘はつきたくないから。

だから、寧人は別のことをした。

おっかなびっくり、おそるおそる。寧人はうつむいている真紀の頭を軽く触る。ぽんぽん、と叩《たた》く。

キモがられるかも、とは思ったけど、それでも、そうしてあげたかった。

「サバスがどうとか、別に気にしないよ。それに悪人ってんなら俺のほうが上」

真紀は少し驚いたように顔を上げる。

「変えよう。俺たちが、この世界を。……一緒に」

上手くいえなかったけど、言いたかったのだ。

悪でも、それが認められなくても、俺は違うよ。否定なんてしない。

俺は戦うよ。ずっと。仲間と、君と一緒に。

「……はい」

真紀は顔を上げてくれた。やっぱり目が潤んでいたけど、それでも泣いてはいなかった。

「ほい。これ、サービスね」

ちょうどいいタイミングで店主が茶碗《ちゃわん》を二つ持って顔を出す。

「あ、お茶漬けですか？」

「ああ。今日は鯛出汁《たいだし》だよ」

湯気がたつ茶碗からは美味しそうなだしの香りがする。

「真紀さん、ここのお茶漬けはすごく美味しいんだよ！　サービスでしかでないんだけどね」

そう言って、明るい声を出す寧人。

「おう。旨いぞ。あ、でも帰れって意味じゃないからな。ここは京都じゃないし」

そう言って店主はにやりと笑う。強面《こわもて》ながら、お茶目な笑顔だった。

真紀は、嬉しそうに微笑んだ。

「はい……。いただきます！」

「いただきます」

二人でお茶漬けをかきこむ。うん、やっぱり、美味しい。

傍《かたわ》らを見ると、真紀が目に涙をためて、くしゃくしゃの表情で、食べていた。

「美味しいです……。ほんとに」

寧人はそんな彼女を見て、これまで見たどんな彼女よりもずっと、可愛いな、と思った。

店主はそっぽを向いてタバコを吹かす。

食べ終わった彼女は言った。

「……はーっ、美味しかったです。……うん。寧人くん」

「なに？」

「これからも、よろしくおねがいします。一緒に、世界を征服しましょう」

そんな彼女の顔は晴れやかだった。言っている言葉はやっぱりメチャクチャなのに、それでも少しも嫌悪感は感じなかった。

寧人は答える。

「もちろん」

そして思った。

俺は、この先も戦う。でも、おかげでわかった。

俺は、ひとりってわけじゃ、ない。

※※

静かな部屋があった。相談役室と呼ばれるその部屋で、男が瀟洒《しょうしゃ》な椅子に腰掛けていた。

老人、と言ってもいいほどの年齢のその男は、組織のシンボルである鋼の翼のレリーフを背後に置き、書類に目を通していた。

書類には、彼の部下たちのデータが記載されている。一度目を通した書類を、右、左に分けて置いているところをみると、区分けのような作業をしているようだった。

「……ほお」

老人の手が止まる。

小森寧人
二一一三年四月　一般公募にて入社。庶務課に配属
二一一三年八月　第二営業部異動
二一一三年一〇月　コアレベル2に昇進
事務能力：C　戦闘能力：D　改造適正：未検査
指揮能力：C＋　特殊技能評価：E　総合評価：D
担当管理職所見
ディランとの交戦経験で実績をあげ第二営業部に異動。営業部での評価は上々。企画部池野との合同プロジェクトにてハリスン攻略戦を担当。陣頭指揮をとり、ビートル撃破に貢献する。やや社会性に欠け、時折直情的な傾向があり、苛烈《かれつ》な行動に出ることをいとわない。実戦時に率いた庶務課からの評価は高く、発想力に光るものあり。能力に比して多大な功績をあげており、今後に期待。
特記事項：クリムゾンからの交流人員　アニス・ジャイルズをアシスタントとしており、要注意。

「……ああ、あのときの小僧か」
老人は、寧人の書類を右に分けた。次の書類に目を通す。

池野信之
二一一三年四月　米国選抜試験をへて入社。企画部へ配属。能力、経験からコアレベル2にて採用
二一一三年九月　コアレベル3に昇進
事務能力：A　戦闘能力：B　改造適性：A
指揮能力：A　特殊技能評価：A　総合評価：A
担当管理職所見
幹部候補として申し分のない能力を入社時から発揮。高い戦略立案能力と決断力を有しており、すでに複数の戦略推進を担当している（別紙参照）。高い戦闘能力、改造適性から前線で戦うことも可能なバイタリティをもつ企画部のエース。ハリスン攻略戦、ビートル撃破においては総合戦略立案を担当し、戦果をあげる。
特記事項：総務部香川《かがわ》、経理部平澤《ひらさわ》、開発室チェルシーと恋人関係にあり。

「ふむ。よくできた人材じゃ。英雄、色を好むとも言うしの」

男は、池野の書類を左に分けた。
「どれ、次は……ほう。美しいのぅ」

黛真紀
二〇一三年四月　米国選抜試験特殊部門（開発）をへて入社。総務部へ配属
事務能力：B　戦闘能力：E　改造適性：C
指揮能力：D　特殊技能評価：AA　総合評価：B
担当管理職所見
本人の希望とは異なる総務部門へ配属となりましたが、くさることなく精一杯やってくれています。穏やかで人柄もよく、社内の人気は抜群です。他の同期と比べ年少ですが、社会性、実務能力ともに及第点です。本人は怪人開発関連の部署を希望しており、またMIT時代の経歴、能力ともに申し分ないものを持っているため、可能な限り希望を優先させてあげたいところです。
特記事項：サバスのハーフです（母方）。次年度に予定されている改造人間プロジェクトのコンペにエントリーを希望しています。

「ふむふむ。この子も……左、かの」

老人が一通りの作業を終えて二時間ほどが過ぎたころ、相談役室の扉が開いた。

「ハメット老。なにか用か？」

入室してきたのは、巨躯《きょく》の男。名をラーズという。専務の肩書を持つメタリカの幹部の一人だ。腕の刺青《いれずみ》と猛々《たけだけ》しい顔つきが目立つラーズは、挨拶もなしに本題を迫った。たまたまタイミングが良かったらしい。普段なら、老人と巨躯の男が面会するのにはそれなりに時間を有するものだ。

「そう焦るなラーズ。新入社員のことで、おぬしの耳に入れておきたいことがある」

老人はさきほどした『作業』の結果決まったことをラーズに告げるつもりだった。

「新入社員？　あなたが、この俺を直々《じきじき》に呼ぶようなこととは思えんな」

巨躯の男は、いぶかしげな表情を見せた。彼からすれば、新入社員についてなど、瑣末《さまつ》な情報に過ぎないだろう。老人もそれは理解している。

それでもラーズを呼んだ理由。情報を共有しておく必要性から、というのは言い訳だ。本当は、今から話すことをきっかけとして、思い出したいことがあったからだ。

「……この男じゃが」

老人はさきほど見ていた資料、小森寧人という男についての報告書をラーズに見せた。

「……ほう」

ラーズの目つきが鋭くなった。そこに書いてあることは、見過ごせることではない。それは数々の戦いをくぐり抜けてきたラーズであるならなおさらだ。

「……ガキのわりには、面白い戦果をあげているようだな。」だが、能力評価はカスのようだが？」

ラーズは言葉ではそう言いつつも、『それはただの奇跡だ』とは言わなかった。

幾たびも死線をくぐり抜け、ロックスとの戦闘経験もある彼なら、小森寧人に多少の興味は持つだろうという老人の読みは的中したようだ。

「うむ。たしかに能力は低い。とてもこれから先、一線で使える人材とは思えん。じゃが、すでにこの男は二度の奇跡を起こしておる。面白いとは思わんか？」

老人がラーズを呼び出したのは、小森寧人をこれから試すことについての同意を得るためだった。いかに老人がメタリカトップ４に入る権力者だとしても、いま考えていることは他の重役に一応の確認をとらなければならない。

「この男には、多少つらい目を見てもらいたいと思うのじゃが、いかに？」

老人やラーズから見れば、小森寧人ははるか下の、それこそ羽虫のような存在に過ぎない。死ねばそこまで。だが、もし何かを持っているのなら、それは老人に愉悦を与えてくれるだろう。

ラーズは老人のそんな意図を見抜いたのか、端的に答えた。

「ハメット老。俺は、あなたのやることに口を出さん。このような小者のことならなおさらな。好きにすればいい」

「ふむ。ならばよし。では好きにさせてもらおう」

老人はくつくつと笑った。

※※

ビートルとの戦いから五ヶ月が過ぎた。寧人は企画部の立案する様々な侵略プランに対して戦術を決定し、必要であれば自ら現場に赴く、というスタイルを確立していた。

ガーディアンの拠点の殲滅《せんめつ》、メタリカにとって不都合な施設の破壊、わずかに現存しているマフィアや暴力団等の非合法組織の制圧。短期間のうちに寧人は次々と作戦を成功させていった。

ビートルやディランと戦ったことに比べれば、メタリカのバックアップの上でそうした仕事をこなすことは容易に思えていたのだ。

また、そうした寧人のスタイルは営業部の他のメンバーに影響を与えていった。犠牲を払うようなプランであっても成果が見合うなら即決、そして本社社員自ら現場へ出動し指揮をとる。そういうやり方が普通になっていった。

一番下っ端の寧人がその方法でビートルを倒し、またその後も功績をあげていったことで、腰の重かった営業部員たちの意識が変わっていったのはある種自然の流れだったのだろう。結果として、第二営業部はこれまで以上の実績をあげる部署に変わっていた。劇的な成功体験はモチベーションを上げる。高いモチベーションはさらなる成功を呼ぶ。

これは、たった一人の新入社員が起こした改革だった。

「……と、いうわけで。我々第二営業部は今期において他部署を大きく上回る実績を残すことができた。みんな、よくやってくれたな。これからも積極的に行動し、どんどんチャレンジしていけ。来期もよろしく頼むぞ」

年度の終わり、泉の挨拶は部員たちの労をねぎらい、褒め称《たた》えるものだった。寧人には知る由もないことだが、おそらく泉の社内での評価はうなぎのぼりとなったのだろう。それほど、今期の第二営業部の成績はぶっちぎりだったのだ。

「了解しました！」「よっしゃー！」「……フ」

部員たちも口々に喜びと達成感の声をあげる。寧人も同じだった。寧人はなんと、その成果を認められ、ルーキー・オブ・ザ・イヤー候補に選抜され、受賞まであと一歩というところまで行くことができたのだ。取れなかったのは残念だが、それだけでも満足はしていた。

また、寧人はこの結果が泉の力によるものが大きいことも理解していた。だから、ちゃんとお礼を言いに行くことにした。帰る前に泉のデスクに向かう。

「お疲れさまでした。部長、今年度はお世話になりました。来年度もよろしくお願いします」

「ああ、そうだな。……いや、小森。明日、始業前に部長室まで来てくれないか。朝一で悪いが話がある」

「？　はい」

泉はなんとも不思議な表情をしていた。少しだけ、残念そうにも見えた。

※※

翌日、寧人は言われたとおりに朝の早い時間に部長室へ向かう。

「失礼します」

「ああ。そこに座れ」

「？？」

部長室には泉ともう一人、重役らしい社員がいた。どこかで見たことのある人だ。大柄な体格、腕に入った刺青。よく見ると目はグリーンで、外国の血が入っているようだった。服の上からでも盛り上がった筋肉が確認できる。また、にじみ出ているその雰囲気は周囲を威圧する攻撃的なもので、緊張を余儀なくされる。

「この方は専務取締役のラーズ将軍だ」

「専務……!?」

寧人の脳裏に記憶が蘇《よみがえ》る。思い出した。入社試験の面接のときにいた男だ。なるほど、道理でみるからに常人ならざる雰囲気なわけだ。

専務で、将軍？　将軍というのは尊称なのだろうか。

「貴様が小森か。面接のとき見たはずだが、まったく覚えていないな。評判とは違って、随分とおとなしそうな男のようだが……本当に戦えるのか？」

「……え」

寧人は考えた。専務取締役、つまりこの男は、メタリカ内トップクラスの地位にいる男で、ということは世界中の悪党のなかでも極めて頂点に近い男ということだ。

なぜこんな男が俺の前に現れる。そういえば名前だけは聞いたことがあるぞ。

ラーズ将軍。メタリカ誕生時からその腕一本で現在の地位に上り詰めた武闘派だ。たった一人でガーディアンを二〇〇人倒しただとか、チャイニーズマフィアを壊滅させただとか、ロックスと互角以上の純粋な戦闘力を持っているとか。『怪人』を作り出したマッドサイエンティスト・プロフェッサーHと並ぶメタリカの有名人だ。

「おい貴様。俺の質問に答えろ。お前は、本当に戦えるのか？」

絶句してしまった寧人に、ラーズは質問を重ね、すさまじい眼力で睨《にら》みつけてきた。視線だけで猛獣が殺せるのでは、というほどの威圧感。そして質問の意図もわからない。

「……俺は」

しかし、答えないわけにはいかない。上役の機嫌を損ねられない、ということではない。寧人が進もうとしている道を考えれば、ラーズのようなポジションにいる男に軽く見られるわけにはいかないからだ。例の祝賀会以降、寧人はこうした場もまた、戦いだと認識している。

引くわけにはいかない。

「戦いますよ。そして、どんな手を使ってでも勝ちます」

寧人は目をそらさなかった。震える体を押さえつけ、自分を見下ろす巨躯の極悪人のプレッシャーに耐えた。

「ほう。度胸だけはたいしたもんだな」

「……ありがとうございます」

室内は緊張感に包まれた。が、そこに泉が割って入る。

「ラーズ将軍、もうそのくらいで……。本題に入りましょう」

「ああ、すまなかったな。小僧。ちょっと貴様を試してみただけだ」

ラーズは仏頂面のままわけのわからないことを言ってきた。

「……はぁ」

いったいなんだというのだろうか。寧人にはさっぱりわからなかった。

「小森。お前に人事発令が出てな」

そんなまさか、泉から出たのは予想外の言葉だった。

「えっ……？」

内示。異動ということだろうか。しかし自分はやっと一年目を終えたところで、しかもすでに一度の異動を経験しているのに？

「営業部に来て日が浅いのはわかっているし、俺も正直残念だが、お前には別のフィールドで活躍してほしい」

「そんな、もう、ですか？」

寧人は困惑して答える。左遷、ということだろうか。営業部の仕事にも慣れてきたところだったし、少しは成果もあげたはずなのに。

「おい、そんな顔をするなよ。左遷、ってわけじゃないぞ。今回は特別な人事だからな。専務のラーズ将軍が同席しているのもそのためだ。発令権は俺にはないからな」

「特別……ですか？」

「ラーズ将軍、お願いします」

泉はそう言ってラーズ将軍に視線をやった。ラーズは咳払《せきばら》いを一度したあと、低い声で告げた。

「小森寧人。貴殿に特地・沖縄への赴任を命じる。これにともない、貴殿のコアレベルを3とする。また、あわせて特地における貴殿の活躍を補佐するべくメタリカ本社および庶務課より貴殿の部下となる人材をつけることとする。今後の貴殿に期待する。……以上だ！」

「……」

寧人にはラーズが言っていることがすぐに理解できなかった。

レベル3とは、係長クラスを意味する。それは知っている。特地とは、メタリカの業務において特別な課題を持つ地域のことである。それも知っている。

だがやっぱり意味がわからない。突拍子もなさすぎたのだ。

「小森！　これははっきり言って異例の人事だが、お前にとっては間違いなくいいことだ！　一般職出身者が兵隊持ちになるのはメタリカ始まって以来初めてのことだしな。あ、ちなみにお前の直属の部下として特地に赴任するのは三人、一人はまあ……諸事情でアニスになるが、他にも二人、新しい部下がつく。一人は、ハリスン攻略戦に参加した男だ。右腕としてお前の下につきたいと自ら希望を出したそうだぞ」

泉が自分の部下になる人たちの情報を教えてくれたが、イマイチ実感がない。

「聞いているのか小僧！　返事をせんか！」

「は、はい」

「どうした。不服か？　なかったことにもできるんだぞ」

なかったことにもできる。なるほど。寧人にとってはそれも魅力的な提案だった。営業部には慣れてきたところだし、今の仕事に不満はない。真紀の部署とも近い。それに特地の業務にも不安はある。このまま営業部にいたほうがきっと平穏なはずだ。

しかし。

そんなわけにはいかない。泉の言うとおり、これが異例の人事だということはわかる。一般職の自分が一気にレベル3の係長クラスへの出世、そして部下を引き連れての異動。異動先が特地ということを考えれば、手放しに喜べるような人事ではない。だが、チャンスでもある。

ディランやビートルとの交戦結果や、これまでの業務が認められた、と考えていいのだろうか。それとも悪の組織らしく何か裏があるのだろうか。

ディランの撃退やビートルの打倒、マグレで、卑怯《ひきょう》な手段を使っただけ。もちろんそういう思いもある。だが、今はそれだけじゃない。営業部での経験が、寧人を鍛えていた。少しばかりの自信と、そして自分の才能への理解を与えていた。

そして、俺は進むと決めたはずだ。

ならば、迷ってはいけない。今ここで、返事をする。

——メタリカは悪の組織だ。勝つ。どんな手を使ってでも、汚くても卑怯でも。目的を達成するためなら、その手段を選びはしない。それが悪の力として認められるのなら――営業部での平穏への執着、新天地への不安。そもそもこの人事に裏がある可能性への恐怖。様々な思いを寧人は乗り越えた。

――俺は、強い――

寧人は恐ろしい視線を向けてくるラーズの目を見つめ返し、引かず、まっすぐに答えた。

――俺は、進む――

「いえ。不服などとんでもない。たしかに承りました。特地での活躍を、ご期待ください」

※※

内示を受けた寧人は一週間ほどかけて営業部の仕事の引き継ぎを終わらせた。

結果的には半年程度しか所属していない営業部だったが、離れるとなると感慨深いものがあるし、少し名残惜しくもある。

昨夜開いてもらった送別会では営業部の面々がやっぱり乱暴な激励をしてくれて、ちょっとだけ泣きそうにもなってしまったのは秘密だ。

「お世話になりました」

自分のデスクを綺麗に片付けてみんなに挨拶を済ませる。

「そうですか……。まあ、元気でやってください」

「特地か。死ななきゃいいけどな」

「ってか、お前係長になるんだよな？　……抜かれた。タメ口聞いても大丈夫で……だよな！」

「また本社に戻ってくるのを待ってますよ」

「お前無茶苦茶《むちゃくちゃ》しやがるからなぁ……。なんかあったら一応聞いてやるくらいはしてもいいぜ」

それぞれの言葉を受け、寧人は最後に頭を下げた。

「はい！　えっと……ありがとうございました！」

こんな経験は初めてで、切ないのだけど、やっぱり嬉しい。間中以外とはたいして会話もしていなかった庶務課のときとはちょっと違っていて、彼らは寧人にとっては初めてできた『仲間』というべき人たちだった。

営業部を出てエレベーターに乗り、ロビーに到着。

しばらく本社に戻ることはないのだから、ここを通ることもなくなるのだろう。

寧人は少しだけゆっくりと歩くことにした。

「……あ」

エントランスに向かいロビーを歩いていると、ちょうどタイミングよく入ってきた男と目があった。同期入社の池野である。彼とはここ数ヶ月、一度も会話をしていない。

なにか外で仕事をしてきた帰りらしい彼は、寧人と目があったものの特に表情を変えず、手を振ることもしなかった。だから寧人も特に反応を見せることなくそのまま歩く。

二人の距離が近づき、すれ違うそのときになって池野はようやく口を開いた。

「レベル3、係長に昇進したそうだな。特地に管理職として赴任……そうだな。左遷ではなく栄転ということにしておこうか。おめでとう」

目線は合わせてこない。

「ああ。おかげさまでな」

皮肉るような口調で答えた寧人だったが、これは本心だった。池野がハリスンの情報をつかまなければ、そしてその攻略を企画しなければ寧人の昇進はなかっただろう。

「はっ、それはどうも」

鼻で笑う池野。彼もまた、今度の人事で昇進している。それも新設の部署に、なんと課長職として異動とのことだ。

「お前こそ、おめでとう。メタリカ異例の出世速度らしいな」

「当然だ」

寧人は池野と親しくないし、どちらかというと鼻持ちならないヤツだと思うようになっていた。だが、その実力については認めている。

次々と新しく効果的な戦略を企画し、すべて成功させている池野はすでに若手のエースという領域を超えた人材だ。

あらゆる情報に通じ、卓越した能力を持つ彼は、間違いなく寧人がこれまで出会った同世代の男のなかで最も優秀な人間だろう。近い将来メタリカを背負って立つことになるかもしれない。

ハリスン攻略戦のときの会議では寧人の意見が採用され、そしてそれが結果を出した。しかし池野の考えは別に間違っていたわけではないし、ビートルを無理に倒さなくてもハリスン制圧後に懐柔してみせると言ったのも自信があってのことなのだろう。そしてこの男ならそれができたのかもしれない。

「……じゃあな。池野」

寧人は複雑な思いを殺して、それだけ言ってその場を去ろうとしたが、池野は背中越しに言葉を発してきた。

「……小森。お前には少しばかり驚かされた。それは認める。だが、俺はお前のやり方を認めない」

振り返ってみないでもわかる。池野はこちらに背中を向けたまま話している。それは彼の考え方、そして寧人への感情の表れなのだろう。

だから寧人も前を向いたまま答えた。

「だろうな。でも俺はそんなことどうでもいい。お前とは、目指すものが違う」

池野は長期的な視点でメタリカを拡大するのに貢献していくと言った。そのなかで功績を立てて地位を上げ、強さを得ていくのがこの男だ。勝つこと、強くあること自体が目的なのだろう。

だが寧人は違う。寧人が目指すのはあくまでも頂点に立ち世界を変えることだ。だから勝つことは手段に過ぎない。苛烈な方法だろうが躊躇《ちゅうちょ》はしない。

もちろん、寧人は現時点で池野に大きく劣っていることは理解している。気だけ大きいと言われれば返す言葉もない。だが目指すことをやめるつもりはサラサラない。

「目指すもの、だと？　はっ、面白い。いずれ教えてもらいたいもんだな」

「……そうだな。お前がメタリカで強くあり続けるのなら、いつかはわからせてやるよ」

二人は最後にそう言葉を交わすと、そのまま振り返りもせず進んだ。

特地に赴く寧人、本社の重要なポジションに残る池野。対照的な二人は、それぞれの決めた自分の道を歩き始めたのだった。

あとがき

こんにちは、喜友名《きゆな》トトです。

まず最初に、私のことをご存知の方にむけて、謝罪をしたいと思います。

と、いうのも前に出した本の『あとがき』に関してです。私はそこにこう書いていました。『次はエッチなシーンが連発されて表紙の八割が肌色で染まるラブコメ作品をお届けしたい』……。しかし、実際に発売されたのは、今手に取っていただいているこの本です。嘘つきましたすいません。いや違うんです。自分なりには努力して実現しようとしたんですホントです勘弁してください。

……はい。さて、それはさておき本書です。こちらはWEB上で連載していた小説をもとにMFブックス様から刊行していた同タイトル作品を改稿・再構成したお話となっております。

文庫になったのでお求めやすい価格となり、しかしページ増で内容はミッシリなのです。また二巻以降でもMFブックス版にはなかったエピソード（北海道訓練センター編とか）なども追加の予定となっているので、WEB版やMFブックス版を既読の方にも楽しんでいただければいいなー、と思っている次第であります。

ところで、私は自作の出版の話をいただく前からノベルゼロ様のファンでした。熱き大人の男の矜持《きょうじ》をテーマとして掲げるっていうのが超カッコいいと感じていて、既刊作品を何冊も読みました。そんなレーベルのラインナップに自作が加わるというのが不思議で、そしてとても光栄に思います。

私がノベルゼロ様の作品を読んで熱くなったように、本作が誰かの心を熱くさせることができたのなら、これに勝る喜びはありません。

えーっ……最後になりましたが謝辞を。いつもお世話になっている家族や友人、デビュー当時から担当していただいている編集者様をはじめとした出版社の方々、素晴らしいイラストを描いていただいたイラストレーターの虎龍《こたつ》様、インターネットを介して絡んでいただいている方々、そしてこの本を手に取っていただいた貴方《あなた》。皆様のおかげで本作を書き上げることができました。誠にありがとうございます。

……あと数行ありますね。うーん。じゃあ次巻予告をします。

多分近いうちに発売されるであろう二巻では、主人公が、沖縄の海や北海道の山やニューヨークの摩天楼を舞台に……数行はすぐ終わりますね。そんな感じです！　よろしくお願いします！

悪の組織の求人広告

NOVEL 0 ZERO
http://www.novel-zero.com

発行	2017年2月15日　初版第一刷発行
著	喜友名トト
発行者	三坂泰二
発行所	株式会社KADOKAWA 〒102-8177 東京都千代田区富士見2-13-3 0570-002-301（カスタマーサポートナビダイヤル） http://www.kadokawa.co.jp/
印刷・製本	株式会社廣済堂

Printed in Japan
ISBN 978-4-04-256043-2 C0193